대한제국기
프랑스 공사 김만수의
세계여행기

대한제국기
프랑스 공사 김만수의
세계여행기

김만수 지음

구사회·양지욱·양훈식·이수진·이승용 옮김

보고사
BOGOSA

서문

    조선과 프랑스의 통상조약은 같은 서구 열강이었던 미국이나 영국, 독일이나 러시아에 비해 늦게 이뤄졌다. 1846년(헌종 12)에 프랑스 군함이 충청도 해안에 잠시 출현하였다. 하지만 두 나라가 서로 얽힌 것은 조선이 천주교를 탄압하면서 국내에 잠입하였던 프랑스 신부들이 처형되면서였다. 프랑스는 이후로 여러 차례에 걸쳐 통상을 요구하였으나 대원군의 대외 강경 정책으로 뜻을 이루지 못하였다. 그러다가 1873년 11월에 대원군이 실각하면서 문호가 개방되었지만 프랑스와의 통상 조약은 1886년 6월에야 이뤄졌다.

    드디어 1887년 5월에는 조선과 프랑스는 조불수호조약 비준서를 교환하였고, 1888년 6월에는 콜랭 드 플랑시(1853~1922)와 같은 프랑스 외교관이 국내에 들어와서 활동을 시작하였다. 이 해에 프랑스 인류학자 샤를르 바라는 외국인으로는 처음으로 서울에서 부산까지, 한반도 남반부를 종단하고 프랑스에 돌아가서 조선 여행기를 발표하였다. 1890년에는 모리스 쿠랑이 주한 프랑스 공관 서기관 대리로 부임하여 방대한 한국 자료를 수집하였다가 나중에 그것을 프랑스로 가져갔다. 세계에서 가장 오래된 금속활자로 알려진 직지심경도 이때 수집된 것이었다.

    이 시기에 프랑스 사람들이 조선에 와서 수집한 자료나 기록은 지금

도 프랑스에 남아 있다. 반면에 같은 시기에 조선 사람이 프랑스로 가
서 그곳 자료를 수집하거나 남긴 기록물은 거의 없었다. 조선의 노력이
없지는 않았다. 조선에서도 프랑스로 외교관을 파견하고자 하였다.
1887년 8월에는 심상학을, 9월에는 조신희를 프랑스를 포함한 유럽5
개국 전권대사로 임명하였지만 국내외의 사정으로 현지에 부임하지 못
하였다. 1890년 2월에는 박제순을 다시 임명하였지만 부임하지 않았
다. 1897년 8월에는 민영익을 유럽 각국의 주재 공사로 임명하였으나
프랑스 정부의 아그레망이 거절되었다. 1898년 10월에는 민영돈을 프
랑스, 러시아, 오스트리아 3개국 전권공사로 임명하였지만, 그도 임지
에 부임하지 않았다. 1899년 3월에는 이범진이 프랑스, 오스트리아,
러시아 3개국에 공사로 파견되었다. 그는 프랑스를 거쳐 갔고 주로 러
시아에 머물렀다. 그러다가 1901년 3월에 김만수가 주불 특명 전권공
사로 임명하였다. 그는 인도양과 수에즈 운하를 통과하여 프랑스에 가
서 직접 뤼베 대통령에게 신임장을 제정하고 외교 업무에 들어갔다.
   이번에 번역하여 출간하는 김만수의『일록』과『일기책』은 이 시기에
조선인이 직접 프랑스 현지에 가서 보고 겪었던 일들을 기록한 자료물
이다. 그것에는 김만수가 대한제국 고종황제로부터 프랑스 공사로 임
명되어 출발하는 1901년 4월 14일부터 귀국한 1902년 2월 14일까지의
활동 내역이 기록되어 있다. 앞서 언급한 바, 지금까지 프랑스 외교관
이 한국에 와서 수집한 자료가 남아있었지만 우리나라 외교관이 프랑
스 현지에 가서 활동했던 자료는 없었다. 그런 점에서 이번에 출간하는
김만수 일기는 우리나라와 프랑스의 초기 외교관계와 함께 당시 우리
나라를 둘러싼 국제관계를 밝혀줄 귀중한 자료이기도 하다.

　이 자료는 2007년도 가을에 나왔고 나는 양지욱 박사를 통해 입수하였다. 우리는 이 자료를 가지고 2008년도에 선문대학교 교양학부 김규선 교수의 대학원 수업에서 강독도 하였다. 이후로 구사회, 양지욱, 하경숙, 이승용 등이 몇 편의 김만수 관련 논문을 작성하여 발표하였다. 현재는 선문대학교 국어국문학과 박사과정을 다니는 강지혜가 이들 자료를 대상으로 박사학위 논문을 준비하고 있다.

　2018년도 3월에는 선문대학교 대학원 국어국문학과 BK21플러스 사업팀에 한문학자 양훈식 선생이 연구교수로 부임하였다. 한문학을 전공하는 이승용 선생이 박사과정에 적을 두고 있다. 여기에 이미 한문학으로 박사학위를 받은 이수진도 연구교수로 자리를 잡았다. 나는 선문대학교 BK21플러스 사업팀에서 지원하는 한문 강독회를 운영하면서 다시 김만수 자료를 텍스트로 번역을 진행하였다. 김만수 일기 자료는 해독하기 어려운 자료가 아니라고 하지만 여러모로 번역 경험이 부족한 우리들에게는 벅찬 작업이었다. 그럼에도 불구하고 나는 이 자료가 학계에 공개할 만한 자료라고 굳게 믿고 용기를 내어 감히 출간하고자 한다. 독자들은 부족한 번역 부분에 대해서 입력한 원문을 참조하고, 그래도 부족하다면 원문 영인본을 확인하시기를 바란다.

2018년 8월

구사회 쓰다

차례

일러두기

1. 선문대학교 양지욱 소장 필사본을 저본으로 하여 번역하였다.
2. 번역문, 원문, 영인본 순서로 수록하였다.
3. 원주는 번역문에 【 】로 표기하고 본문보다 작은 글자로 편집하였다. 원문에서도 동일한 방식으로 편집하였다. 미주는 모두 역자 주이다.
4. 원문에는 없지만 이해를 돕기 위해 필요한 내용이 있으면 ( ) 안에 삽입하였다.

해제

1. 기본 서지

『대한제국기 프랑스 공사 김만수의 세계여행기』는 대한제국기인 1901년도에 프랑스 파리에 머물면서 주불공사로서 활동했던 김만수의 공관 일기이다. 이 자료들은 모두 3권인데, 표지명이 『일록(日錄)』·『일기책(日記冊)』·『주법공사관일기(駐法公使館日記)』이다. 『일록』은 42.6 × 71.5cm의 62쪽, 『일기책』은 42.6 × 71.5cm의 54쪽, 『주법공사관일기』는 44.1 × 57.1cm의 28쪽으로 되어 있다. 『일록』과 『일기책』은 표지명만 다를 뿐이지, 내용은 같은 체재이다. 표기 방식은 한문체이고 지명이나 인명에서 국문이 사용되고 있다.

1901년 3월 16일에 독일 공사 민철훈, 영국 공사 민영돈 등과 함께 김만수가 프랑스 공사로 발령이 났다. 김만수는 유럽으로 발령을 받은 신임 외교관들과 함께 1901년 4월 14일(음력 2월 26일)에 함녕전(咸寧殿)에서 고종황제를 알현하고 임지를 향해 출발하였다. 그리고 프랑스 현지에 가서 외교 임무를 수행하다가 1902년 2월 9일(음력 1월 2일)에 귀국한다. 김만수 일기는 당시 10개월에 걸친 기록이다. 김만수 일기에는 그가 프랑스 공사로 근무하면서 있었던 모든 공적인 일들과 개인사에 이르는 사소한 일들이 상세하게 기록되어 있다. 『일록』은 4월 14일부터 8월 26일까지, 『일기책』은 10월 1일부터 다음해 2월 9일까지 있었던 일들을 기록한 것이다. 그렇다면 『일록』과 『일기책』의 사이에는 8월 27일부터 9월 30일까지의 일기가 누락되어 있다.

『일록』과 『일기책』의 편철 내용을 보면, 『일록』의 표지에는 '대한주법특명전권공사지장(大韓駐法特命全權公使之章)'이라는 한문 직인이 주인으로 찍혀있다. 그리고 기록 용지는 당시 대한제국 공관에서 사용되던 공용지로 보이고, 12칸 공간에다 행서체로 종서했다. 반면에 『일기책』은 10칸으로 되어 있는데 해서체로 종서했다. 여기에는 날마다 양력과 음력을 밝히고 그 아래에다 날씨를 기록하였다. 전자에는 윗부분에 이따금 둥근 인장이 찍혔는데, 안쪽에는 김만수장(金晚秀章)이, 그것의 둘레에는 'KIM-MAN-SOU'가 새겨져 있다.

2. 저자

김만수는 1858년 2월에 서울에서 태어났다. 본관은 연안 김씨였고, 친부는 칠연(七淵)이었으나 나중에 우의정을 역임했던 유연(有淵)에게 입양되었다. 자는 대여(大汝)이고 호는 석하(石下)이다. 전형적인 양반 관료의 후손으로서 고종 15년(1878)에 진사가 되었고 1884년에 문과에 급제하여 관료의 발판을 마련한다. 그는 1890년에 규장각 대교와 홍문관 수찬을 지내면서 능력을 인정받아 1892년 3월에 성균관 대사성을, 11월에 이조참판을 역임하였다. 1899년에는 궁내부 특진관을, 1900년 7월에는 경효전(景孝殿) 제조로 임명되었다가 다시 궁내부 특진관으로 돌아온 김만수는 1901년 3월 16일에 특명전권공사로 임용되어 프랑스에 주재하라는 명령을 받았다. 그는 4월 5일에 출발하여 7월 10일에 현지에 부임하여 외교활동을 벌였다. 그리고 같은 해 10월 18일에는 벨기에 공사까지 겸임하는 명령을 받았다. 그러다가 1902년 2월 14일에는 병으로 사임하고 귀국하여 임금 앞에 복명하였다. 그는 프랑스 공사로 활동하면서 많은 인사들을 만났고 당시의 국제정세에 관한 이런저런 정보들을 기록해두었다. 그리고 귀국해서 그것을 다시 정리해서 보고서를 작성하기에 이른다.

이후로 그는 칙임관 3등에 서임되었고 7월에 특명전권공사로 임용되었다가 1903년 7월에 봉상사 제조로 임명되었다. 1904년 4월에는 『문헌비고』 편찬 당상관에 임명되었고, 그 사이에 다른 직책을 맡았다가 1906년에 다시 『문헌비고』 교정 당상관으로 임명되었다. 1906년 12월에는 중추원 참의로 임용되었는데, 한일합방 직후인 1910년 10월 1일에 조선총독부에 의해 다시 중추원 참의로 임명되는 기록이 확인된다.

1921년 3월 4일에 고종의 세실에 대한 문제로 헌의(獻議)를 하고 있는 것으로 보아 노년기에 이른 그의 사회적 활동이 확인된다. 같은 해 9월에는 미국 워싱턴에서 11월에 열리는 열강5개국 태평양회의에 일제 식민지를 반대하고 민족자주권을 요구하는 내용인 대한민족대표단의 〈대한인민의 건의서〉를 보냈는데, 그는 여기에 참여하여 서명했던 기록도 보인다. 그는 부인 창녕성씨와 슬하에 사윤(思潤)·사연(思演)·사식(思湜)·사한(思漢)이라는 네 아들이 있었고, 1936년 1월 20일에 타계하였다. 묘지는 경기도 고양군 중면 마두리에 있다. 석하 김만수에 대한 자료는 6·25전쟁 중에 모두 산실되었다.

석하의 일생을 살펴보면, 그는 정통관료로서 일생을 보냈다고 말할 수 있다. 개화기에서 애국계몽기를 거쳐 일제강점기를 살았던 많은 지식인들이 부침을 거듭했던 것과는 달리, 그는 왕의 측근에서 인정을 받으면서 비교적 안정적인 관직 생활을 하였다. 다만, 한일합방이 되면서 김만수는 대한제국기부터 갖고 있던 중추원 참의를 유지했던 바, 본의 아니게 부일했던 비판을 면할 수 없겠다. 당시 관료로서 정치적 비중이 높았던 그를 일제가 다시 중추원 참의로 임명하였던 것인데, 그는 그것에 대하여 적극적으로 저항하지 않고 마지못해 따르는 일종의 소극적 친일에 나섰던 셈이다. 하지만 앞서 언급하고 있는 것처럼 그는 민족자주권을 위해 힘쓴 행적도 나타나고 있다는 점을 간과해서는 안 된다.

3. 내용

김만수는 4월 14일 함녕전에서 고종을 알현하고 다음날 인천을 출발하여 상해를 거쳐 싱가포르, 스리랑카, 아덴, 수에즈 해협, 이집트의 포트사이드 항구, 이탈리아, 프랑스 마르세유 항구를 거쳐 파리에 이르렀는데, 그 과정을 진행에 따라 상세하게 기록하고 있다. 그곳에서 활동하다가 병으로 사임하고 11월 22일 프랑스를 떠나 귀국길에 오른다. 파리에서 독일 베를린, 러시아 수도 페트로부르크, 오데사 항구, 터키 콘스탄티노플, 이집프 수에즈 운하, 홍해, 아덴, 스리랑카, 싱가포르, 중국 여순을 거쳐 인천항을 통해 들어와서 임금 앞에 복명한다. 먼저, 그가 주불공사로 임명되어 현지로 부임했던 노정을 살펴보면 다음과 같다.

한성 출발(4/15) → 제물포(4/15) → 위해(威海, 4/16)→ 연태(煙台, 4/16) →
상해(4/22) → 홍콩(5/4) → 사이공(베트남, 5/9) → 콜롬보(스리랑카, 5/17) →
지부티항(芝寶得, 5/24) → 홍해(5/26) → 포트사이드(이집트, 5/30) → 마
르세유(프랑스, 6/4) → 파리 도착(6/6).

　　당시 조선에서 유럽으로 가는 항로는 두 가지가 있었다. 하나는 제
물포항에서 상해를 거쳐 동지나해를 돌아 인도양과 수에즈 운하를 거
쳐 지중해와 대서양을 통해 들어가는 방법이었다. 다른 하나는 제물포
항을 출발하여 상해와 일본을 거쳐 태평양과 미대륙을 건너 대서양을
통해서 건너가는 방법이었다. 후자는 특별한 경우로 건양 1년(1896)에
러시아 니콜라이 2세 대관식에 가기위해 민영환 일행이 이 노정을 따
랐다. 당시 유럽으로 가는 일반적인 항로는 역시 전자였고, 김만수 일
행도 그것을 따랐다.
　　김만수는 파리에 도착하여 프랑스 대통령에게 신임장을 제정하고
외교 활동을 시작하였다. 그러나 그는 6개월을 채우지 못하고 병으로
주불공사를 사임한다. 그는 귀국길에 올라서 11월 22일에 파리를 출발
하여 해를 넘긴 1902년 2월 10일에 고종황제에 나아가 복명하였다. 파
리에서 한성까지 돌아오는 기간은 81일이 걸렸다. 귀국이 부임보다 한
달 가량이 길어졌던 것은 러시아 수도인 상트페테르부르크에서 한 달
을 체류했기 때문이다. 그는 러시아에서 주러공사 이범진과 아관파천
의 주역이었던 베베르를 만난다. 김만수가 주불공사를 사임하고 환국
하는 노정은 다음과 같다.

파리 출발(11/22) → 베를린(11/23) → 상트페테르부르크(Saint Petersburg, 러시아 수도, 11/26) → 오데사(Odessa, 현재 우크라이나, 12/25) → 콘스탄 티노플(터키 수도, 12/30) → 포트사이드(이집트, 광무 6년 1/2) → 수에즈 운하 통과와 아랍항(1/3) → 아덴(예멘, 1/8)→ 석란도(錫蘭島, 현재 스리 랑카, 1/15) → 싱가폴(1/22) → 뤼순(2/3) → 인항(仁港, 제물포, 2/10).

김만수는 일행과 함께 귀국길에 올라 파리에서 베를린을 거쳐 러시 아 수도인 상트페테르부르크(Saint Petersburg)로 가서 한 달을 머물렀 다. 그가 부임하던 노선을 따라 귀국하지 않고 러시아로 간 것은 러시 아공사로 있는 이범진(李範晉, 1852~1910)을 만나기 위해서였다. 이범 진은 1896년 아관파천의 주역으로 그해 주미공사를 거쳐 1899년부터 주러공사와 독일 오스트리아 프랑스 공사를 겸임하다가 1901년에 독일 공사는 민철훈에게, 주불공사는 김만수에게 넘겼다. 주불공사 김만수 의 전임인 셈이다. 김만수는 상트페테르부르크에서 한 달가량 체류하 다가 12월 23일에 그곳을 출발하여 우크라이나의 오데사로 향했다. 그 는 오데사에서 터키 수도 콘스탄티노플을 거쳐 이집트 포트사이드로 가서 부임하던 길을 따라 되돌아서 왔다.

일기 자료의 내용을 보면, 김만수는 날짜별로 날씨를 적고 이어서 시간에 따라 공무와 관련된 일들을 적고 있으며, 사적으로 접촉한 일들 이나 개인적인 소감을 꼼꼼하게 적어나가고 있다. 경우에 따라서는 이 국에서 느끼는 감회를 시로 남기고 있다. 그는 프랑스 공사로서 프랑스 대통령에서부터 상하의원장, 총리, 외무장관, 법무장관, 그리고 각국 의 외교관들을 언제 어디서 만나 어떤 외교활동을 벌였는지를 자세히

기록하고 있다. 파리에서 접하는 국제 정세에서부터 각국의 정보를 수
집하고 있고 공관의 대소사를 모두 일기에 기록하고 있다. 그는 일본이
영국은행에서 오천만 원을 차관으로 빌렸다는 내용, 일본 전(前)총리
이등박문이 파리를 방문하여 총리를 방문한 것이 혹시 차관 문제로 오
지 않았나하고 이리저리 살피고 있다. 1902년도 프랑스 예산이 얼마이
고 그것이 해마다 늘어난 이유가 무엇인지, 중국의 리홍장이 파리에
와서 열강대표 누구와 회담을 하였다는 내용에 이르기까지 크고 작은
정보를 수집하고 있다. 프랑스의 도량형이 매우 정밀하다는 관찰 내용,
미국의 교회와 학교 제도가 어떻고, 영국 황제의 생일이 언제이고, 러
시아 황제의 숙부가 파리를 방문한 시시콜콜한 사건들도 적고 있다.
　일기에는 당시 해외에서 활동하던 우리 외교관들의 실명이 구체적
으로 거론되고 있고 구한말 국내외에서 활동했던 외국 인사들도 등장
하고 있다. 조선말기의 문신이자 개화사상가로 중국에 망명 중이었던
원정(園丁) 민영익(閔泳翊, 1860~1914)을 상해에서 만났고, 1896년 아관
파천의 주역으로서 당시에 주 러시아 공사로 있었던 이범진을 만나 시
를 주고받고 있으며, 아관파천 당시에 주한 러시아 공사였던 베베르를
러시아에서 만나고 있다. 그리고 당시 외교관들의 어려운 생활을 통해
대한제국의 어려웠던 재정 상태를 짐작할 수도 있다. 10월 4일 일기를
보면, 본국에서 지원이 끊겨서 공관 월세를 내지 못하여 집주인에게
시달리다가 별 수 없이 12월 6일에 갚기로 하고 사채업자에게 돈을 빌
리는 내용도 나온다. 그것은 독일 공사도 마찬가지여서 부임하고서 몇
달 동안 공간을 마련하지 못하여 여관을 전전하는 생활하는 장면이 담
겨 있다. 당시 외교관들이 경제적 문제, 적응하기 힘든 타국 풍토나 환

경 등으로 어려움을 겪는 내용이 담겨 있다. 이 일기에는 우리나라가 프랑스로부터 총기와 탄환 등을 구입하기 위한 교섭 내용도 보인다. 운남회사를 통해 총(25불)과 탄환 천 개(175불)의 구입 여부를 본국에 전송하여 구입을 완료한다.

　이외에도 김만수는 하루의 일상이나 집안 소식, 지인들과 주고받은 한시도 일기에 담았다. 그는 8월 20일에 파리 공관에서 몇몇 관원들과 두보의 시를 차운한 2수를 남기고 있고, 11월 16일에 프랑스 대통령을 만나 귀국 인사를 하고 귀국길에 오르면서 공사서리를 책임지는 이하영과 시를 주고받았다. 11월 22일에 석하는 파리에서 독일 쾰른을 거쳐 베를린에 있는 공관으로 갔다. 그곳에서 11월 24일에 민철훈 독일공사와 시를 주고받으며 전별시에 화답하였다. 이어서 석하는 독일을 떠나 러시아로 갔는데, 그곳에서 1896년 아관파천의 주역이었던 러시아 공사 이범진의 영접을 받았다. 12월 7일에는 귀국에 오르면서 이범진과 주고받은 한시 작품들도 있다. 김만수가 이범진을 대상으로 지은 한시는 5수이고, 이범진이 지은 한시 1수가 그의 일기에 수록되어 있다.

4. 가치

　김만수의 일기 자료는 크게 사료적 측면과 문학적 측면으로 나누어 생각할 수 있다. 전자는 이들 자료가 초기 한불 외교 관계의 실상을 파악할 수 있는 중요한 외교 자료라는 점이고, 후자는 그것이 공식적인 국가 수행원이 기록물로 남긴 사행문학의 일종이라는 점이다. 먼저 사료적 측면에서 이들은 초기 한불 외교 관계의 실상을 파악할 수 있는 중요한 자료라는 점이다. 지금까지 개화기 이래로 한말까지 프랑스 현지에서의 한불 초기 관계를 알려주는 한국 측의 자료는 없었다고 해도 과언이 아니다. 하물며 프랑스 현지에서 한국 외교관들이 공무를 수행하면서 남긴 자료는 더욱 그러하였다. 그런데 대한제국기 주불공사였던 김만수의 관련 기록물이 발굴됨으로써 한국과 프랑스 사이에 있었던 초기 외교관계의 실상을 어느 정도 확인할 수 있게 되었다. 이 일기자료를 통해 우리들은 주불공사였던 김만수가 파리에 상주하면서 프랑스 대통령을 비롯한 각료들과 의회 수장들, 그리고 각국의 외교 관료들을 만나면서 주고받은 담화를 통해 열강들 사이에서 약소국 외교관의 숨 가쁘게 움직였던 모습들을 만나게 된다. 이외에도 세계를 움직였던 서구 열강의 모습, 구라파에 파견되었던 한국 인사들의 활동 내용을 함께 확인할 수 있다. 뿐만 아니라, 김만수는 공식적인 외교 활동에 대한 기록 이외에도 선진화된 서구 문명과 서구 문화의 생소한 모습을 놓치지 않고 기록하고 있다.

문학적 측면에서 이들 자료는 사행문학의 범주에 속한다. 이들 자료는 김만수라는 개인이 작성한 기행일기라고 말할 수 있고, 더 나아가서 공무를 수행하면서 여정에 따라 견문과 소감을 기록한 사행문학의 일종이라는 점이다. 예로부터 한국인들이 중국을 다녀와서 많은 기록물을 남겼는데, 우리는 그것을 '연행록' 내지 '사행록'이라 일컫는다. 조선시대에 사신이 원·명·청 왕조에 사행했던 총 회수가 공식적으로 579회에 이르렀고, 오늘날 그것을 기록한 독립성을 가진 연행록이 418건에 이르고 있다. 김만수가 쓴 이들 자료는 사행 목적지가 중국이 아닌 프랑스 파리이지만 그것이 지닌 문학적 성격은 마찬가지이다. 이들 일기자료에서는 연행록처럼 정치·경제·사회·문화·외교·종교 등과 같은 여러 방면에 걸쳐 보고들은 내용들을 기록하고 있다. 조선시대에

관리들이 중국과 일본을 다녀오면서 보고 들은 내용을 적은 기록물 이
외에도 개화기 이래로 서구를 다녀오면서 여정과 견문을 적은 기록물
들이 전한다. 민영환은 1896년 3월 11일에 특명전권공사로 임명되어
윤치호, 김득련, 김도일과 러시아를 다녀오면서『환구일기(環璆日記)』
를 남겼다. 이것은 이들 일행이 한양을 출발하여 러시아 니콜라이 2세
황제대관식에 갔다가 10월 21일에 임금에게 복명하기까지 세계를 일주
한 내용의 기록이다. 김만수의 일기 자료는 민영환의『환구일기』와 좋
은 짝을 이룬다. 이들 기록물은 몇 년간의 시차를 두고 왕명을 받은
외교관이 서구에 갔다가 돌아오는 모든 과정을 기록한 사행문학의 성
격을 지니고 있다.

참고문헌

『일록(日錄)』(김만수).
『일기책(日記冊)』(김만수).
『주법공사관일기(駐法公使館日記)』(김만수).
『연안김씨대동보』, 2006, 회상사, 2897~2899쪽.
『조선왕조실록』,「순부」12권, 순종 14년(1921 신유/3월 4일 양력 3번째 기사).

『재미한인오십년사』(http://www.history.go.kr/front/dirservice/36history).
〈조선총독부관보〉(1910년 10월 1일자).

구사회,「대한제국기 주불공사 김만수의 세계기행과 사행록」,『동아인문학』29집,
동아인문학회, 2014.
민영환,『해천추범』(조재곤 역), 책과 함께, 2007.
양지욱·구사회,「대한제국기 주불공사 석하 김만수의 〈일기〉자료에 대하여」,
『온지논총』18집, 온지학회, 2008.
임기중,「연행록의 전승 현황과 그 문학담론」,『한국문학논총』31집, 2002.

일록(日錄)

4월

**양력 4월 14일(음력 2월 26일). 아침에 맑다가 오후에 흐리고 저물
어 비올듯하다.**

○ 오전 10시경에 참서관인 이종엽, 이하영과 서기생인 강태현, 김
명수를 대동하고 포덕문 밖 총위청에 나아가서 소명을 기다렸다. 이때
영국과 독일 양 공관에 주재할 여러 관원들도 역시 대부분 이곳에서
휴식하고 있었다. 독일에 주둔하고 있는 공사 민철훈과 주영공사 민형
돈이 마침 대관정에서 쉬고 있다는 말을 듣고 나도 가서 쉬었다. 조금
후에 한 상이 하사되었는데 우리 세 성사가 공경히 받아서 함께 먹었
다. 오후 6시에 함녕전에서 폐하를 알현했다. 그때 성상이 말하기를
"요사이 유럽의 여러 국가에 사신을 파견하려 하였다. 전에 파견된 사
람이 매우 오래되었는데 매번 머뭇거리다가 실행하지 못했다. 지금 다
행히 세 성사를 동시에 배를 태워 보내니 부디 노력하여 정진하도록

하라"라고 했다. 세 성사가 미처 대답하기 전에 이어서 또 하교하시기를 "그대들의 사정을 짐이 모르지 않으나 이번의 간명은 특별히 세신가의 후손들을 염두에 두고서 그런 것이다."라고 했다. 제가 아뢰기를 "지금 이미 사행 성명을 받들어서 장차 머지않아 배를 타고 떠나게 되는데, 신은 본디 외교에 어둡습니다. 만 리나 되는 다른 나라에서 어찌 임금의 명을 펼칠 수 있겠습니까? 또 신은 구구한 처지로 실로 답답한 곳이 매우 많습니다." 하니 독일과 영국 두 사신들도 순서대로 각각 소회를 말하였다. 물러나라 명하여, 국서를 공경히 받들고서 막 합문 밖으로 나왔을 때, 참서관을 불러서 국서를 받들라 명하시고 신을 불러서 바로 입대하라는 명이 있었다. 나와 두 공사도 함께 임금 앞에 나왔는데 상께서 동궁과 함께 대에 나오셔서 하교하셨다. "조금 전에 각자의 사정을 진술한 것을 짐이 깊이 생각하지 않은 것은 아니다." 이어서 또다시 "김명수는 누구냐?"라고 물으셨다. 아뢰기를 "김위(金鍏)의 손이며 곧 신의 삼종제인 회수의 아우입니다." 성상이 말하기를 "알았다. 반드시 잘 가르쳐서 훗날 국가에 쓰이도록 잘 만들도록 하거라." 그리고 나서 명을 내려 내려가도록 했다. ○ 알현할 때는 자급(資級, 등급)의 선후로써 하므로 내가 윗자리의 자급이어서 앞서 나갔고 그 다음으로 민철훈과 민영돈이 차례대로 반열에 나아갔다. ○ 참서관과 서기생 등 여러 관원들에게 입대하라는 명이 있었다. 본 공관의 참서관 이종엽과 이하영, 서기생 강태현과 김명수, 독일공관의 참서관 오달영과 이한응, 서기생 이기현과 민유식, 독일공관의 참서관 민상현과 홍현식, 서기생 한광하와 조용하이며, 당시 러시아 공관 관원 두 사람도 새로 임명되었으며, 참서관 곽광희, 서기생 조면순 등이 황제를 알현할 때 각각 성명을 아뢰었다. 성상께서 말씀하시기를 "여러해 전부터 파견하는 사신들 가운데 이번에 파견해 보내는 관원이 가장 젊고 혈기왕성하다." 라고 하고 각 공관의 관원들에게 제각기 반열을 나누어서 서도록 하고 제각기 평소에 자신의 일과를 진술하도록 명했다. 이어서 잘 갔다 오라 고 명하셨다. 그래서 모두들 국궁하고 물러났다. ○ 공사이하 모든 관 원들이 모두 집조(執照)[1] 한 장씩을 받았다. ○ 집이 도성 밖에 있어서 감히 국서를 가지고 자신의 개인집으로 돌아갈 수가 없었다. 이러한 연유로 특허가 있었는데, 한성부에서 관원들 중 한 사람을 돌아가면서 숙직하여 내일 출발하라는 처분을 기다리게 하였다. 그래서 강태현으 로 하여금 숙직을 들게 했다.

양력 4월 15일(음력 2월 27일). 맑음.

○ 오전 10시에 서기생 김명수(金明秀)가 한성부로 가서 국서를 받들 고서 왔다. 두 번째 기차를 타고서 출발했다. 인천 제물포에 이르러서 육지에 내렸다. 해당 감리인 하상기(河相驥)가 점심을 제공했다. ○ 머 리를 깎고 옷을 바꿔 입고 오후 두 시에 현익호(顯益号)를 탔다. ○ 민 병석, 민영철, 조민희, 이지용, 이호익, 이응익 여러 사람들이 더러는 경성 수렛골(차동) 정거장에서 작별했고 일부는 기차를 타고서 작별을 했고 혹은 배 안에까지 와서 전별하기도 했다. ○ 당시에 러시아 참서 관 곽광희와 서기생 조면순에게 다시 입대하라는 명이 있어서 막 배를 탔다가 다시 내려 경성으로 돌아갔다. ○ 5시 반에 마침내 배가 출발하 고 7시경에 팔미도(八尾島)를 지났다. ○ 문인 강석두(姜錫斗)가 수행원 으로써 따랐다. ○ 독일 영국 두 공사 및 여러 관원들이 모두 한 배를 탔다.

양력 4월 16일(음력 2월 28일). 바람이 불었다.

○ 배가 흔들렸으나 억지로 견뎠다. ○ 위해위와 흑수 및 황해를 지났는데 황해는 곧 발해[2]이다. ○ 오후 1시 반에 연태의 석강에 정박했는데 밤이 깊어서 행장을 풀지 못했다. ○ 배를 타고 떠난 지 모두 30시간이 흘렀다.

양력 4월 17일(음력 2월 29일). 맑음.

○ 오전 7시경에 석강의 해관(海關) 앞에 내려서 독일 사람이 운영하는 비취여관에 숙소를 정했다. ○ 당시에 민영기 대감이 유람 차 상해에 와서 막 이곳에 들렀다가 머물고 있어서 만나볼 수 있었다. 일간에 본국으로 돌아간다고 하기에 우선 간략히 몇 자 써서 본가에 서신을 부쳤다.

양력 4월 18일(음력 2월 30일). 오후에 가랑비 오고 또 바람이 불었다.

○ 이 항구에 주재하고 있던 프랑스 영사 계랑 씨(桂郎氏)가 방문했다. 안부 인사를 나누고 나서 물었다. "상해로 가는 배편이 있는지, 시간은 얼마나 걸리는지와 상해에 묵을 만한 여관이 있는지 귀하께서 알고 계십니까?"라고 물었다. 계랑 씨가 이와 같이 이야기해주었는데 이에 대해서는 다음 문장에서 자세히 기록해 두었다. ○ 이곳에서 우연히 오언절구 한 수를 읊었다.

"연태해(煙台海) 한 구석에서 오주의 황제를 떠올려본다. 누가 다시 오주를 부흥시킬까. 저녁 구름 바라보니 수심만이 있구나."

양력 4월 19일(음력 3월 초1일). 맑음.

참서관 이종엽을 대동하고 프랑스의 영사 계랑 씨에게 사례했다. 저녁쯤에 민영기 대감이 그가 머물고 있는 여관으로부터 내방을 해, 한담을 나누고 다과를 베풀었다. 저물녘에 돌아갔다.

양력 4월 20일(음력 3월 초2일). 맑음.

○ 상해에서 묵을 여관 일로 프랑스 영사 계랑 씨가 상해에 거주하고 있는 프랑스인 밀채리(密采里) 쪽에 전보를 쳤다. ○ '순화환'과 '경성환'의 두 척의 배가 모두 상해로 출발하는데 순화환은 다른 행인들이 이미 많이 타서 칸수가 부족했다. 그 때문에 독일과 영국 두 사신과 각각 참서관 일원씩을 대동한 채 탑승을 해서 오후 2시경에 먼저 출발했고, 경성환의 경우는 세 공관의 나머지 관원 열 한 사람이 오후 4시경에 탑승을 해서 출발을 했다.

양력 4월 21일(음력 3월 초3일). 바람이 많이 불지는 않았다.

○ 녹수, 흑수, 요수를 지났다.

양력 4월 22일(음력 3월 초4일). 아침은 맑았고, 오후부터 저녁까지 가랑비가 내렸다.

○ 오전에 진해구와 사산을 지나갔는데, 산 위에는 영국 사람들이 만든 포대가 있었다. 사산 아래에는 배가 운행하지 못하도록 했기 때문이다. 그래서 영국 사람들이 포대를 설치하고 이곳에 가까이 오지 못하도록 관찰했다고 한다. ○ 또 혼수를 지나갔는데 물빛이 혼탁해서 혼수라는 이름이 헛되이 얻어진 것이 아니었다. 또 숭명현, 보산현, 오송현을

지나갔는데 모두 태창 관할이라고 한다. 숭명현에서부터 오송현에 이르기까지 수백 리 해변에는 석축이 있는데 사태(沙汰)를 우려해서이다.
○ 오후 2시경에 상해 항구에 정박을 하고, 프랑스 사람 밀채리가 운영하는 여관에 묵기로 했다. 이곳은 바로 일전에 연태에 머물고 있던 프랑스 영사 계랑 씨가 전보를 보내던 곳이다. 독일과 영국 두 사신도 모두 함께 이곳에 묵었다. 이 여관의 대문 꼭대기에 태극기를 달았다.
○ 매번 항구가 바라다 보이는 곳에서 머물 때에 깃발을 세운다. 뱃머리 아래에도 모두 이런 방식으로 한다. 현익호와 같은 본국의 배편에 깃발을 세우는 경우는 이러한 예에 구애받지 않는다. 다른 국가의 배라야 그렇게 한다.

양력 4월 23일(음력 3월 초5일). 비가 많이 오지 않았다.
○ 보국(輔國) 민영익 씨가 방문해서 잠시 이야기를 나누다가 돌아갔다.

양력 4월 24일(음력 3월 초6일). 아침에 잠시 비가 내렸다.
○ 보국 민영익 씨에게 돌아가 사례를 표했다.

양력 4월 25일(음력 3월 초7일). 흐림.
○ 오후 1시경 이 항구에 주재하고 있는 프랑스 총영사 나달 씨와 영사 가야 씨가 와서 제일호 전칙을 전해왔다. 그로 인해 곧 궁내부에 전보를 보냈다. 전신 내용은 '프랑스 영사가 전칙을 거쳐서 전해왔는데 사신 등이 어느 곳에 머무는지 상세하지 않으니 품달하라고 하기에 "밀채리 프랑스 여관에 세 사람의 사신이 함께 묵고 있는데, 5월 2일에

배편이 있어 떠날 예정입니다."라고 아뢰었다.'【이 열여섯 자를 전보로
부쳤다.】(두주: 대궐에서 내린 제1호 전보이고 제1호 답신이다.)

양력 4월 26일(음력 3월 초8일). 흐림.

○ 오후 1시에 보국 민영익 씨가 방문을 했다. 그길로 함께 북경원(北
京園)을 찾아갔다. 날이 저물어 각각 돌아갔다. ○ 오후 7시에 대궐에
서 답신을 받았는데【제2호】 그 내용은 다음과 같다. "이우(李瑀)를 엊그
제 보냈으니 만나본 후에 배를 출발하고 전보를 보내는 것이 좋겠다."

양력 4월 27일(음력 3월 초9일). 맑음.

○ 오전 10시에 참서관 이종엽을 대동하고 프랑스 총영사 나달 씨와
영사 가야 씨에게 찾아가서 답례하였다. ○ 오후 4시에 이우가 도착했
다. 삼가 봉서 한통을 받았다【제1호】. ○ 미국사람 산도찰(山島札)이 도
착했다. ○ 오후 7시에 독일, 영국 두 사신과 더불어 보국 민영익 씨를
찾아가서 청국의 음식을 실컷 마시고 먹을 때 앵두가 차려져 나와 산뜻
했다. 저물녘에 돌아왔다.

양력 4월 28일(음력 3월 초10일). 맑음.

○ 오후 5시경에 독일, 영국 두 사신과 함께 장원과 우원을 찾아가서
경물을 완상을 하고 회포를 풀었다. 이곳은 기후가 매우 따뜻하여 온갖
꽃들이 이미 저물었고, 녹음이 절로 이루어져 보리이삭이 아주 무성해
서 싱그러웠다.

양력 4월 29일(음력 2월 11일). 맑음.

○ 연태로 가는 선편에 이우가 돌아가게 되었다. 그래서 서기생 김명수로 하여금 답봉서 한 통을 베껴 쓰게 했다. 내용은 다음과 같다. "삼가 아룁니다. 신이 상해에 머물고 있었던 이번 달 27일 오후 한 시에 신 이우가 도착을 해서 삼가 칙함(勅函)을 받았습니다. 프랑스에 도착을 하면 국서를 프랑스에 올리고 그런 다음에 말씀을 전해드리도록 하겠습니다. 하교하신 일은 마땅히 마음에 새기고 폐에 새겨 두겠습니다만 신은 본디 말이 옹졸하고 정성이 미천하여 능히 이국에서 합당한 격을 받지는 못할까 염려가 됩니다. 그래서 미리부터 매우 걱정스럽습니다. 헌사를 하고나서 그 답이 어떠한지 바로 전신을 통해서 전달하겠습니다. 지금 프랑스 외교관 등과 더불어 교제할 때에 혹시 작은 뜻이라도 들을만하고 채집할 만한 것이 있으면 또한 응당 암호를 써서 보고하도록 하겠습니다. 신이 삼가 상해에서 발행하는 신문을 봤더니 대한제국에 대해서 언급된 내용들이 몇 편이 있어서 황제께서 보시도록 올립니다. 다만 삼가 듣기로 기자가 일본인이라고 하니, 아뢰기가 황공스럽습니다." 광무 오년 사월 이십구일 신 아무개 올림. ○ 외부(外部)에 보고했는데 다음과 같은 내용이다. : 본 공사의 수행원인 강석두의 배 삯 800원과 일비(日費) 150원 도합 950원 안에 500원은 이미 지불하였고, 그 나머지 액수 450원은 출발 당시 바쁘고 어수선하여 받지 못해서 중도에 몹시 군색함이 아주 심하여 이에 보고해서 사실을 밝히오니 살피신 후에 즉시 그날로 환전해서 군색하고 곤란함을 면하게 해주시기를 삼가 바랍니다【조사 이하영 서사 김명수】. ○ 서찰 한통을 탁지대신 민병섭에게 부쳤다. ○ 안부 편지 한통을 이완용에게 부쳤다. ○ 미국 사람 산도찰에게 다음과 같은 답신을 보냈다. "삼가 답신을 올리는 내

용은 지난번에 직접 뵙고서 전해준 가르침을 받들었는데, 지금 편지를
통해 가르침을 받게 되니 지극히 감사드립니다. 프랑스에 도착하고 나
서 저의 공관 고문관 가운데 감내할만한 한 사람을 충원해서 임명하는
문제는 정말로 시급한 업무에 해당합니다. 그래서 당신의 가르침은 정
말로 감사드립니다. 그 밖에 당신이 제시해 주신 여러 가지 말씀들은
다만 마땅히 특별하게 마음속에 간직해서 잘 존중해서 범상하게 생각
하지 않겠습니다. 그러나 앞으로 일은 참으로 미리 질의하기 어려워
매우 마음속이 우울합니다. 이후에 우리 황제를 뵙고 일마다 돕겠다고
하신 말씀은 더욱 감사하기 그지없는 마음을 이루다 할 수 없습니다.
삼가 이만 줄입니다. 대감께서 절서(節序)를 따라 편안하시기를 송축합
니다."

양력 4월 30일(음력 3월 12일). 아침에는 맑고 오후에는 흐렸다.
○ 오후 4시에 궁내부에 전보를 보냈다. 내용은 '이우가 27일 도착해
서 만났습니다. 삼사(三使)는 모레 진시 정각에 배를 탈것입니다.'라고
했다【세 사신의 이름을 열명했다.】.(두주: 올린 전보 제1호.)

5월

양력 5월 초1일(음력 3월 13일). 아침에 비가 왔고 오후에 흐렸다.
○ 오전 9시에 삼가 전칙을 받았다. 내용은 '이우는 도착했는가? 다
음달 2일에 속히 등정하도록 기약하라.'였다.(두주: 답전으로 내린 제1

호.) ○ 오후 4시에 또 전칙을 받는데 내용은 '프랑스인 사타례를 프랑스 주재 공관 참서관으로 이미 정했다는 일'이었다. (두주: 대궐에서 내린 전보 제2호.) 그로 인해 받은 즉시 회전을 했는데 내용은 '사타례 참서관을 이미 확정했다는 내용을 받들겠습니다.'라는 것이었다. (두주: 답으로 올린 전보 제2호.)

양력 5월 초2일(음력 3월 14일). 흐림.

○ 오전 8시에 작은 윤선에 탑승하고 9시경에 다시 오송현 앞에 도착해서 '야라호'에 갈아타고 10시에 출발을 했다. ○ 함장은 프랑스인이다. 배의 무게는 4천 톤이다. 배 삯은 5백7십8원9십 전인데【이것은 상등칸이다.】중등칸은 3백9십4원4십 전이다. 참서관이하 여러 관원은 모두 중등칸을 탑승했다. 함장의 성명은 예걸(禮杰)이고 '메쓰셰리마리씀' 회사의 사령관이다.

양력 5월 초3일(음력 3월 15일). 아침에 흐렸다가 오후에 맑음.

양력 5월 초4일(음력 3월 16일). 아침에 맑았다가 오후에 잠시 비가 내림.

○ 오후 1시에 소풍 차 선창 윗면으로 올라갔다. 어떤 한 노인이 살이 매우 쪄서 덩치가 매우 우람한데 내 앞으로 다가와 말을 건넸으나 뜻이 통하지 않아 알아들을 수 없었다. 통역에게 요청해 물어보았다. : "본디 프랑스인데 해관(海關)과 관련된 일로 연전에 대한제국의 덕원항에 수년 동안 와서 거주하였다. 근일에는 역시 해관의 일로 청국으로 이주해 살다가 또 지금 맡은 일이 있어서 현재 홍콩으로 가는 중이다. 머지

않아 본국으로 돌아갈 계획이다. 본국에는 근래 대한 제국의 공사가 없었다. 이제 보니 귀국(貴國)에서 파견된 사신이 매우 많다."라고 하였다. ○ 오후 9시경에 홍콩으로 가서 정박했는데 좌우로 산을 끼고 수십 리를 와서 비로소 항구가 열렸다. 이곳은 바로 영국 사람들이 점령하고 있어 산 앞에 상하좌우로 양옥들이 두루 가득 찼고 영국 사람들이 그 가운데 십중팔구를 차지한다. 온 산과 연로(沿路)에는 등촉(燈燭)이 마치 가을 밤하늘에 흐드러진 별과 봄 산에 만개한 꽃처럼 비추어서 매우 볼만했다. 서기생 김명수가 마침 곁에서 말하기를 "어찌하면 이 경물을 그려내어 동방으로 가 우리 임금께 절을 하고 헌상할 수 있을까요?"라고 하였다. 내가 말하기를 "마음뿐이지 실행할 수 없으니 어쩌겠는가. 그런데 지금 우리들이 이처럼 좋은 경치를 완상할 수 있는 것도 임금의 은혜이다."라고 하였다. 명수가 말하기를 "상해는 들판을 따라 펼쳐져 있어 경내에는 산이 없으나, 홍콩은 산을 따라 펼쳐져 있어 경내에 들판이 없습니다. 들을 따라 펼쳐지면 풍경이 분산되고, 산을 따라 펼쳐지면 풍경이 모이니, 이 때문에 상해와 홍콩 두 곳의 풍경은 바로 지세에 따라 같지 않아 우리가 눈으로 보기에 고하가 있습니다. 사람들이 홍콩을 모두 상해보다 성대하다고 말하는 것은 이 때문이겠습니다."라고 하였다. 참서관 이하영이 말하기를 "이 홍콩은 50만에 지나지 않는데 상해는 100만입니다. 인사와 물정의 중요한 형세로 볼 때 어찌 홍콩과 같겠습니까."라고 하였다. 그러자 내가 말하기를 "그 사실로 보면야 그렇지만 그곳에 가서 눈에 들어오는 풍경이나 정황은 홍콩이 상해보다 성대하다."라고 하였다.

양력 5월 초5일(음력 3월 17일). 흐리다가 맑다가 가랑비가 내렸다.

오전 11시쯤 독일, 영국 두 사신과 함께 여러 제원과 작은 배를 타고 해당 항구의 형편을 찾아가서 보았다. 얼마간의 상점이나 서양식 행상들은 따로 볼만한 것은 없었지만 오직 볼만한 것은 산의 최정상에 기계창이 있었는데 산 아래 육로에서부터 정상의 봉우리에 이르기까지 철로를 설치해서 승강 시에 철선 두 가닥이 차례로 매달고 올라갔다 매달고 내려왔다. 그래서 그 형세가 긴 팔 원숭이가 높은 나무를 오르내리는 듯했다. 차표는 장당 50십 전이었다. 한 번 오르고 한 번 내릴 때 시간은 10분이 걸리지 않았다. ○ 오후 7시경에 배로 돌아왔다.

양력 5월 초6일(음력 3월 18일). 아침에 흐렸다가 정오에 맑았고 오후에 다시 흐렸다가 저녁에 가랑비 내리고 또 바람이 불었다.

○ 배가 약간 흔들렸다. ○ 만국우체를 통해서 집에 편지를 부쳤다. ○ 오후 1시에 배가 출발했다.

양력 5월 초7일(음력 3월 19일). 바람이 불었다.

○ 배가 흔들려서 멀미가 나서 견디기 힘들었다.

양력 5월 초8일(음력 3월 20일). 맑음.

○ 물결이 잠잠해 지면서 배가 안정되었다. 새벽에 서쪽을 바라봤더니 10리쯤에 산이 하나 있었다. 그 산세가 웅장하고 고와서 마치 우리 대한제국의 산천과 같아 나도 모르게 기분이 좋았다. 그 자리에서 명수를 불러 말하기를 "이곳은 바로 안남(베트남)의 경계이다. 이 나라는 본래 우리 대한제국의 제도 문물과 거의 같았다. 지금은 불란서(프랑스)

에 속해 있으니 한심스런 일이다. 그대는 그 상황을 잘 기억해 둬라."라
고 하니 명수가 "네" 하고 물러났다. ○ 오후 4시경에 안남의 경계면으
로부터 바람과 구름이 갑자기 일어나 그곳의 산천이 희미해서 보기가
어려웠다.

**양력 5월 초9일(음력 3월 21일). 아침에 맑았다가 오후부터 비가
내렸다가 그쳤다가 또 우레가 쳤다가 저녁에 또다시 비가 내렸다가
번개가 치고 우레가 쳤다.**

　　○ 상오 7시부터 안남의 사이공으로 들어갔다. 해구가 굴곡이 많아
서 수십 구비를 회전을 했다. 아마도 수백 리쯤은 되어 보였다. 9시경
에야 정박을 했다. 아! 이곳은 프랑스 땅이다. 그러므로 프랑스에서 정
부를 설치를 하고 총독을 두었다. 그런데 해당 총독 아무개 씨가 막
본국으로 돌아간 상태이고 서리총독 역시 막 이 땅의 고도인 동경으로
가있는 상태였다. 오직 참서관만이 업무를 보고 있는데 오전 9시 반에
해당 정부에서 부원 한 사람을 보내어 환영한다는 뜻을 표하고 인하여
말하기를 해당 총독 모씨는 교묘하게도 맞지 않아 나오지 못해서 매우
미안해하며 반드시 프랑스 수도에서 서로 접견할 수 있을 것이라고 말
을 했다. 또 해당 정부에서 마차 2량을 보내왔다. 그러면서 말하길 "혹
시라도 유랑을 한다고 한다면 이 수레를 누추하게 여기지 마시고 타
달라."라고 전달을 했다. 하오 3시에 참서 이종엽을 파견해서 회답을
전하기를 "즉시 몸소 찾아가 뵈어야 했지만 여러 날을 바닷길을 오느라
피곤해서 몸을 일으키기가 어려워서 마음속의 성의를 완수할 수가 없
습니다. 또 마차를 베풀어 주신 것에 이르러서는 또 성대하게 감사합니
다만 국가 간의 예교라는 것이 참으로 어려운 일인데 어찌 유람이나

할 수 있겠습니까. 그래서 이에 돌려보내드립니다. 당신들의 성의에 감격하는 마음이야 마차를 타느냐의 여부에 있지는 않을 것입니다."라고 말을 했다. ○ 독일과 영국에 주둔하는 두 성사와 더불어 공원을 찾아가 두루 관람을 하고 배 안으로 돌아왔다. ○ 이 지역은 곧 외인도 적도와 가까운 곳이다. 날씨가 매우 더워서 삼복보다도 심하다. 사계절이 똑같아 가을 겨울에도 서리와 눈이 없고 풀이나 나무가 항시 푸르다고 한다.

양력 5월 초10일(음력 3월 22일). 오전에 맑고 오후와 저녁에 바람도 불고 비도 내리고 우레도 치고 번개도 치다가 저녁에 이르러서야 이내 그쳤다.

○ 오전 9시 반에 배가 출발했다. ○ 오후 1시경에 동쪽으로 산이 솟은 곳을 지났는데, 이곳 역시 안남 지역이다. 서양 가옥이 많았다. 몇 리를 지나자 오직 바다색뿐이었다.

양력 5월 11일(음력 3월 23일). 맑음.

○ 《성초지장(星軺指掌)》[3] 서너 조항을 훑어보았는데, 흥미로웠다.

양력 5월 12일(음력 3월 24일). 아침에 맑고 오후에 안개가 심하게 끼었다.

○ 새벽에 일어났는데 산색이 비로소 드러났다. 좌우에 간혹 산이 있었는데 높지는 않았고 더러는 평원으로 펼쳐진 들이었다. 수목이 들쭉날쭉하지 않고 봄밭에 자라는 마처럼 곧게 벌려져 있었다. 산야 사이에는 종종 서양식 가옥이 있었다. 산 이름은 바로 마래산(馬來山)이니 곧

옛 국명인데 지금은 영국 점령지라고 한다. ○ 오전 9시경 신가파(싱가폴)에 정박하니 이곳도 영국의 속지이다. 오후 2시쯤 주 독일, 영국 공사관과 주 영국 참서관 이한응과 마차를 타고 서쪽으로 5리쯤에 있는 공원의 동물원과 식물원에 갔다가 4시 반에 돌아왔다. 돌아온 즉시 배가 출발했는데, 배가 출발한다고 광고한 시간은 4시 반이었다. 나와 독일, 영국 두 공사가 4시 반 전에 도달하지 못하자 본 공관 참서관 이하영, 영국공관 참서관인 오달영이 공사를 찾으러 다른 곳으로 가려 했다. 그런데 나와 두 사람의 대사는 마침 4시 반까지는 다다르게 됐다. 이 두 사람의 관원은 길이 서로 어긋나서 만나지 못했다. 자연히 그들은 지체가 되었다. 함장에게 요구하여 시간을 늦춰서 출발해달라고 했지만 그 뜻을 얻을 수가 없었다. 어쩔 수 없이 배가 출발했다. 그때 함장이 말하기를 세계의 행선장에는 어느 시간을 막론하고 이미 광고를 했으면 바꿀 수 없다. 어떻게 저 두 사람을 기다리기 위해서 정해진 법령을 어길 수 있겠는가. 비록 심히 미안한 일이지만 그렇다고 어찌하겠는가. 오늘 이후에 보름 뒤면 이곳에 프랑스의 선편이 있다. 어쩔 수 없이 보름 이후를 도모해야 한다. 여비 몇백 원은 그 사이에 선상회사에 맡겨둬서 그때에 맞춰서 보내게 하도록 해야 한다고 했다. 그 말을 따라서 보름의 여비 40여 원을 해당회사에 인치를 시켜두었고 영국공사도 또한 마찬가지로 했다. 배 삯은 이미 야라호에 있다며 비록 다른 선박을 탑승한다 하더라도 다시 값을 지불하지 않아도 되니 이건 회사의 장정(章程)이다. 하지만 만일에 프랑스 선박의 회사라고 한다면 그렇게 해도 되지만 만약 다른 나라의 회사라면 그렇게 할 수가 없다. 이러한 규정은 타국의 회사 또한 마찬가지이다. 이것은 천하의 공통된 규정이다.

양력 5월 13일(음력 3월 25일). 아침에 맑다가 오후에 흐리고 또 약간 바람기가 있고 서늘하니 좋았다.

○ 오늘부터의 뱃길은 곧 인도양이라고 한다. 『사술기(四述奇)』 몇 구절을 보았다.

양력 5월 14일(음력 3월 26일). 아침에 약간 바람이 불었고 오후 네 시경에 잠시 비가 내리다 바로 개었다.

○ 아침에 일어나서 보니 산 하나가 수백 리나 쭉 뻗어 서 있어 단지 푸르기만 했다. 이 산은 곧 소문답랍(수마트라)이라고 하는 큰 섬이다. 본래는 하란(네덜란드)의 국경이었는데 지금은 영국 땅이 되었다. 배가 이곳에 이르러서야 바람이야 멈췄지만 배가 안정되어 있지 않았으니 파도가 아주 세찬 기세가 있었다는 것을 알 수 있다.

양력 5월 15일(음력 3월 27일). 맑음.

○ 배가 바람이 없는데도 스스로 흔들리니 몸 역시 편하지 못해 체기도 있었다. 배 안에 있던 서양의사에게 방문하여 물약 몇 숟가락을 조금 마셨다.

양력 5월 16일(음력 3월 28일). 약간 바람이 불었고 오후 5시 이후에 비가 내렸다. 정신이 어지러워서 견디기 어려웠다.

양력 5월 17일(음력 3월 29일). 아침에 흐렸다가 또 다시 가랑비가 내렸고 뒤이어 바로 그쳤고 4시경에 또 다시 비가 내렸다가 바로 그쳤다.

○ 새벽부터 서쪽 밖(너머) 4~5십 리 즈음에서 석란도(스리랑카)를 봤는데 여기서부터 물결이 잠잠하고 배가 안정됐다. 그래서 아마도 가장 깊은 곳에 도달한 것으로 보였다. 물이 깊으면 물결이 급하지 않다는 사실을 이로부터 알았다. 오전 8시에 석란도의 골름보(콜롬보)에 정박했다. 1시에 육지에 내렸다. 전차를 타고 절 하나를 찾아갔다. 절에는 누운 금불상 하나가 있었는데 길이가 수십 척이고 몇 아름이나 되어 매우 웅장하고 화려했다. 예로부터 이르기를 이 섬은 석왕여래가 탄생했다고 한다. 생각해 보건대 이곳은 바로 한나라 명제 시에 이 도(여래 사상)가 중국에 유입된 것으로 생각이 되는데 혹시 이 땅인지는 모르겠다. 또 거주하는 백성들의 가옥을 보니 대부분 서양식을 모방했다. 그곳의 남녀노소는 모두 흑인종이다. 좌우 나무는 모두 종려나무, 파초 등이다. 땅이 아주 덥고 기가 증기처럼 올라서 완연하게 삼복더위의 날씨 같았다. 돌아오는 길에 부두에서 주 러시아 참서관 곽광희와 서기생 조면순 두 사람을 만났다. 이역에서 서로 만났으니 그 기쁨을 이루 말할 수 없었으며, 차도 마시고 과일도 먹었다. 하지만 배가 출발하는 시간이 다급해서 각자 헤어져 마음껏 속마음을 이루다 펴지 못해 서운했다. ○ 오후 9시에 출발했다.

양력 5월 18일(음력 4월 초1일). 아침에 맑고 정오에 흐렸다가 저녁에 바람이 불었다.

○ 오전 4시경에 이 배에 기계가 고장이 나서 잠시 배를 정박하고 수리했다. 오후 1시경에 다시 출발했는데 배를 멈춘 사이에 선원들이 상어(鱣魚) 한 마리를 낚았는데 길이가 수척이었다. 상어를 낚시 할 때 돼지고기 한 점을 미끼로 썼다. 상어가 미끼 옆을 왔다 갔다 하면서

삼키려고 무수히 시도하다가 결국 한 마리가 삼켰다가 다시 토해내고 떠나기를 몇 차례 하더니 다시 찾아와 삼켰다. 그때 낚아서 총을 두 발이나 발사했는데도 죽지 않으니 상어가 얼마나 크고 강한지 알 만하다. ○ 우연히 절구 한 수를 지었다. "봄의 절반 이상을 배 안에서 보냈으나 멀고 먼 서양의 길은 아직도 많이 남았네. 매달 거듭 제삿날을 만나니 왕생(王生: 王景文)이 나보다 앞서 울며 '〈육아(蓼莪)〉'시를 읊었도다." ○ 프랑스의 외부주사가 막 다른 나라에 갔다가 환국하는 길에 같은 배를 탄 지 한 달 만에야 인사를 했다.

양력 5월 19일(음력 4월 초2일). 아침에 약간 바람이 불다가 오후에 잠깐 비가 내렸다.
○ 『사술기(四述奇)』에 실려 있는 몇 구절을 보았다.

양력 5월 20일(음력 4월 초3일). 맑고 바람이 없으니 배가 매우 평온했다.

양력 5월 21일(음력 4월 초4일). 맑음.

양력 5월 22일(음력 4월 초5일). 맑음.

양력 5월 23일(음력 4월 초6일). 맑음.
○ 오후 2시경에 남쪽으로부터 처음 산이 보였는데 매우 산뜻했다. 얼마 있지 않아 또 보이지 않았다. 이곳은 곧 아미리(아메리카) 경계이다.

양력 5월 24일(음력 4월 초7일). 매우 더웠다.

○ 오후 6시에 서쪽을 바라보니 산이 있었는데 그 형세가 칼이 횡으로 누워있는 모습이며 매우 기묘했다. 이곳은 아정(아덴)[4]이라고 했다. 남쪽을 바라보니 또 산이 있었는데 이곳은 지보득(지부티)이라고 했다. 아정 아래에 또 산이 있었는데 장엄하고 아름다웠다. 이곳은 아라비아국의 산천이라고 한다. 이곳을 지난 지 오래지 않아 오후 9시에 지보득에 정박을 했다.

양력 5월 25일(음력 4월 초8일). 너무 더워 큰 화로 속에 있는 듯했다.

○ 지보득(지부티)은 본래 열대 지역이라 초목이 없다. 산은 크지 않으면서 자흑색이고 흙은 윤택하지 않으며 적흑색이어서 사람들도 모두 적색 인종이다. 또 거주하는 사람들은 물속에서 물놀이를 좋아하는데 마치 물고기가 헤엄치는듯하여 매우 볼만했다. ○ 아침에 함장이 찾아와서 말하였다. : "오늘 혹시 육지로 내려가게 되면 태양 빛을 극히 조심해야 한다. 이곳은 병이 많아 매번 태양의 열기를 받기만 하면 그로 인해 저절로 가슴이 답답해서 병이 생기기 때문이니 두려워하고 두려워하라."고 했다. 아주 더웠다. 배가 다시 고장이 나서 잠깐 수리되기를 기다렸다가 오후 11시경에 출발했다. ○ 집안에 보낼 편지를 만국우체를 통해서 부쳤다. ○ 이곳은 개항한 지 겨우 수년 밖에 되지 않아 물류가 열악한데도 프랑스 영사가 주재하고 있었다.

양력 5월 26일(음력 4월 초9일). 바람이 불었다.

○ 인도를 지나니 곧 홍해였다. 오후 2시경에 동북면으로부터 산이

하나 있었는데 이곳은 곧 아비리아 산천이었고 그 빛깔이 검은데 산
이름은 모르겠다. 4시경에 서면으로부터 산이 하나 있었는데 그 빛깔
도 검다. ○ 섬라(태국) 친왕인 쎨낙까씨가 현재 본국에서 공부하기 위
해서 영국으로 향하는 중이어서 이 배를 함께 탄 지 수십 일이다. 지금
에서야 그가 먼저 내게 인사를 건네기에 안부를 물은 후 내가 다시 주
독일, 영국 두 사신을 데리고 와서 태국 친왕을 소개했다. 그는 지금
태국 국왕의 둘째 아들이다. 나이는 겨우 17~8세인데 프랑스어와 영어
에 능통하나 오히려 부족하게 여겼다. 그래서 지금 또다시 공부하기
위해 유학 떠나는데 매우 조숙하고 사람 됨됨이도 단정하고 정숙했다.
○ 이 배에 함께 탄 사람들은 모두 한 달이나 얼굴을 마주쳤지만 아직
대화를 나누지 못했다. 지금에 이르러서 믿음이 생겨 다른 사람과 잠깐
가까워졌다. 출발 날짜도 모두 비슷하니 장차 한 잔의 술로 은근한 정
을 나누고자 했다. ○ 함장과 여타의 여행객들을 만나니 이들 또한 이
러한 뜻이 없지 않았다. 오후 11시경에 약간의 다과를 차려놓고 상등객
60여 인에게 참석을 요청했다. 서로 인사를 나누는데 섬라국(태국)의
친왕은 병으로 참여하지 못하고 프랑스 주재 안남 고등공사 쉴모릴이
상좌에 앉았다. 또 프랑스 원수부의 화사(화공) 겸 해군 보병 참령 품이
쎄농과 기타 관료들이 대부분 참석했다. 반 시간 만에 끝났다. ○ 밤이
되자 물에 비친 달빛은 맑았고 하늘가의 바람 소리가 차고 서늘했다.
이때에 집과 나라 생각이 간절해서 억누를 수 없어 선창 위를 돌아다니
며 얼마 동안 소요했다.

양력 5월 27일(음력 4월 초10일). 맑음.

○ 몸에 약간 감기 기운이 있어 편치 않았다. 그것은 어젯밤에 잠시

동안 찬바람을 쏘인 탓이었다. ○ 오후 10시경에 이 배 안에 있는 상등
과 중등의 각국인들 합쳐서 남녀 수백 명이 함께 모여서 잔치를 베풀었
다. 선창 면에 앞머리 부분을 중심으로 동서 양면으로 나누어 프랑스
국기를 달았는데 이것은 바로 선주로서의 예절이다. 이어서 동서 양방
으로 각국의 깃발이 20기가 걸려 있었다. 대한제국의 국기는 다섯 번
째 면에 동서 양방향에 걸쳐서 나누어 걸려 있다. 동쪽지역 제6면에는
청국 국기가 걸려 있고 제7면에는 일본 국기가 걸려 있었다. 서쪽 지역
에 걸려 있는 아시아에 속한 한국, 청국, 일본 세 나라 국기 가운데 오
직 우리 대한제국의 국기만이 두 개가 걸렸다. 그 까닭은 어떤 나라의
국기를 막론하고 그 당시에 국기의 수만큼 거는 것이지 일정한 의리가
있는 것은 아니다. 지금 대한 제국의 세 사람의 공사가 이 배 안에 있고
국기의 현재 가지고 있는 것이 다른 나라가 가진 국기수보다 많았다.
그래서 2개의 깃발을 취해서 동서 양방에 건 것이다. 잔치 석에서 우리
세 사람 공사에게 요청해서 모임에 참석해 달라고 요청해왔다. 나는
병이 들었다고 사양하여 참석하지 않고 오직 참서관 이종혁과 서기생
김명수와 강태현 등만이 참석했다. 주 독일, 영국 두 사신도 모두 제원
들을 거느리고 참여했다. 프랑스 사람들이 먼저 음악을 연주하는데 맞
은 편 여가수가 노래 부르자 양금을 연주하였다. 제2차에서도 여가수
가 노래 부르자 이와 같이 했다. 제3차가 되자 우리 대한제국 사람들에
게 노래를 한 곡 불러달라고 요청을 했다. 참서관 이종혁과 주 독일
참서관 홍현식, 주 영국 서기생 이기현 등 세 관원이 모두 나가서 속칭
'율가' 한 곡을 연주하자 모두 박수를 쳤다. 서양 사람들은 매번 노래를
부르고 나면 박수를 치는데 모두 찬양하는 뜻이다. 이를 뒤이어 각국
서양인들이 모두 수십 곡을 불렀다. 또 이어서 춤을 췄는데, 남녀가 안

고 몸을 뒤로 젖히고 도무를 하면서 양금의 곡조에 맞추어 춤을 추었다. 이렇게 몇 차례 하고 서기생 김명수에게 남녀 상대로 춤을 한 번 추라고 요청을 하니 어쩔 수 없이 나가서 춤을 췄는데, 춤 이름이 '완세(完世)'라 한다. 한 사람을 더 청하니 주 독일 참서관 홍현식이 자리에 나아가 함께 춤을 추었다. 오후 12시경에 마쳤다.

양력 5월 28일(음력 4월 10일). 아침에 맑음. 오후에 안개가 끼었다 저녁께 걷히고 맑았다.

○ 오전 12시경에 바다색이 누런색 같기도 하고 잿빛 같기도 하였는데, 홍해(紅海)라는 명칭이 붙은 이유를 알 것 같았다. ○ 밤에 서양인 수십 명이 양금을 연주하며 노래를 불렀다. 남녀들이 끌어안고 춤추며 놀았는데, 정말 볼만했다.

양력 5월 29일(음력 4월 12일). 미풍이 불다.

○ 오전 10시경으로부터 동북면 멀리 아라비산이 보였다. 서쪽으로 또 아비리가산이 보였다. ○ 12시부터 쉬외시만(수에즈만)을 지났다. 오후 10시에 쇄서항에 도착했다. 해구에 처음 들어서니 전기등이 설치되어 있었는데, 그 높이는 십여 장이나 되었다. 그 의도는 밤에 다니는 배를 비춰주기 위함일 것이다.

양력 5월 30일(음력 4월 13일). 맑음.

○ 오전 8시에 배가 출발하여 애급(이집트) 국경에 도착했다. 여기서부터 프르사이까지는 마일로는 87마일인데 바다를 뚫어 길을 내고 좌우에 모두 석축을 쌓았는데 그 넓이가 7, 8칸 정도여서 두 척의 배가

왕래할 수 있다. 지금도 건설 중인데 한쪽에서는 쌓고 한쪽에서는 뚫는 다. 굴착하는 기계는 철제인데 윤선모양으로 바닷속 흙을 파낼 수 있 다. 그 기계의 쓰임새가 어떻게 하여 그렇게 작동하는지는 모르겠다. 북면 석축 위에는 서양식 집이 많았는데 더러는 2층으로 되어 있고, 더러는 3층이었다. 모두 깨끗하고 청결해서 거주할 만했다. 좌우로 난 바닷가 길에 심어진 것은 소나무와 버들 같은 기이한 나무들이었는데 그늘이 져서 지나는 사람들이 쉴 수 있었다. 나무 그늘 아래에는 의자 가 많이 놓여 있었는데 매우 운치가 있었다. 또 철로가 있는데 프르사 이항까지 이어졌다고 한다. 또 해변 좌우로 세운 전등이 몇백 곳인지 모를 정도였다. 석축 위에 전선을 세웠는데 모두 철기둥으로 만들어졌 다. 이것은 단지 북쪽에만 있었다. 그러나 그것이 어느 곳으로 통하는 지는 알 수 없었다. 오전 10시부터 한 곳에 큰 호수로 들어갔는데 그 이름을 무엇인지는 모른다. 그 넓이는 겨우 화살 두어 대 쏜 거리여서 두 시간에 다 지났다. 오후 1시에 또 인공으로 뚫은 곳으로 들어갔는데 넓이가 더더욱 좁아서 상오 8시경에 지났던 곳보다 좁았다. 오후 2시 경에 조금 넓어져서 더러는 두 척의 배가 오고갈 수가 있기도 했고 때 로는 한 척의 배만이 홀로 운행할 수 있는 그 정도의 넓이였다. 때로는 넓고 때로는 좁아서 지적해서 언급하기 어려웠고, 좌우 물속에 표주를 세웠다. 매 50보 거리마다 한 표주를 세워 두었는데 그곳에는 매번 모 래가 수면위로 드러나 있어 매우 얕아서 운행하기가 어려웠다. 그래서 표식을 세워서 뱃길을 알렸다. 배도 서행해야지 멋대로 질주할 수 없었 다. 부두 좌우에는 이따금 양옥들이 있는데 더러는 초가집도 있고 더러 는 흙으로 쌓은 집도 있어서 마치 개밋둑 같았다. 2시에 인가와 수목이 있는 한 곳에 도착했는데 나무들이 있었고 또 승객이 와서 승선하는 사람이 있었다. 1시간 정도를 잠시 정선을 했다. 그리고서 3시경에 배가 출발을 해서 잠시 뒤에 또 다시 뚫어 통하게 한 곳으로 들어갔는데 그 좁기가 오후 1시경에 지났던 곳만큼 좁았다. 해변에 이따금 나무꾼들이 왕래를 했는데 낙타 등에다가 땔나무를 싣고 있었다. 낙타라고 하는 것은 이른바 늣듸라고 하는 것이다. 이따금 땅을 파는 기계들이 설치돼 있었다. 6시경에 북쪽 면으로 향했는데 또다시 전선이 설치된 곳이 보였다. 9시경에 영국군함 한 척도 지나갔다. 군함 한 척이 앞으로 지나갔다. 이에 앞서서 야라호가 한쪽에 서서 지나가기를 기다렸었다. 대개 이 땅은 바로 영국 경계이므로 거기에서 객의 입장에서 주인에게 양보하는 예에 따랐기 때문이다. 만일 프랑스 경계에서 다른 선박이 지나갈 때도 그렇게 했을 것이다. 1시간 정도 머물렀다가 출발했다.

6월

양력 6월 초1일(음력 4월 15일). 아침에 조금 서늘했다가 오후에 바람이 약간 불었다.

○ 오후 1시경에 서북면의 산 하나가 솟아 있었는데 황색인 듯 백색인 듯 자색으로 정채가 있었다. 산의 형색은 험난하지 않아도 단지 평탄하게 솟아있는 모습이 한 마리의 큰 황소가 푸른 들 가운데 서있는 듯 했다. 산의 후면에는 육지와 연결되어 있는지 모르겠으나 바다 가운데 솟은 하나의 작은 섬인 것 같다.

양력 6월 초2일(음력 4월 16일). 맑음.

○ 오후 8시경 북쪽 면으로부터 이달리(이탈리아)의 산을 지나갔는데 산세가 웅장했고 수백 리에 뻗어 있어 구름 위로 솟은 듯 그런 모습이었다. 또 남쪽 면에서 하나의 큰 산이 우뚝 일어났는데 씨실위(氏實謂, 시칠리아)라고 이름 붙여진 곳이며, 가장 위 봉우리에서는 연기와 불꽃이 올라오면서부터 하늘을 뒤덮었다. 이것은 사계절 내내 끊이지 않는다고 하니 세상에서 말하는 화산이다. 이 세상에 이와 같은 장엄한 광경이 있겠는가. 하지만 저물녘에 이곳을 지났기 때문에 그 경치를 완상하지 못한 것이 한스럽다. 지금 배가 이곳 남쪽과 북쪽의 양 산 해협[5] 사이를 지나간다.

양력 6월 초3일(음력 4월 17일). 맑고 날씨는 약간 차다.

○ 오후 8시경에 남쪽으로는 스르뒤네(사르데냐)를 지났고 북쪽으로는 쏘르스를 지나갔다. 이 두 섬은 프랑스 속지라고 했다.

양력 6월 초4일(음력 4월 18일). 맑음.

○ 오전 11시경에 북쪽으로 프랑스 산천을 보았는데 곧, 이일섬이다. 그 산을 보니 산기슭에 전기가 설치된 곳이 이어져 끊이지 않았는데 더러는 모습이 불탑 같았고, 혹은 배의 노처럼 생겼다. 배에서 서로 알고 지냈던 사람이 이곳에 이르러 서로 작별했다. ○ 이곳에 이르자 바다 빛이 푸르면서도 검었다. ○ 오후 4시경 프랑스 항구에 도착해 정박했다. 말르스이(馬塞, 마르세유)에 갔는데 여러 사물의 정황들이 붓으로 이루 형용할 수 없을 정도였다. ○ 오후 5시 반에 육지에 내려 프랑스 사람 오쎌되셰닉브가 운영하는 여관에 임시로 정했다. ○ 이 항구는 미

국의 뉴욕과 청국의 상해와 더불어 거의 서로 비등하지만 이곳은 바로
천하에서 가장 풍요로운 곳이다. 또 세상 항구 가운데 가장 먼저 개설
된 곳이다. ○ 영국사신이 지금 이곳 프랑스 수도에서 처리할 일이 있
어 오후 8시에 출발하는 기차를 타고 프랑스 수도로 떠났다.

양력 6월 초5일(음력 4월 19일). 맑음.

○ 오후 2시에 여러 수행원을 거느리고 마차를 타고 화원을 관람했
는데, 북쪽으로 5리쯤을 가자 큰 집 한 채가 있었는데 바깥 담장은 푸
른 철로 꽃잎의 모양을 새겨서 문을 만들기도 하였고 담장을 만들기도
했다. 문안으로 들어가자 하나의 작은 연못이 나타났는데, 연꽃잎이
떠올랐다. 연못가는 모두 돌로 축조를 했고, 연못 끝에는 돌로 '홍예문'
을 쌓았다. 그쪽 위로는 폭포수처럼 흐르는 물이 이 연못으로 흘러들어
왔다. 연못가로부터 왼쪽으로 돌아서 하나의 문안으로 들어가니 금으
로 주조한 한 장부가 몇 자 되는 돌기둥위에 서 있었는데, 칼을 빼들고
무용을 뽐내고 있었는데 그 위풍당당한 모습에 기가 질렸다. 이곳으로
부터 또 다른 문으로 들어가니 그 내부가 넓었으며, 석회암으로 인물상
수십 개를 조각해서 마치 소상처럼 나란히 두었는데, 혹은 교사의 화신
으로서 가장 으뜸가는 사람이기도 하고, 혹은 이 항구가 개설될 때 가
장 먼저 앞서서 주장해 개설한 사람, 혹은 전사자이고, 혹은 사자에 물
려서 곧 죽으려고 하는 형상도 있었고, 혹은 봉사이면서 앉은뱅이를
업고 있는 형상, 혹은 프랑스가 개화될 때 가장 먼저 등극한 총리대신
이라고 일컬어진 사람의 형상이기도 했고, 또 세상의 화가 그림 가운데
절묘한 것 중 두루 취해서 벽에 걸어두기도 했다. 이곳으로부터 몇 층
의 구비를 돌아서 들어가 보았더니 세상의 아주 기묘한 꽃이나, 기괴한

돌들, 상서로운 새나 특이한 동물들이 있었다. 화초 가운데 예컨대 소나무, 잣나무, 사철나무, 석류 등의 류와 동물들 가운데 예컨대 닭, 오리, 부엉이, 삵 등의 종류나 예컨대 호랑이나 표범이나 여우나 승냥이, 돼지 등은 모두 우리나라에도 있는 것이지만, 그 가운데 코끼리는 빵조각 하나를 먹여주고 난 후에 그 앞에 돈을 던져주면 해당 동물은 능히 그 코로 돈을 주어 사람에게 전해준다. 하지만 빵을 먹지 못하면 이렇게 하지 않았는데 매우 가관이었다. 해가 이미 저물었다. 곳곳을 자세히 구경할 수 없어 이내 여관으로 돌아왔다. 오고가는 길거리 좌우에 나무가 있는 곳이 있는데, 모두 우리나라의 푸른 오동나무와 같은 것을 심어놓고 있었다. 왼쪽에 세 줄을 심었다면 오른쪽도 마찬가지이다. 오른쪽에 두 줄을 심었다면 왼쪽에도 그러했다. 심은 나무의 크기나 높고 낮은 것이 잘 정돈되어 있었다. 그 사이사이 나무마다 하나의 전등을 세워놓았고 등 하나마다 전선 하나를 세워놓았다. 길을 따라 가로등이 모두 이러했다. 노면은 모두 벽돌을 깔았다. 한 뙈기도 노출되어 있는 것이 하나도 없었다. 이 항구 전폭 중앙에 하나의 작은 산이 있다. 그 가운데 높은 봉우리가 있는 곳에 전망대를 하나 설치했는데 사방원근의 형세를 관망하는 것으로 삼았다. 그런데 이곳을 오르내릴 때 전차로 통행을 하는데 철로 만든 두 밧줄로 서로 매달려 올라가기도 하고 매달려 내려오기도 하는 것이 홍콩에 설치되어 있던 것과 같았다. 허다한 풍경들은 글로 다 쓰지 못하겠다. ○ 오후 8시 제11차 기차에 주 독일공사와 여러 수행원과 탑승하고 수도 파리로 출발했는데 본 공관 서기생 김명수와 수행원 강석두 주 독일공관의 참서관 민상현과 서기생 한광하와 조용하 모두는 차표가 부족해서 당분간 머물고 출발하지 않았다. ○ 오후 7시경에 주 러시아 공사 이범진이 지금 프랑스 수도에 머물고 있어서 나에게 전보를 보냈는데 몇 시쯤에 기차를 타고 파리에 도착하는지에 대한 내용이었다. 출발에 임박해서 미처 답장을 보내지 못했다.

양력 6월 초6일(음력 4월 20일). 맑음.
○ 오전 9시에 수도 파리에 도착했다. 그대로 쌍썽강쯰썽스뤼되라쏨쓴 공관에 들어가서 우거를 했다. 이곳은 전 공사 이범진이 이미 도착해서 거처로 삼았던 곳이다. 나도 그대로 머물고자 했다. 궁내부에 전보를 쳤는데 내용은 "주 프랑스 공사 신 김만수는 프랑스 수도에 도착했습니다."【제2호 전보】 외무부로 전보를 쳤는데 '외무대신 우리들은 파리 수도에 도착했다. 김만수'라는 내용이었다. ○ 대한제국의 명예영사 우리라(禹利羅)가 인사차 찾아왔다.

양력 6월 초7일(음력 4월 21일). 맑음.
○ 오전 9시경에 김명수와 강석두가 도착해서 기쁘게 만났다.

양력 6월 초8일(음력 4월 22일). 맑음.
○ 오후 3시에 프랑스 하원의장 아당(雅堂) 씨가 찾아와서 만났는데 전공사 이범진이 현재 일간에 아국(러시아)로 옮겨가기 때문에 아당 씨에게 찾아가서 작별했다. 그래서 이 사람이 지금 사례하러 온 것인데 내가 이 일로 인해서 서로 만났던 것이다. 그 사신의 예는 어떤 나라를 막론하고 사신으로 그 나라의 수도에 들어가면 반드시 이 사람을 찾는다고 한다. ○ 성사 이범진이 나를 이끌고 화원에 가서 관람하며 천천히 거닐며 소요했다. 여기서 또 지하철로 들어가니 그 모습은 땅속에

길을 내고 철로를 설치해서 수백 리까지 뻗쳐 있었다. 처음 들어간 곳은 노면에 유리토를 깔았고 조금 더 들어가니 양쪽에 돌로 쌓아 사람들이 다닐 수 있는 길을 만들었다. 또 그 중간에는 몇 자 정도로 땅을 파서 두 가닥의 철로를 깔았다. 또 좌우에 연달아 전등을 걸어두었고 그 가운데는 매우 어둡고 서늘했다. 몇 걸음 걷지 않아 나와서 공관으로 돌아왔다. 당시 이종엽, 김명수, 강태현이 따랐다. ○ 프랑스 사람 클닝겔호퍼가 우선 명예 서기생으로 임명되어 공문의 번역 및 교제할 때의 문법에 관련된 일을 맡았는데 매월 300프랑을 지급하기로 했다.

양력 6월 초9일(음력 4월 23일). 맑음.

○ 참서관 이종엽과 서기생 강태현, 김명수를 거느리고, 또 주 러시아 공사 이범진과 해당 공관 참서관 이기종 ─ 바로 이범진 공사의 큰아들 ─ 서기생 모리쓰, 프랑스인 소학교 학생 이우종 ─ 바로 공사의 둘째 아들─ 과 주 독일 공사 민철훈, 해당 공관 참서관 민상현, 홍현식, 서기생 한광하, 조용하, 주 영국 공사 민영돈과 해당 공관 참서관 이한응, 서기생 이기현, 민유식, 수행원 강기승과 함께 화원에 갔는데 그 입구에 표를 파는 사람이 있었다. 한 사람당 표 값이 50센트였다. 화원을 구경하려고 하면 반드시 이 표를 산 뒤에 비로소 들어갈 수 있다. 그 안에 들어가 보니, 좌우로 촘촘히 철망을 얽었거나 목책을 묶어 배치를 해서 심어놓은 것들은 세상의 기이한 나무들이었다. 모아서 기르거나 깃들어 살고 있는 것은 천하에 상서로운 새들과 특이한 동물들이었다. 그 가운에는 또 하나의 큰 집을 구축해 놓았는데 그 안에 설치되어 있는 것은 혹 이미 죽은 동물을 겉모습(형체)만 모두 취해서 놓았는데, 대개 그렇게 설치해 놓은 의도는 천하에 사물을 완상하려고 하려는 눈

과 안목을 넓혀주기 위함이었다. 수중에 사는 동식물 여러 가지 물고기들 그 보배로운 여러 가지 물건이 모두 구비되어 있었다. 인간들이 일상생활에 사용하는 물건들은 하나도 빠진 것이 없었다. 또 한곳으로 가니 호랑이가 놀고 있었는데 그 문밖에서 다시 표 한 장을 샀다. 한 사람당 50센트였다. 안으로 들어가니 한쪽에 빈 집을 지어두고 의자 수백 개를 갖추어 놓았다. 청 아래의 빈 터에 의자 수천 개를 상등 칸 하등 칸으로 나누어 배치해 두고 감상하기 편리하도록 하였다. 나는 함께 간 다른 사람들과 함께 청 위로 올라가서 의자에 앉았다. 그 앞쪽에는 쇠 울타리로 방 한 칸을 짰는데 외면은 네모나고 안은 둥글었다. 그 속에 있는 동물들은 사자, 호랑이, 표범, 곰, 개 따위였으며, 한 사람이 그 속에 들어가 이 짐승들을 지휘했다. 이 짐승들은 그가 시키는 대로 따라서 재주부렸다. 예를 들면 호랑이 표범이 수레 위에 앉게 하고 개 두 마리가 끌어서 옆으로 몇 차례 왔다갔다 하게했다. 또는 사람이 호랑이를 업고 천천히 걷거나 또는 사람과 호랑이가 싸우면서 힘을 겨루었는데 세속의 이른바 씨름이다. 또는 두 호랑이는 마주서서 문을 만들고 문 아래에 곰 몇 마리가 엎드린 후에 사람이 곰이 엎드린 사이로 들어가 몸을 숨기는데 세속의 이른바 숨박꼭질이다. 또는 사자가 수레 위에 타고 앉아 호랑이에게 수레를 끌게도 하고 또는 곰이 군복을 입고 총을 메고 왔다갔다 연무하는 모습을 연출하기도 했는데 그 놀이의 형태가 한결같지 아니하여 형언할 수 없다. 또 한 곳으로 들어가 봤더니 문 밖에 또 구경하는 표를 팔고 있었는데 요금은 50센트였다. 문 안으로 들어가서 몇 구비를 돌아봤더니 그 안은 매우 어두워서 밤처럼 무척 어두웠다. 수십 보를 걷고 나서야 점차 밝아졌고 이내 몇 층을 올라가서 나가 섰더니 내가 서있는 곳은 바로 하나의 화륜선 상이었다.

등 뒤에 키 큰 한 사람이 우뚝 서 있었다. 깜짝 놀라서 뒤돌아봤더니 그것은 만든 인형이었다. 그리고 그것은 바로 함장이 기계 위에 서서 사방을 관찰하는 모습이다. 좌우의 선두에는 선원 두 사람이 선창의 난간에 기대어 서 있었다. 사방을 뒤돌아보는데 오직 망망한 푸른 바다에 배의 돛대가 산대처럼 서 있었다. 멀리 있기도 하고 가까이 있기도 하며 천하의 각국의 깃발들이 펄럭이면서 눈에 아른거렸고 하늘가만이 늘어서 있고 태양 아래 오색구름이 얽혀 있어 황홀한 기분이었다. 한쪽 부둣가에는 양옥들이 고기비늘처럼 이어져 있어 그대로 큰 항구를 이루고 있었다. 하나의 멋진 세계를 만들어 내고 있었다. 이것은 한 폭의 그림에 지나지 않지만 사람의 안목을 빼앗아 버렸다. 요괴의 술법이 어떠한 것인지 알지 못하지만 또한 형용해서 말할 수가 없었다. 오후 5시에 돌아왔다. ○ 오늘은 곧 휴일이다. 대한제국 명예영사인 우리라가 잔치 상을 차려놓고 나와 주 러시아, 주 독일, 주 영국 세 사신을 초청하기 위해 잠시 찾아와 대화를 나누었다. 그래서 우리 네 사람은 사양할 수 없어서 함께 갔고 참서관 이종엽 한 사람이 참석했다.

양력 6월 초10일(음력 4월 24일). 아침에 흐리고 낮에 맑다.

양력 6월 11일(음력 4월 25일). 아침에 흐렸다 낮에 맑다.
○ 오전 7시 반에 궁내부에서 내려온 전신을 삼가 받아보니 '잘 도착했다는 소식을 들으니 참 다행이다. 영국과 독일국의 공사들도 무사히 도착했는가. 바로 내용을 알려주기를 바란다.'는 내용이었다. ○ 전신을 올려서 궁내부에 아뢰었다. '세 국가의 공사들은 모두 도착했으며 대례복의 의식을 마치고 나서 이범진과 함께 국서를 바치도록 할 것입

니다.' 프랑스 공사 신 김만수. ○ 궁내부에 전신을 통해 의사를 전달했는데 '공서 안에 있는 승교(하교를 받든)한 내용에 대해서는 대례복의 의식을 마치고 나서 전달하는 것은 아니고, 국서를 바칠 때에 바로 전달해야하는데, 처분을 어떻게 해야 하는지 모르겠습니다.(알려주십시오.)'라는 내용이었다. 공사 네 사람이 연명하여 상주를 했다. ○ 이러한 전신을 보내게 된 이유는 제사들이 중간에서 봉서를 받들어야 하는 일이 있는데 파리에 도착하고 나서 이범진 대감과 더불어 상의를 해보니 격식과 예의에 어긋나서 온갖 어려움으로 곧이곧대로 행한다고 했다. 일을 원래대로 추진할 수 없는 상황이어서 이렇게 전신을 보내서 궁내부에 아뢰는 것이다. ○ 이제 들으니 국경을 나서는 사신들이 대조와 동궁의 탄신일을 만났거나 양력일을 만나게 되면 '문안' 두 글자를 전신을 통해서 전달해야 하고 음력 8월 20일도 그렇게 해야 한다. ○ 지금 계산해보니 매 글자마다 값이 7프랑 70쌍틈리(상팀)이다.[6] ○ 표의 값 10상팀을 영수했다. ○ 지중의 차표는 가고 오는데 모두 60상팀이다. ○ 지금 관보의 비용을 계산해 보니 매월 초하루에 35프랑이다. ○ 오후 8시 반에 참서관, 서기생, 수행원 등을 거느리고 그 밖에 또 주 러시아 공사 이범진, 해당 공관의 여러 관원 주 독일공사 민철훈, 해당 공관들의 제원들, 주 영국공사 민영돈, 해당 공관 제원 등과 쎌네니 프랑스 주파와 오쎄라쏨미스라는 곳으로 가서 희딕라고 하는 음악을 완상을 했다. 영어로는 씨에털, 프랑스어로는 오틱아털이라고도 한다. 대개 음악을 연주하는 곳은 공해의 이름인데 정부에서 만든 회사이고 지금 프랑스 대통령이 창설했다. 또 이른바 '희딕'라는 것은 음악 이름인데, 고문의 남녀의 결혼이야기를 해석해 이 음악을 만들었다고 한다. 이 음악을 구경하려고 하는 자는 표가 있어야 들어가서 구경하는 것을 허락한다고 한다. 그 때문에 지금 나와 동행하는 사람 20명마다 상등표로 모두 150프랑을 내가 모두 부담해서 주었다. 처음 문에 들어 가자 표를 검사하는 사람이 있어서 들어가는 것을 허락했다. 그리고 내가 네 사람의 사신과 여러 수행원을 인도해서 십여 개의 층계를 올라 가 왼쪽으로 돌아가 하나의 방으로 들어갔다. 이곳이 바로 상등 칸이 다. 기타 여러 관원도 모두 다른 방으로 가서 완상했다. 대개 제작형태 는 반달 형태로 삼층을 만들어 구성이 마치 방처럼 생겼고, 벽에는 수 백 개의 방을 만들었다. 매 층에 방마다 모두 의자 수십여 개를 설치했 고, 그 아래 빈 마당에는 수천 개의 의자를 설치했다. 그리고 빈 마당에 는 땅을 파서 하나의 층계를 만들었는데 깊이가 십 척 정도 된다. 그 층의 아래에는 악공 수십 인이 모두 의자 위에 앉아 음악을 연주했다. 건너편에는 또다시 하나의 큰 청이 있고 넓이가 백여 칸쯤이고 높이는 건너편의 텅 빈 광장과 서로 비슷했다. 그 공청의 전단에는 텅 빈 광장 을 향해서 하나의 큰 붉은 비단의 장막을 설치해 놓아서 그 안을 숨겨 놓았다. 처음 연극이 시작이 되었을 때 하층에 있었던 악공들이 몇 곡 의 음악을 연주하자 갑자기 전등이 비추면서 황홀한 광경을 만들었다. 금장이 말려 올라가자 그 안의 두 사람의 부인이 성대하게 치장을 하고 서 있었다. 또 한 남자가 서 있었는데 이 두 부녀와 더불어 노래를 불렀 다. 잠시 뒤 한 부녀는 어느 곳으로 갔는지 몰랐다. 그리고 다시 한 아 리따운 미인이 나왔다. 그러자 저 부녀가 이 미인에게 한 곡의 노래를 권유를 했다. 이 미인이 억지로 한 곡의 노래를 불렀는데, 혹은 노래를 부르다가 멈추기도 하고 혹은 성난 얼굴을 했다. 해당 남자도 노래를 부르라고 권유하는 모습이다. 남녀가 서로 권유하기를 몇 번했다. 때 로는 한쪽으로부터 남자 수십 명이 갑자기 튀어나와서 춤도 추고 노래도 불렀다. 그들이 입는 의복은 모두 프랑스가 백여 년 전에 입었던 모양으로 바꿔서 착용했는데, 옷은 옷감을 자르지 않고 만들었고, 머리는 양모 같았고, 형태나 모습은 마치 도깨비 같았다. 또는 한쪽으로부터 무사 수십 명이 갑옷과 투구를 착용하고 총을 휴대하고서 툭 튀어나와, 펄쩍펄쩍 뛰고 돌면서 큰 소리로 노래를 불렀다. 또는 수십 명이 모두 고깔을 쓰고 수놓은 수레를 메고 와서 한쪽에 서 있었다. 이렇게 몇 차례 하고 10시경이 되자 음악을 멈추었다. 다시 공청 앞에 설치해 놓았던 금장을 걸었다. 10시 반쯤 다시 음악이 연주되고 휘장이 말려 올라갔다. 공청의 후면은 처음 볼 때는 채색을 한 벽과 문이 여러 곳이 있었는데 사람이 모두 이곳을 통해서 출입을 했다. 지금 보니 문이 있고 벽이 있던 곳에 푸른 비단의 장막을 설치했다. 서양의 침실과 같았다. 아까 봤던 소녀미인이 또다시 나온다. 공청 위에 있는 의자에 앉아서 거울을 보고 치장을 했다. 아까 봤던 남아가 몰래 배후에서 그 여인의 치장하는 모습을 훔쳐보고 있었다. 그러자 이 미인이 불끈 노해서 소리를 크게 질러 꾸짖었다. 그 남아가 몸을 움츠리면서 사죄의 모습을 표했다. 그러자 또다시 한 사람의 부인이 장안으로부터 나와서 한편으로는 꾸짖으면서 타이르기도 하고 때로는 잘 달래고 노여움을 풀게도 했다. 그러자 또 한쪽으로부터 수십 명의 남녀가 아까처럼 나와서 춤을 추며 빙 돌았다. 이렇게 몇 차례 하고나서 또다시 장막을 이루고 멈췄다. 잠시 뒤 또다시 장막이 말아 올라가면서 사방에서 전등이 켜지는데 전등이 사라지기도하고 켜지기도 하니 뒷면의 푸른 장막이 걸려 있는 곳이 모두 또다시 변모하면 문도 되고 담장도 되어 하나의 큰 장원이 만들어졌다. 기묘한 꽃이 만발하게 피어 있고 잘 꾸며진 수레 하나가 또다시 등에 메어 나타난다. 무사 수십 명이 총을 메고 나왔다. 그리고 나이가 겨우 17~8살 된 미녀 수십 명이 후면으로부터 나와서 노래도 부르고 춤도 추곤 했다. 이와 같이 몇 번을 하고 나서 결국 혼인의 형상이 완성됐다. 그 가운데 움직임과 움직이지 않는 것들은 이루 상세히 형언할 수 없다. 하지만 이러한 것은 사람들의 귀와 눈을 현혹시켜서 요괴 등의 이야기를 꾸미는데 불과한 것이다. 12시에 끝이 나자 공관으로 돌아왔다.

양력 6월 12일(음력 4월 26일). 하루 종일 날씨가 흐렸고 저녁에는 가랑비가 내렸다. 날씨가 약간 서늘했다.

○ 강상의 변고가 있다는 소식을 경성으로부터 들었다. 자식이 그의 부모를 시해했다는 것이다. 그 상세한 내용으로는 어떤 자식이 가산을 탕진하니 그의 부모가 제지해 마지않았다. 그러자 앙심을 품은 그 아들이 어두운 밤을 틈타서 그의 부모를 목 졸라 죽였다고 한다. 그리고 그 소식을 들은 사람들은 아주 치를 떨었다고 한다. 그리고 다시 법률에 처하는 것을 물어봤더니 이는 즉시 참형에 해당하여 오늘 오후에 그놈을 참할 것이라고 한다.

양력 6월 13일(음력 4월 27일). 아침에 서늘하기는 이른 봄 날씨 같았고 낮은 따뜻했다.

○ 러시아와 독일과 영국에 주둔하는 세 사람의 대사가 바야흐로 한 자리에 모여 한 마리의 생선을 매입해 생선회를 만들어서 술을 마셨다. 또한 내게 함께 마시자고 권유를 했지만 나는 성품이 본디 생선회와 술을 좋아하지 않아서 대작할 수 없었다.

양력 6월 14일(음력 4월 28일). 맑음.

○ 만국우편으로 집에 편지를 부쳤다. – 가서를 부침. ○ 대한경성으로부터 이 대사 편에 편지가 한 통 왔는데 경성의 재동과 계동 등에 절도가 발생하는 우환이 매우 성하다고 한다. ○ 프랑스 수도 황고(유황창고)가 열려가지고 해당 황고에 저장해 놓았던 유황이 저절로 폭발해 15명이 죽고 50여 명이 다쳤다고 한다.

양력 6월 15일(음력 4월 29일). 맑음.

○ 국서[7]부본 및 이 대사를 해임시킨다는 국서를 명예 서기생인 클넝겔호퍼와 참서관인 이종엽이 프랑스 문장으로 번역했다. 본래 국서 부본을 주둔하는 국가의 외무부로 보낼 때는 한문으로 정서한 부본과 프랑스어로 번역한 두 건이 보내지면 해당 외무부의 통역관이 가부를 비준하고 나서부터 그래야만이 일이 끝난다. 프랑스 외부무의 동양의 통역관 겸 프랑스 영사인 비시일 씨가 평소에 이 대사와 서로 알고 지내던 사이였다. 그 때문에 이 대사는 해당 비시일 씨에게 요청을 했다. 그러면서 나로 하여금 그를 만나는 인연으로 해서 한문정서로 된 부본과 법문으로 번역된 두 건을 윤문을 좀 해달라고 통지하자 해당 비시일 씨가 과연 처음부터 끝까지 상세하게 보고 나서 매우 훌륭하고 매우 훌륭하다고 했다. 그리고 이어서 돌아갔다. 이렇게 하는 것은 미리 확실하게 조심히 준비하기 위해서이다. ○ 저녁에 주 영국대사 민영돈이 술과 면을 준비해놓고 나와 이성사를 요청을 했다. 그래서 이성사와 및 본 공관의 참서관인 이종엽과 더불어 그가 머무르는 여관 벨네니에서 모였다. 취하도록 마시고 배불리 먹고 돌아왔다. 이때 러시아, 독일, 영국에 주둔하는 여러 관원과 본 공관의 서기생 두 관원이 모두

벨네니 여관에 기숙하고 있었다. 그 때문에 여러 관원과 해당 여관의
주인인 노파도 역시 자리에 모여가지고 함께 술자리(연회)에 참석했다.
그 자리에서 바로 주인 노파로 하여금 양금 몇 곡을 연주토록 했다.
한참 시간이 지나서 자리를 파하고 공관으로 돌아왔다. 이성사도 함께
왔다.

양력 6월 16일(음력 5월 초1일). 흐림.
　○ 오후 1시에 러시아, 독일, 영국에 주둔하는 대사와 제원들이 함께
박물관으로 찾아가서 구경한다. 인물의 소상을 관람했다. 소상의 대부
분이 프랑스의 대관과 프랑스의 대통령, 프랑스의 나폴레옹과 중국의
이홍장 순서로 열립해 있었다. 그런데 그 화법에 생동감이 있어 10분의
7이 닮았다. 또 한 층을 오르니 남녀들이 함께 나란히 앉아 다투어 즐
기고 있었다. 나도 그 자리에 앉아 우러러 벽 위를 보았다. 혹 바다에
떠있는 함정이 나타나기도 하고 혹 물속에 오리도 나타나고 혹 훈련장
에 말달리는 모습을 보고 혹 불을 끄는 모습을 보고 혹 윤거가 달리는
모습도 보았다. 여러 모습들이 나란히 교체되어 사람의 눈을 어지럽게
했다. 이는 대개 벽 위에 모인 전기가 구멍을 통과하여 구멍에서 비춘
곳에 걸개 그림본을 교체하기 때문이다. 또 다시 누대를 내려와 한쪽에
가 보았더니 여기는 어둡고 캄캄하여 완연히 칠흑 같은 밤이었다. 이곳
은 프랑스 사람들이 염라세계라 한다. 혹은 호랑이와 표범이 사람을
물기도 하고 혹은 집행관이 법률을 이용하고 혹은 병원에서 치료한 그
런 형상들이 기록하기 어려울 정도였다. ○ 오후 3시에 이 박물원에서
부터 이 길로 한 철탑을 찾아가서 관람했다. 그 높이가 프랑스의 척으
로 5백여 척이라고 한다. 혹은 3백 척이라고 하고 혹은 8백 척이라고도

한다. 누구의 말이 옳은지 아직 상세하지 않다. 전차가 있는데 사람을 싣고 오르내리는 데 어려움이 없다. 이 철탑을 올라가서 사방을 바라보니 파리의 전경이 눈 안으로 다 들어온다. 매우 상쾌했다. 대개 처음 올라왔을 때 철탑 아래에서 표 구입하는 곳이 있었다. 사람들이 이 탑에 올라가려고 하면 반드시 이 표를 매입해야 올라가는 것을 허락한다. 표 값은 □□이다. 오후 7시쯤에 공관으로 돌아오니 여러 관원도 각각 여관으로 돌아왔다.

양력 6월 17일(음력 5월 초2일). 아침에 잠시 비가 내렸고 낮에 흐림.

○ 수행원 강석두가 다리 부분에 통증이 있었는데 종양인 것 같았다. 매우 염려스러워 양의사를 만나서 약물치료를 받게 했다.

양력 6월 18일(음력 5월 초3일). 비가 내리기도 하고 맑기도 하다.

○ 러시아 독일 영국 주재 세 명의 대사와 공원으로 가서 다과를 간단히 마련해서 이야기를 나누고 돌아왔다.

양력 6월 19일(음력 5월 초4일). 아침에 흐리고 오후에 맑음.

양력 6월 20일(음력 5월 초5일). 맑음.

○ 오후 1시에 주 러시아 독일 영국 대사와 관원들이 이 나라의 옛 궁궐 벽사에 가서 구경했다. 이곳은 바로 군주가 때때로 정사를 듣던 곳이다.

양력 6월 21일(음력 5월 초6일). 맑음.

양력 6월 22일(음력 5월 초7일). 맑음.

양력 6월 23일(음력 5월 초8일). 맑음.

○ 이우종이 소학교로부터 신문 한 장을 가지고 왔는데 이번 달 19일
에 제주도 백성들이 소요를 일으켜서 일본과 프랑스 사람 오백 명을
해쳤다는 내용이었다. 그러므로 오전 8시에 전신을 통해 궁내부에 보
고를 하였다. 내용은 일본 사람과 프랑스 사람들이 제주도에서 피해를
당한 것을 탐문하여 보고합니다. 오후 8시에 프랑스 외무부 동양 통역
관 겸 프랑스의 영사 비시일 씨가 공원으로 저녁밥을 같이 먹자고 요청
하기에 이 대사와 본 공관 참서관 이종엽과 함께 갔다. 모두 작은 예복
과 예모를 착용하였다. ○ 프랑스 수도 주재 마락가(모로코) 공사 씨아
얜델, 써린, 민, 슬이만은 프랑스의 대통령을 알현했다고 한다.

양력 6월 24일(음력 5월 초9일). 맑음.

양력 6월 25일(음력 5월 초10일). 맑음.

○ 오전 6시쯤, 궁내부 회전을 받고 보니 내용인 즉 "본국인은 서로
손해를 입으면 빨리 편안히 하라." 하였다【하답 전보 제3호】. ○ 오후 7
시쯤, 대한명예영사 우리라(禹利羅)가 내방하였다. 잠깐 대화를 나누고
돌아갔다. ○ 주 독일, 영국 두 대사가 오히려 이 서울에 머물다 며칠이
된 것은 이곳에서 대례복을 재단하고자 해서였다. 우선 그 고필례[8]를
기다렸다가 오늘 다시 고필례를 마치니 내일이면 곧 각지로 향하여 떠

나니 견딜 수 없이 서글픈 마음이다. 주 러시아, 독일, 영국 세 대사 및 각 공관원 수십 명이 모여 우리나라에서 늘 먹던 밥상을 기다렸다. 나온 것은 흰 쌀밥, 순무[9], 익힌 나물, 소고기 국밥 등의 종류가 이곳에 있었다. 이 반찬을 먹으니 또한 상큼한 맛이었다. 본 공관의 원래 일꾼 은 바로 서양 사람이라 음식의 간을 맞출 수 없었다. 그러므로 본 공관 의 수행원 강석두와 소학교 친구 이위종이 모두 일일이 지휘하여 만들 어 냈으니 또한 생각만 해도 우습다. ○ 공사가 체직되어 신임공사가 임명됨을 통보하는 조회(照會)를 보냅니다. 프랑스 외무장관이 서로 외 상을 만나는 날을 수정할 일로 내용을 열어보니 "조회할 일 – 신임 주찰 귀국 대한공사 김만수는 이제 도착했으니 본 공사가 마땅히 나아가 철 환하기로 이에 조회를 청하였사오나 오히려 바라옵건대 귀 대신께서 부에서 기일을 정하여 본공사와 신공사로 하여금 함께 궐 안으로 나아 가 단배의 문후를 올리십시오. 이와 같이 조회하오니 살피시기 바랍니 다." – 성명조회

양력 6월 26일(음력 5월 11일). 맑음.

○ 영국 주재 대사와 속관들이 오후 9시 기차타고 영국 수도에 갔다. 독일 주재 대사와 속관들이 오후 10시 25분 기차를 타고 독일 수도에 갔다. 그래서 나는 제원들을 인솔하고 가서 정거장에서 전송하였다. 러시아 주재 공사도 제원들을 인솔하고 나와 함께 가서 배웅하고 공관 으로 함께 돌아왔다.

양력 6월 27일(음력 5월 12일). 맑음.

양력 6월 28일(음력 5월 13일). 아침에 맑고 낮에 흐림.

○ 쌍셩강쏀썽스뤼되라봄쏀 공관은 땅이 외지고 방이 좁아 빙위뉘몽 뉘를빌뢰 공관(公館)으로 이사하기로 했다. 공관은 매월 초하루 천 프랑을 낸다. 이곳은 파리의 중앙 큰 모임 장소이고 프랑스 각 부처하고 각 나라의 공관이 다 서로 가까워 업무를 보고 교제하기가 절로 편리하다. 또 거처하는 곳이 조금 여유로워 견딜만하다. 러시아 대사 이범진도 이 공관으로 함께 이사 와서 잠시 머물고 있었다. 이 대사는 훈장 2등 태극장을 주기로 하여 본국으로부터 하사하여 이르게 하였다.

양력 6월 29일(음력 5월 14일). 맑고 매우 더움.

양력 6월 30일(음력 5월 15일). 종일 흐리고 간혹 가랑비가 내림.

7월

양력 7월 초1일(음력 5월 16일). 흐리다가 개었다가 가랑비가 내림.

양력 7월 초2일(음력 5월 17일). 맑음.

○ 프랑스 외부대신 될기세 씨로부터 이성사를 허락하는 조회. : 다음날 오후 3시 20분에 신임 공사 김만수와 함께 왕림하시면 마땅히 공경히 영접하겠습니다.

양력 7월 3일(음력 5월 18일). 비.

오후 3시경 체사 이범진과 참서관 이종엽이 함께 외부로 가서 외무대신 될기세 씨를 만나 국서 부본을 전하였다. 이 대사에게 주니 체임장으로 축사하고 부본한 뒤 이 대사와 함께 방문하였고 해당 부서 협판 몰나 씨가 마음을 활짝 펴고 돌아갔다.

양력 7월 초4일(음력 5월 19일). 아침에 흐리다가 오후에 맑음.

관의 제원들에게 7월분 월급을 아울러 지급하였다. ○ 주 독일 서기생 한광하의 편지가 도착했는데 다만 문안편지일 뿐이었다.

양력 7월 초5일(음력 5월 20일). 흐리다가 오후에 맑음.

양력 7월 초6일(음력 5월 21일). 맑음.

양력 7월 초7일(음력 5월 22일). 아침에 흐리고 오후에 맑음.

양력 7월 초8일(음력 5월 23일). 맑음.

○ 참서관 관원 이종엽과 이하영 두 사람은 사진관에 가서 각각 사진을 뽑았다.

양력 7월 초9일(음력 5월 24일). 맑음.

○ 프랑스 외무부로부터 폐하를 알현할 시기를 정정한 편지가 도착했다. ─ 마병이 가져왔다. ○ 오후 4시에 프랑스 외무부로부터 각국 사신과 참서관의 자작(子爵)에 대한 상세한 내용을 가지고 와서 보여 주

었다. 아울러 각국 사신이 프랑스 대통령을 알현할 때에 시행해야 할 절차·항목과 관련된 한 장의 내용을 전해 주었다. ○ 시기를 정정한 글이 신임대사와 구임대사 쪽에 모두 도착했다. 구임대사 경우에는 스스로 임무를 교대한다는 국서를 스스로 대통령에게 바치게 되고 각기 시간을 정했는데, 구임대사는 그로 하여금 1시간 전에 평상복을 입고 와서 참석하라고 하는 것이 적혀 있었다. 대개 구임대사가 혹 이미 교체가 돼서 본국으로 돌아갔거나 또는 다른 나라로 전임이 돼서 현재 이곳에 머물지 않고 있을 경우는 신임대사가 국서를 바칠 때에 구임대사의 임무를 교대하는 국서를 함께 올리는 것이 바로 근래의 법식이다.

양력 7월 초10일(음력 5월 25일). ○ 맑음.

○ 오후 4시에 프랑스 궁내부로부터 마병 26명, 순검 3명, 총순 1명, 상등 쌍마차 2량을 본 공관으로 보내왔다. 그때 총검과 순검 등이 오자마자 공관 문전을 파수하고 행인의 왕래를 금지 시켰다. 그리고 마병은 모두 갑옷과 투구를 쓰고 말을 타고 공관 문 앞에 나열해 섰다. 이윽고 궁내부의 의전 비서관 크로시에 씨가 은으로 장식한 대례복을 입고서 도착했다. 그래서 참서관 이하영이 통상 예복을 입고서 공관 대문 안에서 있다가 악수를 하며 그를 인도해서 객당으로 들어왔다. 참서관 이종엽이 대례복을 입고 그를 인접해서 자리에 앉게 했다. 이하영이 와서 내게 통지를 하자 나는 대례복을 입고 나가서 그를 객당에서 인접했다. 인사를 마치고 나서 그가 나를 도와 공관 문밖으로 나갔다. 총순이 크게 소리를 치자 마병들이 일제히 경례를 했다. 소라를 세 곡 불자 예절관이 거수경례를 했고 나도 역시 거수경례를 하니 예절관이 나를 인도해서 마차를 함께 타고 앞서갔다. 참서관 이종엽은 국서와 축사를 받들

어서 마차를 타고 뒤를 따랐고 마병과 총순들이 뒤따랐다. 4시 반쯤이 되자 그대로 대통령 공저(公邸)를 향해 가서 수레에서 내렸다. 예절관이 나를 인도해서 들어가자 대통령이 서서 기다렸다가 악수를 청했다. 서로 경례를 했다. 좌우로 대략 7~8명이 시립해 있었다. 내가 축사를 읽자 참서관 이종엽이 프랑스어로 통역했다. 내가 국서를 올리자 대통령이 친히 받았다. 이어서 축사에 답한 글을 대통령이 읽었다. 읽기를 마치자 나와 참서관에게 자리를 인도했다. 대통령이 묻기를 "공사께서 이곳에 온 것이 얼마나 되십니까?" 대답하기를 "한 달 남짓입니다." 이어서 묻기를 "프랑스 수도의 기후나 물, 토질이 귀국에 비해 어떻습니까?" 대답하기를 "물이나 토질, 날씨는 대략 대한제국이나 프랑스나 비슷합니다." 또 묻기를 "귀국의 상무가 과연 해마다 발전합니까?"라고 하자 미처 대답을 못했다. 또 다시 묻기를 "귀국의 통상 사무가 영국과 독일을 먼저 하였으나 우리나라도 열심히 노력하고 있습니다." 대답하기를 "금년 우리 대한제국의 유럽과 통상사무도 점점 흥성하여 프랑스만큼 통상의 일도 논해서 할 뿐만 아니라 무릇 교제의 친밀관계에 있어서도 주의(注擬)[10]에 이르는 것이 실로 우리 대한제국이 바라는 바입니다." 대통령이 머리를 끄덕이며 "맞습니다." 이어서 말하기를 "공사께서 오실 때 갈림덕(葛林德)[11]을 만났습니까?" 대답하기를 "자주 서로 만났고 올 때에도 작별하였으니 이 사신이 한국에 머문 지 오래되었습니다. 익숙하게 교제하여 두 나라 국익과 친목을 돈독히 하니 매우 성대하고 성대합니다." 대통령이 말하였다. "알겠습니다." 나는 곧 하직인사하고 물러났고 참서관도 뒤를 따라서 물러났다. 다시 예절관이 인도하여 대통령 부인 공저에 들어갔다. 서로 상면례를 행하고 몇 마디 나누고서 물러나 돌아왔다. 돌아올 때에 예절관 및 총순이 마병을 순검하고 또 호위하여 오니 나와 예절관이 객당에 들어가 발걸음을 곧 돌려 작별인사 하였다. 예절관이 공관대문 밖에까지 나왔고 총순 이하 여러 사람들을 인솔하고 갔다.

양력 7월 11일.

○ 같은 날 해당국가의 대통령을 알현한 내용을 궁내무부와 외무부에 전신을 통해서 전달했다. 궁내부에서 전신을 통해서 황제에게 국서를 이미 올렸다. 구 공사가 러시아 수도로 출발했다. 외무부에서 전신을 통해 보낸 국서를 이미 해당국가에게 올렸다. ○ 같은 날 참서관 이종엽으로 하여금 마차를 타고 대한제국공사의 명함을 각국공관에 전달하게 했다. 대개 해당 국가의 대통령을 알현하고 나서 신임공사가 명함을 각 공관에 전하는 것은 바로 각 국 대사들이 통상적으로 행하는 관례와 규칙이다. 프랑스 수도에 와서 주재한 각국 공관은 도합 40여 곳이 된다. 파견된 대사는 9명이고 파견된 공사는 30여 명 정도인데 대사인 경우는 각 대사에게 만남 요청한 편지를 써서 정해진 날짜에 기다렸다가 반드시 대례복을 입고 가서 만난다. 공사인 경우는 반 예복을 입고 가서 만난다. 같은 날 대통령의 초청장이 도착했다. 초청의 내용은 "해당국가의 육군교련에서 14일 오후 3시에 파티를 여니 모두 참석하기를 바랍니다." 같은 날 독일 대사가 답장을 보내왔다. "그날 프랑스인 쩔인니는 한문 과장인 비시일 씨와 내방하겠습니다."

12일.

교황 대사 로렌셀니 씨가 답장을 보내왔다. "약속 날짜를 바꾸어 13일 오전 11시에 만났으면 합니다."

독일 대사 파라돌닝 친왕이 답장을 보내왔다. "약속 날짜를 바꾸어 15일 오후 2시 15분에 만났으면 합니다."

네덜란드 공사 쓰뷀 부 남작이 보낸 답신 명함이 도착했다.

영국(英吉利) 대사 몬쓴 씨가 답장을 보내왔다. "본국으로 갔다가 아직 돌아오지 못하였습니다."

스페인(西班牙) 대사 온리까시온네 씨가 답장을 보내왔다. "약속 날짜를 바꾸어 15일 오후 1시부터 3시까지 만났으면 합니다."

미국 대사 폴터 씨가 답장을 보내왔다. "약속 날짜를 바꾸어 13일 오후 3시 반에 만났으면 합니다."

벨기에(白耳義) 공사인 남작 단네쌍 씨 답신 명첩이 도착했다.

터키(土耳其) 대사 쎄이 씨가 답장을 보내왔다. "약속 날짜를 바꾸어 13일 오후 3시에 만났으면 합니다."

이태리(意大伊) 대사 쏘르니에리 씨 회답이 도착 하였다. "15일 오후 2시부터 3시까지 만났으면 합니다."

13일. 맑음.

우편을 통해 집에 편지를 부쳤다. 외무부에 올린 보고서도 함께 부쳤다. 편지를 꺼내서 표를 붙였다. 벽동과 교동에 함께 부쳤다.

스웨덴(瑞典) 서리공사 남작 멕풀우 씨 회답 명첩이 도착했다.

프랑스 해군 부위 겸 대통령 시위대 사관 세오로세앙돌에 씨가 명첩을 보내왔다.

우편국으로부터 가서(家書)가 도착했다. 음력 3월 25일, 4월 6일 두 통의 편지였다.

교황청, 터키, 미국 대사들과 해당국가의 각 대사관에 명첩을 나눠서 전달했다.

14일. 흐림.

오스트리아 대사의 답신 명함이 도착했다. 출타해서 돌아오지 않았다.

오후 3시에 대례복을 입고 해당국 대통령의 연회에 갔다.

○ 이날은 곧 이 나라의 공화기념일이다. 늘 이날은 정부가 거리의 남녀노소와 잔치를 베풀어 서로 경하하였으니 곧 이 나라의 큰 명절이다. ○ 대통령의 초청장으로 구 대사와 대사관 여러 관원들이 아울러 가서 함께 감상하였는데 각국 사신도 와 있었다.

양력 7월 15일(음력 5월 30일). 맑음.

○ 오후 2시쯤 스페인(西班牙), 독일(德國), 이탈리아(意太伊) 삼국의 대사에게 가서 만났다. ○ 페르시아(波斯) 공사 명첩이 도착했고 페루(庇屢) 공사 명첩도 도착했다.

양력 7월 16일(음력 6월 초1일). 맑음.

○ 대내에 올린 봉서 한 통에 "삼가 아룁니다. 신은 이번 달 초10일에 해당국 대통령 폐하를 알현코자 공경히 국서를 바칩니다. 그 뒤 이어서 곧 각국 대사가 해당국 여러 대신들과 함께 방문하였습니다. 다만 엎드려 들건대 주한 프랑스 대사는 근래에 이미 진질하고[12] 전권을 주셨다고 하신 것은 지난 달 상해 칙함 가운데에 하교하신 일로 해당국에 꼭 덧붙여 진달할 필요까지는 없는 것 같습니다. 삼가 처분이 어떠할지 알지는 못하겠으나 황공하게 삼가 아룁니다. 광무 5년 7월 16일 신 김

만수는 엎드려 올립니다." - 상봉서 제2호- 음력 6월.

프랑스 대통령[13]이 답한 축사의 통역 내용에 의하면 "삼가 대한대황제 폐하의 편지를 받들어 파견된 주차특명전권공사[14]가 국서를 가져와서 경의 손에 전하니 나는 감격스럽습니다. 이는 귀 황제께서 우리나라에 특파한 사절의 성대한 뜻이고 우리와 더욱더 친목을 돈독하게 하는 우의임을 귀국 대황제 폐하의 탑전에 아뢰어 진달할 것을 우리는 경에게 우러러 크게 바라는 바 입니다. 또 다행히 우리 정부는 우정 어린 외교에 협력하여 날로 친밀함을 더하고 양국 사이를 확장할 것을 우리는 경에게 보장하겠습니다."

폐하 알현 시 문답

대통령이 묻기를 "공사께서 이곳에 온 지 얼마나 되십니까?" 대답하기를 "한 달 남짓입니다." 이어서 묻기를 "프랑스 수도의 기후나 물, 토질이 귀국에 비해 어떻습니까?" 대답하기를 "물이나 토질, 날씨는 대략 대한제국이나 프랑스나 비슷합니다." 또 묻기를 "귀국의 상업이 과연 해마다 발전합니까?"라고 하자 미처 대답을 못했다. 또 다시 묻기를 "귀국의 통상 사무가 영국과 독일을 먼저 하였으나 우리나라도 열심히 노력하고 있습니다." 대답하기를 "금년 우리 대한제국은 유럽과 통상 사무도 점점 흥성하여 프랑스만큼 통상의 일도 논해서 할 뿐만 아니라 무릇 교제의 친밀관계에 있어서도 주의(注擬)[15]에 이르는 것이 실로 우리 대한제국이 크게 기대하는 바입니다." 대통령이 머리를 끄덕이며 "절실히 맞습니다. 참으로 맞습니다." 이어서 말하기를 "공사께서 오실 때 갈림덕(Collin de Plancy)을 만났습니까?" 대답하기를 "자주 서로 만났고 올 때에도 작별을 하였습니다. 갈림덕 공사가 한국에 머문 지 이미 오래되어 교제에 익숙하여 양국으로 하여금 더욱더 친목을 돈독하게 함이 매우 성대하고 성대합니다." 대통령이 말하기를 "알겠습니다." 이어서 곧 해산하고 물러났다.

겉봉
상전개탁 신근봉.
미국대사 폴터 씨 내방.
불가리아 공사명함 도착.
교황대사 명함 도착.

양력 7월 17일(음력 6월 초2일). 맑음.
우편으로 가서를 부쳤다. 편지를 보낼 때 우표를 붙이고 안에 봉투한 통을 부쳤다. - 가서를 부치다.
러시아 대사 우섭추 씨 회함이 이르렀다. 약속 날짜를 20일 2시부터 4시까지로 정정한다는 것이었다.
경무사 쎄빈 회명첩이 왔다.
영국대사관 육군 수행원 워뜰네이 씨 명첩이 왔다.
법부민사국장 말네쎄이예 씨 명첩이 왔다.
법부대신 몬니 씨 회명첩이 왔다.
법부비서과장 사둘 씨 명첩이 왔다.
불가리아 공사 솔노도비드 씨 회명첩이 왔다.
교황대사 가스딜노 씨 명첩이 왔다.
군부대신 안들 씨 회명첩이 왔다.
오후 3시 프랑스 외상에게 가서 만났다. 이어서 해당 협판을 방문했으나 몰나 씨, 컬오시에 씨는 출타했다고 한다.

양력 7월 18일(음력 6월 초3일). 맑음.

○ 오전 11시에 성사 이범진이 러시아 수도로 출발함으로 그 때문에 주 프랑스 대사관 관내의 여러 관원을 거느리고 정거장으로 가서 전별을 했다. 서글픔을 이겨낼 수 없어서 이별의 징표로 율시를 한 수 지어주었다. ○ 수레가 덜컹덜컹 파리성을 나서니, 멀리 흘러가는 구름 아래가 러시아 수도인 상트페테르부르크. 타국에서 젓대 불며 사신의 일을 나눠가졌고 정거장에서 이별하는 길에 함께 아쉬움을 머금습니다. 비록 다른 날 서쪽에서 오는 소식을 알겠지만 오늘 아침에 북쪽으로 떠나는 여정을 어찌할까요. 하늘 끝에서 스스로 위로하는 것은 타향도 살다보면 고향인데 그대는 맑은 향기 지닌 두 그루의 난초가 있습니다.

해당국가의 기내백(서울시장) 셀베 씨의 명함[名刺]이 도착했다.

해당국가의 지방관 베네 씨의 명함이 도착했다.

설비아 공사 니콜니쉐 씨의 명함이 도착했다.

쌕라셀 공사 비사 씨의 회명첩이 도착했다.

양력 7월 19일(음력 6월 4일). 맑음.

멕시코의 대리공사 비세 씨의 회명첩이 도착했다.

해당 외무부 비서과장 닐놔송 씨의 편지가 도착했다. 서명하고 압인하는 격식을 보여주었다.

해당 국가 상의원장 공함이 도착했다. 밖에 있어서 답장을 보내진 못했다.

식민대신 알빌데컬레 씨 회명첩이 도착했다.

아르상쏀 민주국 전권공사인 살ㄴ브 씨의 회명첩이 도착했다. 남미의 제국 중의 하나이다.

양력 7월 20일(음력 6월 5일). 맑음.

프랑스 참서관 클희쇠픠앨에게 해당국 신문을 읽게 했는데 해당국 사람들이 경내의 금광에서 하나의 금덩이를 얻었다고 하며 꽤 기이하고 기쁜 일을 썼다고 한다. 대체로 프랑스는 예부터 금을 많이 캤다. 가까운 곳은 끊어지고 없어 현재 하나의 광산뿐이라 매우 기이하고 기쁜 소식이라 한다. 내가 물었다. "귀국은 금광을 캘 곳이 없는데 복식 기물, 허다하게 날마다 쓰는 조각과 조형, 도금에 이르기까지 이왕에 금사용이 다반사가 아닌 것이 없다. 그 이유를 자세히 알고 싶다." 답하기를 "모두 이웃나라에서 바꿔 왔고 또한 은행으로 이것을 따져보면 현재 통행되는 원가 단위 화폐는 금전의 액수가 5조 억 가량에 이르니 그 부유함이 미루어 알만하죠." 또 물었다. "서양 어채장정에 각기 정해놓은 경계가 있습니까?" 답하기를 "어느 나라를 막론하고 해당국 소속 바다 15리 안은 한국 이수(里數)인데 반드시 해당국 사람들이 이를 금합니다. 그 밖은 다른 나라 각국 사람들에게 맡겨 서로 채굴하고 수렵합니다."라고 하니 곧 유럽 여러 나라가 통하여 행해지는 규칙이다.

정말(丁抹, Denmark) 서리공사 백작 모로쌘휘쓰삭 명함이 도착했다.

해당국의 하의원장 데사닐 씨가 기간을 정정한 편지가 도착했는데 외부에 있어 후일을 기다린다는 내용이다.

오후 2시 러시아 대사 우섭푸 씨에게 가서 만났다.

러시아 대사 이 대감이 편지 도착을 물었다. 내일 저녁에 러시아 수도에서 방향을 바꿀 것이라 말했다.

양력 7월 21일(음력 6월 6일). 맑음.

○ 러시아 대사에게 이 대감의 편지를 부쳤다. 뇌우가 쏟아졌다가 조금 지나 곧 맑았다. 밤이 되자 맑고 서늘하다.

양력 7월 22일(음력 6월 7일). 맑음.

러시아 대사가 이 대감에 편지를 보내왔다.

집에서 온 편지를 보니 음력 4월 12일 보낸 것으로 20일 두 통의 편지를 보냈다. 우체국으로부터 편지가 왔는데 울리나였다. - 가서 제4호

노마리국 특명전권공사 시까 씨가 명함을 보내왔다.

같은 날 또 집에서 온 편지를 보니 음력 4월 11일 부친 것이다. 우체국으로부터 울리나에 편지가 왔다. - 가서 제2호.

양력 7월 23일(음력 6월 8일). 흐리고 비.

포도아(포르투갈) 공사 슈사로사 씨의 명함이 왔다.

독일공사의 답함이 왔다. 본가의 초궤가 도착했다.

양력 7월 24일(음력 6월 9일). 맑음.

러시아 공사 이 대감에게 답서를 부쳤는데 본국 신문도 함께 부쳤다.

쓰스다리까 공사 되쌔롤싸의 명함이 왔다.

양력 7월 25일(음력 6월 10일). 맑음.

우편으로 집에 편지를 부치고 유표[16]를 내었다. 내용은 계하(桂荷)에게 부친 편지가 있다. - 가서를 부치다. ○ 일본 서리공사 추월 씨가 명첩을 보내왔다. 영국 대사 몬쓴 씨가 기한을 27일 11시에서 2시로

정정하자는 편지를 보내왔다.

양력 7월 26일(음력 6월 11일). 흐림. 독일 대사 민 대감에게 편지를
부치다.

양력 7월 27일(음력 6월 12일). 흐림. 오전 10시에 영국대사 몬쓴
씨에게 가서 만났다.

양력 7월 28일(음력 6월 13일). 흐림.
러시아 공사 이 대감의 편지를 보고 같은 날 답서를 부쳤다. ○ 아침
부터 조용하고 쓸쓸히 지냈다. 참서관을 시켜서 프랑스 국가의 책자를
우연히 열람하게 했다. 해당국가의 지방 거리(크기)와 물산들을 보게
되었을 뿐만 아니라 국고의 세출세입 원액을 보게 되었다. 대개 집영토
의 거리는 동서로 2100리 남북으로 2400리, 나뉜 도는 86개, 만든 군
은 362개 군이다. 인구는 38,517,915명이다. 게다가 본국 이외에 새롭
게 점령한 지역의 인구가 5000만이다. 세입으로 거두어들인 액수는
39,237,954프랑이고 세출은 39,122,435프랑이다. 인구의 번식과 영토
가 해마다 갈수록 더 발전해 간다. 이 지역의 풍속에서는 음을 존중하
고 양을 억누르고 새로운 것을 좋아하고 옛것을 버렸다. 마치 한 사람
이 하나의 사물을 새로 발명하는 듯했다. 이용후생에 조금이라도 보탬
이 된다면 앞 다투어 기교한 일들이 나올수록 새로워지는 것을 생각한
다. 그러므로 올해 하나의 기량을 터득하면 내년에는 갑절의 공과가
있게 되고, 오늘 하나의 기술을 얻게 되면 다음날 갑절의 공과가 있게
된다. 경기구가 하늘을 오르거나 철탑이 구름을 능가하는 까닭은 열방

들이 아직 미치지 못하는 장관이자 기묘한 공과이다.

양력 7월 29일(음력 6월 14일). 혹 흐렸다가 혹 맑음.

오스트리아인 테레가 내방하였다.

양력 7월 30일(음력 6월 15일). 맑음.

러시아 대사 우루쇼프 명함이 왔다.

양력 7월 31일(음력 6월 16일). 맑음.

러시아 공사 이 대감의 편지를 받았고 영국 공사 민 대감에게 편지를 부쳤다. 해당국 총리대신 우류쏘 씨가 더위를 피해 밖에 있는데 아직 만나지 못했다는 뜻으로 공함이 왔다. ○ 러시아 공사 이 대감의 편지를 받으니 27일 보낸 것이다.

8월

양력 8월 1일(음력 6월 17일). 흐림.

우편으로 집에 편지를 부치니 안에 푸른 봉투 한 통이 있다. 두 달 일기책도 아울러 부쳤다. - 집에 부친 편지3호, 양력8월.

청국 공사 유경(裕庚)의 명함이 왔다.

양력 8월 2일(음력 6월 18일). 흐림.

러시아 공사 이 대감에게 답서를 부치고 영국 공사 민 대감의 편지를 받았다.

양력 8월 3일(음력 6월 19일). 맑음.

오전 11시쯤 기, 위 두 벗은 명수와 정거장에서 전별하였다. 오스트리아인 테레를 맞이하여 저녁만찬에 초대하였다. 황성신문을 보니 관보중에 전(前)박람회 총무원 미모래(Mimerel), 사무원 매인(梅仁)은 훈장2등 팔괘장, 총무원 노리라(C.Roulina)는 3등 팔괘장, 건축사 고항뇌 물앙(Curant, M.)과 폐내(Ferret)는 4등 팔괘장, 사무원 살타래(Saltarel, P.M)는 4등 팔괘장을 받았다.

가서 한 통을 받았는데 음력 4월 22일 보낸 것이다. 같은 날 이 참봉 규용(圭容)의 편지를 받았다. ‒ 가서 제5호.

양력 8월 4일(음력 6월 20일). 맑음.

영국 대사 민 대감에게 서신을 부쳤다.

양력 8월 5일(음력 6월 21일). 흐리고 비.

독일 대사 민 대감의 답서를 받았다. 기위 두 형과 명수의 편지를 봤다. 가서 한 통을 부쳤다. 내용은 이 참봉 여갈에게 보낸 편지가 있다. ‒ 가서를 부치다.

양력 8월 6일(음력 6월 22일). 비.

양력 8월 7일(음력 6월 23일). 날씨 맑음.

참서관 민상현의 편지를 받았다. 해당국가의 외무대신 될기세의 공함이 왔는데 내용은 휴가를 받아서 고향 찾아가서 서로 만나고 싶다는 것이었다.

양력 8월 8일(음력 6월 24일). 날씨 맑음.

이날 공사관의 제원들과 함께 뱃놀이를 하고 돌아왔다. 파리 도시 안에는 한 줄기의 강이 두르며 도시를 좌우로 갈라서 흐른다. 넓이는 일무(一武) 정도이고, 길이는 바다까지 흘러 몇 리인지 알 수 없다. 그 이름은 센강이라고 한다. 만약 한문으로 번역하면 어긋남이 없이 확실히 생강(生江)이다. 양쪽 언덕에는 돌로 만든 돌 제방을 쌓아 그 견고함이 굉장하여 비록 장마를 만나 물이 넘치더라도 깎여질 근심을 면 할 수 있다. 강 위에는 이어진 다리가 있고 멀리 뿌옇게 떠있는 모습이었다. 어떤 것은 돌로 만들었고 어떤 것은 철로 만들었다. 수십 보 떨어진 곳에 다리가 있었는데 이어져 연결되어 끊어지지 않은 모양이 완연히 시렁과 같았다. 다리의 총 수는 모두 스물 남짓이라고 한다.

양력 8월 9일(음력 6월 25일). 맑음.

오후 1시쯤 공사관의 제원들과 센강에 배를 띄우고 흐르는 물을 따라서 대략 수십 리 내려왔다. 한 강촌에 이르러 뭍에 오르니 동쪽으로 수려한 빛이었다. 처음으로 에워싼 것을 보려 멀리 바라보게 된다. 걸어서 높이 오르니 좌우 숲은 울창하여 어두침침한데 갑자기 맑고 상쾌함을 깨닫는다. 또 촌락 뒤에 심어진 것을 보니 화훼가 오색으로 비추어 참으로 멋진 경치라 할 만하였다. 한낮의 목마름을 해소하기 위하여 찻집을 두루 찾으니 호박빛이 가득한 유리잔을 앞에 내어 왔다. 푸른 등나무에 쇠구슬을 설치해서 만든 상이 앞에 가로로 놓여 있었다. 잠깐 동안에 이미 석양은 산에 걸렸다. 공사관에 돌아오기 위해 다시 오던 길을 찾았다. 다만 해는 지고 푸르고 푸른데 차 소리만 덜컹거릴 뿐이었다.

양력 8월 10일(음력 6월 26일). 흐림.
러시아 공사 이 대감의 편지를 받았다. 오스트리아인 테레가 내방하였다.

양력 8월 11일(음력 6월 27일). 흐림.

양력 8월 12일(음력 6월 28일). 맑음.
그저께 독일 황태후가 붕어하였다. 해당국 공관에서 죽음을 알리는 단자가 왔다.

양력 8월 13일(음력 6월 29일). 맑음.

양력 8월 14일(음력 7월 초1일). 맑음.
편지 한 통을 부치는데 안에 삼계 맹현(孟峴) 편지가 있다. 오스트리아인 테레가 내방하였다. － 음력 7월에 가서를 부치다.

양력 8월 15일(음력 7월 2일). 흐리고 비.

양력 8월 16일(음력 7월 3일). 맑음.

아침 9시에 오스트리아인 테레는 참서관 이종엽과 더불어 파리성 남쪽 4, 50리 지점에 유람하는 약속이 있어서 철로에 올라 한 시간쯤 퐁텐네물루에 갔다. 전차에서 내려 마차를 타고 몇 리쯤 가니 층옥이 둘러있고 벽돌길이 닳고 떨어져서 예전처럼 직막하고 옛것을 회상하는 뜻이 있었다. 문을 지키는 병사가 나를 인도하여 문을 들어서서 두루 구경하였다. 걸음걸음 돌아서 방헌(房軒)에 들어가니 한 책상 위에 칼로 벤 모양이 있어서 내가 매우 놀라고 이상하여 그 까닭을 물었다. 옆 사람이 말하기를, "이곳은 옛 나폴레옹이 거주했던 궁궐입니다. 아마도 당시 이 사람은 좋은 운수를 타서 늙어서 여러 해를 전투에 나아가 유럽 여러 나라를 격파하여 거의 하나로 통일할 즈음에 불행하게도 러시아에 패배하여 도망하여 환국하였습니다. 이즈음에 영국은 패하기를 몰래 엿보다가 (즉시) 병사를 동원해서 나폴레옹으로 하여금 황제라고 하는 지위에서 물러나도록 압박을 하니 울분을 참지 못하고서 손을 들어 책상을 툭 치고 일어났습니다. 그래서 칼자국이 난 것입니다."라고 했다. 내가 가만히 생각해보니 예로부터 영웅들 가운데에는 더러 병사를 동원하고 무예만을 강요해서 천하를 얻은 사람이 있기는 하였다. 그러나 결국 동쪽을 정벌하면 서쪽 지역 사람들이 왜 자기 지역부터 정벌하지 않느냐고 원망했으니, 군사들이 인의만을 추구해서 군복을 입지 않고서도 천하가 평정되는 것만 못하다. 그렇다면 이 나폴레옹이 오로지 전투만을 일삼아서 새로운 왕조를 세우려고 도모한 것은 실로 내 마음에 참 의문스러운 점이다. 유시(酉時) 초에 다시 전철을 타고 공관에 돌아왔다.

양력 8월 17일(음력 7월 4일). 맑음.

영국 대사 민 대감의 편지를 받았다. 명첩을 보내가지고 서리공사에게 조문의 예를 실행했다. 공사는 본국을 떠나 아직 돌아오지 않았다.

양력 8월 18일(음력 7월 5일). 맑음.

가서 한 통을 받으니 음력 5월 12일에 보낸 것이다. – 가서 제4호 받음.

양력 8월 19일(음력 7월 6일). 맑음.

러시아공사 이 대감에게 편지를 부치고 집에 편지 한 통을 부치다. – 가서를 부치다.

양력 8월 20일(음력 7월 7일). 맑음.

명수의 답장을 보니 뜻하지 않게 공사관의 여러 관원 중 두공부(杜工部)[17]의 운을 차운한 것과 같다.

> 북두성 의지해 때론 북산에 오르나니
> 하늘 끝에서 나라와 집안이 모두 그렇구나
> 털옷 속에 중화와 오랑캐가 뒤섞여 있기는 해도
> 저와 나는 스스로 영대(靈臺: 천부의 이성)를 갖고 있다
> 소무(蘇武)[18]는 북해에서 십 년 동안 사절로 고달프게 지냈고
> 장건(張騫)[19]은 하수에서 팔월 배타고 한가로이 돌아왔다.
> 미천한 신하가 다행히 성상의 교화를 널리 베풀어
> 변방 우두머리의 짐승 모습을 혁신하고자 하네

봄바람이 불 때 종남산에서 헤어졌다.
관리들이 서로 어울려서 해관을 건넜다.
동우에서는 좁은 소견[20]이 많은데서 탄식을 했고
서양에도 또 다른 인간세계가 있음을 누가 말했던가.
남다른 풍속을 유람하고 관람하면서 언제나 깜짝 놀란다
프랑스어를 배우고 익히느라고 한가롭지가 않구나.
이곳에도 문명이 있다는 것을 이로부터 알 수 있다.
훗날 돌아가게 되면 황제께 보고하리라

- 위는 참서관 이하영이 쓴 시이다.

남으로는 끝없는 바다 북으로는 산에 의지하니
파리의 견고함은 함곡관에 견줄만하다.
아득한 동양은 삼만 리 밖에 있지만
이곳 서역의 역사는 이천년의 역사를 가지고 있다.
거역된 풍속에는 이익을 추구하느라 다툴 뿐
인자한 풍속 담긴 최고의 정치를 이곳에서는 볼 수 없다.
멀리 해 뜨는 곳을 바라보며 뒤돌아서니
상서로운 해가 밝게 내 얼굴에 비추네.

양력 8월 21일(음력 7월 8일). 맑음.

오후 1시에 같은 객사의 여러 관원과 또 센강(汕江)에 갔다. 배를 타고 올라가니 교량과 방축은 앞의 모양과 같다. 사랑(舍朗) 동쪽에 이르니 강물이 세 갈래로 나뉘어 오니 얕아서 배가 다닐 수 없었다. 마침내

해안 곁에 배를 대고 내렸다. 마름과 갈대가 교차된 곳을 지나니 뗏목의 푸른 그림자 물가에 비치고 헤치고 나아가니 밝은 햇살이 숲속을 뚫는다. 또 어부들이 낚싯대 잡은 모습을 보니 드리워진 줄이 왔다갔다 끊이지 않아 또한 멋진 경치이다. 날이 저물어 공사관에 돌아왔다.

양력 8월 22일(음력 7월 9일). 맑음.

미국 대사 조 대감과 영국 대사 민 대감에게 편지를 부치다.

양력 8월 23일(음력 7월 10일). 맑음.

오전 8시 여러 관원과 함께 다시 풍덴네물루에 갔다. 그 고적들을 유람하는데 대략 전과 같았다. 날이 저물면 객관에 돌아올 수 없기 때문에 바로 말르비시옹 점사에 투숙하였다. 점주는 채소밭을 가꾸는데 부지런하여 사람들로 둘러보게 하니 고향 산천이 생각났다. 집은 십 이랑의 사이에서 보이니 열매 맺은 아름드리 버들 종류는 손으로 이루 다 꼽을 수 없다. 능금, 포도, 호박(南苽), 수박(西苽), 복숭아, 자두, 파, 배추, 자청, 상추(萵苣), 도라지(桔黃), 제비콩(籬扁豆), 봉숭아(禁蛇草), 석죽화(石竹花), 양귀비꽃(貴妃花), 박꽃(匏花) 이 모두는 동쪽 채소밭에 있는 것이다. 그 나머지 잡풀로 섞여 있는 야채들은 이름을 알지 못하는 것이었다. 혹 화분을 담장 끝에 옮긴 것, 혹은 울타리 위에 놓은 것이 서로 몰래 푸른빛을 띠고 붉은빛이 찬란하고도 투명하다. 저도 모르게 지팡이를 풀방석에 던져두고 완상하며 돌아갈 것을 잊었다. 옛 사람들이 말한 오랑캐 땅에 화초가 없으니 봄이 와도 봄 같지 않다고 한 것은 나도 아직 다 믿지 못하겠다. 다음날 아침 기차를 타고 공관에 돌아왔다.

양력 8월 24일(음력 7월 11일). 맑음.

프랑스인 모리시가 내방하였다.

양력 8월 25일(음력 7월 12일). 맑음.

오전 7시, 궁내부 전보의 명을 받들다. 칙서의 요지는 회풍은행의 수표가 다른 은행에 전당 잡혔다 하니 명예를 손상시키고 약속을 깨뜨리거든 이면에 허락한대로 속히 시행하라 하였다.

양력 8월 26일(음력 7월 13일). 아침에 비, 오후에 맑음.

오전 9시 참서관 이종엽과 함께 이룡은행에 갔다. 오후 5시 해당 은행에 도착하니 곧 영국지점으로 홍콩(香港), 상해, 인천에도 분포하고 있다. 서로 천천히 대화하며 대략 마치고 다시 오후 7시 기차에 올랐다.

---

1) 집조(執照): 예전에, 외국 사람이 여행할 때에 그 편의를 제공하기 위하여 내주던 증명서.
2) 중국 유일의 내해 발해(渤海)만을 의미한다. 중국에서는 일명 보하이만이라 부른다.
3) 성초지장(星軺指掌): 독일인 Karl Freiherr von Martens이 지은 외교지침서인 《Manuel de Diplomatique》를 1876에 청나라의 총리아문 부속기관인 동문관(同文館)에서 번역한 책이다.
4) 아덴(aden): 예멘에 있는 항구 도시.
5) 메시나 해협: 지중해에서 서쪽의 시칠리아와 동쪽의 이탈리아를 가르며 티레니아 해와 이오니아 해를 이어주는 해협.
6) 화폐 단위는 프랑(Franc)과 상팀(Centime)이다.
7) 국가에서 발행하는 정식 문서, 임금의 서명이 붙은 칙서.
8) 고필례(告畢禮): 제례가 모두 끝났다는 집례의 선언.
9) 蔓菁(大頭菜)는 別名이 蕪菁、大芥、大頭菜、莙이다.
10) 조선시대 관리를 임명할 때 문관은 이조에서 무관은 병조에서 후보자를 전형하여

왕에게 천거하는 일.

11) 갈림덕(葛林德): 초대(1888~1891) 및 제3대(1896~1906) 주한 프랑스 공사를 역임한 프랑스 외교관이자 미술품 수집가. 갈림덕은 플랑시[Victor Collin de Plancy]의 한자식 표기이다. 프랑스의 동양어문학교(à l'École des langues orientales, 오늘날 프랑스 국립동양언어문화대학; INALCO, Institut National des Langues et Civilisa tions Orientales)에서 법학과 중국어를 공부하고 1877년에 졸업하였다. 1877년에 플랑시는 주청 프랑스 공사관의 견습 통역관으로 임명되었으며, 1883년에는 상해 주재 프랑스 영사관의 부영사를 역임하였다. 1887년에 그는 조선으로 건너와 조불수호통상조약의 비준서를 교환하였으며[『고종실록』 24년 윤4월 9일], 이듬해인 1888년 6월에 초대 주한 프랑스 정부위원(대리공사 겸 영사)로 임명되었다[『고종실록』 24년 5월 3일]. 1891년 6월에 주일 프랑스 영사로 부임했다가, 1896년에 다시 주한 프랑스 공사로 임명되어서 1906년까지 부임하였다. 1906년에 방콕에 잠시 머물다가 1907년에 외교관을 은퇴하였다.

12) 진질(晉秩): 가자(加資)와 같은 말로 품계를 올려준다는 말이다. 조선조의 품계는 정1품(正一品)에서 종9품까지 18품이 있고, 다시 정1품에 3계(階), 종1품부터 종6품까지 각각 2계가 있어 모두 31계인데, 이를 계자(階資) 또는 자급(資級)이라고 한다.

13) 에밀 루베(Emile Loubet, 1838~1929), 재임기간: 1899.2.18~1906.2.18.

14) 주차특명전권공사(駐箚特命全權公使): 1895년 3월에는 칙령(勅令) 제43호인 외교관 및 영사관 관제[外交官及領事官官制]가 고종의 재가를 받아 반포되었다. 관제의 제1조에 외교관의 등급에 대해 첫째, 특명 전권공사(特命全權公使), 둘째 판리공사(辨理公使), 셋째 대리공사(代理公使), 넷째 공사관(公使館)의 1·2·3등 참서관(參書官) 등으로 구분하였다.

15) 조선시대 관리를 임명할 때 문관은 이조에서 무관은 병조에서 후보자를 전형하여 왕에게 천거하는 일.

16) 봉류표(捧留票): 맡긴 돈이나 물건의 보관을 증명하는 표.

17) 당나라 때 시인 두보(杜甫, 712~770)를 말한다. 벼슬이 공부원외랑(工部員外郞)이었으므로 두 공부라 한다.

18) 소무(蘇武): 중국 전한(前漢)의 충신. 자는 자경. 무제 때 흉노 사신으로 갔다가 억류된 지 19년 만에 귀국했는데 절개를 굳게 지킨 공으로 전속국에 임명되었음. 친구인 이능과 함께 오언고시의 창시자로 일컬어짐.

19) 장건(張騫): 한중군(漢中郡) 성고현(城固縣) 사람으로 자는 자문(子文)이다. 한나라 때의 외교가이자 탐험가, 여행가이다. 건원(建元) 2년(BC 139)에 서역에 사신으로 가다가 흉노에게 잡혀서 10년 동안 억류되어, 결혼을 하고 자식까지 두었으나 뒤에 탈출하여 임무를 수행했다. 그는 거사국(車師國)을 거쳐 구자국(龜玆國), 소륵국(疏勒國), 대완국(大宛國), 대하(大夏), 강거(康居), 월지국(月氏國) 등 약 6천 km를 횡단했다. 귀국 과정에서 다시 흉노에게 붙잡혔으나 또 다시 탈출하여 무사히 한나라로 돌아왔다. 한 무제(武帝)는 그를 태중대부(太中大夫)로 삼고, 박망후(博望侯)로 봉했

　　다. 그는 고대 실크로드 개척과 중국과 서역 간의 외교관계에 큰 공헌을 했다.

20) 여작(蠡酌): 표주박으로 바닷물을 떠서 측량함. 얕은 지혜로써 큰일을 헤아리는 것에
　　비유 = 管窺蠡酌 = 蠡酌管窺.

일기책(日記冊)

10월

양력 10월 초1일(음력 8월 19일). 맑음.

이전 박람회 사무원인 매인(梅仁)이 찾아와서 만나고 편지 한 통을 부쳤다【그 안에는 양력 8, 9월의 일기와 봉주 4호가 있고 또 탁지대신(度支大臣) 건재와 평재 서신이 있었다.】.

양력 10월 2일(음력 8월 20일). 비.

양력 10월 3일(음력 8월 21일). 맑음.

러시아 대사 이 대감의 서신을 보았다. "청나라의 연합군이 포위를 당했을 때 독일 병사들에게 빼앗긴 각종 무기들이 그 수치를 알지 못할 정도이다. 그런데 지금은 전쟁이 조금 안정되고 강화조약이 이루어졌고 배상금도 기간을 확정하고 친히 왕명을 받은 사신이 평화조약을 비준하여 복명했다. 그래서 독일이 이전에 빼앗은 무기들을 돌려주었으나 청나라는 받지 않았다."고 하는 사실을 들었다. 내막을 알지 못하겠지만 운반의 큰 비용을 마련하기 어려워서 그런가 보다! 예전에 프로이센(독일)과 프랑스의 전투는 유럽에 처음 보는 대단한 사건이었다. 그 당시에 프랑스 영토인 두 지역이 독일에 소속되어 지금까지 몇십 년이 되었다. 그로부터 양국은 전쟁을 마치고 내치를 잘해서 함께 열강으로 세상에 일컬어졌다. 그리고 독일이 그 두 지방을 프랑스에게 돌려주려고 하였으나 프랑스가 받지 않았으니, 대체로 그 뜻은 당시의 승패는 전쟁의 일상적인 것으로 여겼다. 그런데 지금 만약 그들이 주는 것을 다행으로 여겨 받으면 이것은 매우 열등한 것이니 어찌 이와 같이 하겠는가 하고 결국은 받지 않은 것이다. 지금 청(淸)나라가 이미 빼앗긴 무기를 받지 않은 것은 또한 이를 본받아서 그렇게 한 것인가? 또 요사이 여송도(呂宋島)[1] 백성들이 미국 사병과 장관을 살해했다고 들었다. 이 섬에 원래 서반아(스페인)의 영지인데 근래에 미국에 소속되었다. 이곳 사람들의 습성이 고집이 세고 강해서 이러한 반대가 있었다. 가만히 생각건대 청나라와 대만은 갑오전쟁 이후에 일본의 관할을 받았다. 그러나 자주 무리지어 모여서 소란을 피우거나 혹은 흩어져서 근거 없는 소문을 퍼뜨리니, 어찌 전후 양국의 정황이 부계를 합친 것 같이 차이가 없겠는가?

양력 10월 4일(음력 8월 22일). 흐림.

영길리(영국)와 북미 양국은 순양함으로 신속하게 항해할 수 있는가 내기를 했는데, 영국 함대가 뒤쳐졌다. 그래서 영국은 빠르게 운행할 수 있는 것을 더욱 연구하고 이것을 극도로 정예화 할 방법을 생각한다고 들었다.

양력 10월 5일(음력 8월 23일). 흐리고 비.

편지 제6호를 받았다【음력 7월 초6일에 보낸 것이다】. 황성신문도 같이 왔다【음력 6월 21일부터 7월 초6일까지】. 관보 한 통은 본국 외부(外部)에서 보내온 것이다【음력 7월 31일부터 8월 16일까지】. 이날은 겨울 3개월간 빌려 쓴 경비를 보상 처리해야 하는 기간이다. 그런데 본국에서 아직 지불되지 않아 타국에서 업신여김을 당한지 오래되었고 당장 채권자의 갚으라는 독촉을 말로 형용하기가 어렵다.

양력 10월 6일(음력 8월 24일). 바람.

양력 10월 7일(음력 8월 25일). 맑음.

본관 겨울 3개월의 월급 차용을 조건으로 거간인에게 간청하여 양력 12월 초5일에 갚겠다는 뜻을 전달하고 다시 기한을 연기했다. 오후 2시에 전보로 궁내부에 편지를 전달하였다. "신은 지금 병이 많아 참서관에게 맡아서 처리하게 하고 돌아가고자 합니다. 삼가 처분을 기다립니다." 듣자하니 독일 공사 민 대감은 부임한지 여러 달이 되었으나 여관[客店]에 머물러 있다가 며칠 전에 비로소 공관을 정하여 이주했다고 한다. 그래서 이에 대감이 전일에 지어 준 바 운자를 따라서 지으니 삼가 바로잡아 주시길 바란다.

여관에서 빠른 세월에 깜짝 놀라더니
오늘 상령대로 새롭게 옮겨 왔네

가난한 부엌에서 주는 대로 먹으며
안석에 기대어 책을 보며 다만 늙어가네
시끄러운 속세 피해 도시에서 멀어지니
배열된 의장용 깃발 먼지 없이 깨끗하네
어짊에 처하여 스스로 이웃과 교제함에
축하의 말 하나하나 거듭할 수 없네

양력 10월 8일(음력 8월 26일). 흐리고 비.

해당국 외부대신 될기세는 휴가를 마치고 돌아와서 모레부터 업무를 보겠다는 뜻을 공문으로 보내왔다.

오전 10시에 파리(巴里) 서쪽 십 리에 있는 비시일을 방문해서 기분 좋게 대화하며 시간을 보내다가 돌아왔다. 이 사람은 예전에 청나라 주재 프랑스 공사를 수행하여 청나라에 10여 년간 머물렀는데 그 총명하고 민첩함이 무리 중에 뛰어나다고 이르기에 충분했다. 그래서 한문에 통달하지 않은 것이 없고 또 필법도 매우 정밀하고 은미하여, 매번 만남에 흥미진진하고 스스로 알지 못하는 사이에 애정이 넘쳤다. 그러나 그가 거주하는 별장은 맑고 그윽하고 고요하고 외진 곳으로 정원의 초목의 향기는 사람을 기분 좋게 했다. 서재에 쌓여 있는 많은 책과 그림을 보았는데 모두 동양 여러 나라의 인물과 도시의 정원 숲이었다. 천천히 열람하면 눈 씻고 볼 만한 것이 많았다. 그 가운데 중주 지역의 벼슬아치는 예전에 명성이 있었는데 다만 그 갓과 신, 사모와 관대가 완연히 우리나라 유생[章甫]과 같았다. 마음으로 심히 기뻐하면서 어느 나라 사람인지를 물으니 안남국(安南國) 관리 복장이고 이것은 명나라에 남겨진 것이라고 하였다. 들으니 나도 모르는 사이에 처량해졌다.

그 나라는 원래 중주를 포함하고 있었다. 그래서 그 복식과 문자가 아직도 선왕의 풍습과 법도가 남아 있는데 정치에 소홀해서 그 종묘와 사직을 보존할 수 없었다하니 이 또한 거울삼을 만하도다! 그 마지막 화폭에 우리나라 흥선대원군(國太公)의 사진이 있었는데 이것은 몇 년 전 중국 보정부(保定府)²⁾에 있을 때 입고 있었던 것이다. 그런데 다만 두루마리에 탕건을 쓰고 있을 뿐이니 평상시에 입었던 것인가 보다!

최근에 우리나라의 책을 이 나라에 들어온 것이 매우 많다. 그래서 파리에 한문 학교를 세워서 경내의 아동들에게 날마다 수업을 권장하여 가르치고 또 우리나라 언어로 훈련시킨다고 한다. 오후 3시 러시아, 독일, 미국 3국 대사를 방문했으나 모두 출타하여 만나지 못했다.

양력 10월 9일(음력 8월 27일). 흐림.

이룡은행의 편지를 보니 며칠 전에 인천 환수표를 인천은행에서 회피하면서 자기 은행과 상관없다고 했다고 한다. 연고가 자세하지 않아 본관에 다시 전보하여 질문하니 향후 이 일을 인천은행에 전보해서 답하겠다고 했다.

그 나라의 운행을 보았더니 모두 바퀴를 위주로 한다. 예컨대 대륜차, 전기차, 쌍마차, 단마차, 자전거, 지하철, 석유비차【서양 사람들은 그것을 오토모비(玉道貌飛)라고 한다.】인데 동일하지 않지만 모두 백성들의 편리한 사용에 부합된다. 그래서 5천 리 강토를 시일(時日) 내에 통행할 할 수 있고 3천 갈래의 거리를 순식간에 두루 볼 수 있다. 유럽에서 이러한 제도를 새롭게 발명한 것이 누구에게서 처음 만들어졌는지는 알지 못한다. 그러나 그 지혜의 뛰어남과 연구의 깊이는 정말로 사람의 예상을 뛰어넘는 것이다. 이외에도 또 구르는 바퀴로 운전하는 일종의 수레가 있는데 곧 영아가 타는 것이다. 철을 구부려 만든 수레로 앞뒤에 각각 2개의 바퀴를 매달았는데 그 크기는 대나무 상자와 같다. 안에는 유아가 앉거나 누워있을 만하며, 수레 뒤에는 또 철 대롱으로 손잡이를 만들어서 이것을 잡고 미는 데 그 느리고 **빠름**은 조종을 어떻게 하느냐에 달려 있다. 그리고 심지어 사람이 짐을 지거나 소가 실어서 물건을 운반하여 나름에 모두 바퀴를 위주로 하니 심히 힘이 드는 것이라도 힘들이지 않고 매우 편안하게 운반한다.

양력 10월 10일(음력 8월 28일). 맑음.

이롱은행에서 보낸 편지를 받았는데 그 뜻이 전보의 내용과 차이가 없었다.

양력 10월 11일(음력 8월 29일). 흐림.

프랑스인 떨인이가 찾아왔다. 처음에는 체면이 있었으나 두 번째는 노파처럼 와서 공관 사람들의 안부를 정탐하고 갔다.

양력 10월 12일(음력 9월 초1일). 맑음.

양력 10월 13일(음력 9월 2일). 맑음.

오후 1시 여러 관원들과 공원에 소풍을 왔다. 서구의 기후는 초목기후로 동아시아와 비교하면 크게 차이가 있다. 단 프랑스 수도의 추위와 더위는 종잡을 수 없어서 우리나라와 대략 같다고 한다. 그러나 삼복(三伏)이 지나면 한결같이 홑옷을 입지 못한다. 때로 혹 홍염이 내리쬐나 그 태양이 쨍쨍하다가 어두워질 무렵에 이르러 갑작스런 추위가 창문에 스며들어 사람을 놀라게 한다. 지구 동서의 현격한 차이를 이를 미루어 증험할 수 있다. 겨우 음력 9월 초인데 날씨가 이미 몹시 춥고 찬바람이 매서워서 비록 두루마기에 겹옷을 입더라도 오히려 추위를 금할 수 없다. 또 방에는 본래 온돌이 없어서 한기를 막고자 하면 석탄, 장작 등을 불살라 방벽에 불을 피워 만들어야 하는데 이것은 다만 잠시 위급한 것을 구할 뿐이지 어찌 온돌과 해를 같다고 말할 수 있겠는가?[3]

또 보건대 초목이 심히 번성하여 길가, 동산, 시내, 논밭 가장자리에 빽빽하였는데 종류별로 기이한 꽃, 특이한 나무가 심어지지 아니함이 없었다. 그늘이 무성할 정도로 초목이 우거지고, 깊은 향기가 부드럽게 간들거리고, 비단으로 수놓은 휘장과 우산이 긴 정자와 짧은 정자를 겹겹이 덮고, 비취빛 구름처럼 실눈썹을 한 예쁜 여인들이 돌이나 철로 만든 평상에 앉아 있다. 매번 공휴일이 되면 남녀노소가 어깨를 나란히 하고 손을 잡고 이곳을 오가며 이곳에서 쉬니 그 태평한 모습을 이에서 볼 수 있다. 그러나 시경의 "훌륭한 선비는 뒤를 돌아보아 지나치게 편안하지 않는다."는 마음과 아녀자는 마음대로 하지 않고 다만 음식 주관하는 일을 하는 것을 보지 못했으니 또한 이상하게 여길 뿐이다.

양력 10월 14일(음력 9월 3일). 맑음.

편지 1통을 받았다【음력 7월 19일 발송】. 황성신문도 아울러 도착했다【음력 7월 초7일부터 18일까지】. 본국 외부(外部) 훈령 1통이 우편으로 왔다【제5호】. 교서도 도착했다.

양력 10월 15일(음력 9월 4일). 흐림.

양력 10월 16일(음력 9월 5일). 흐림.

섬라국 왕세자가 유람 차 독일 수도 베를린에 도착하려함에 그 나라에서 지금 접대의 절차를 미리 갖춘다고 하는 것을 들었다.

독일 황제는 청국 출전 사령관이 세운 공로를 가상히 여겨 특별히 훈장을 내렸다고 들었다.

프랑스인이 근래 경기구(輕氣球)를 만들었는데 이전에 비해 공기를 다스리는 기술이 더 좋아졌다. 지난번 시승에서 지중해를 넘을 때 혹 중도에서 힘이 다하여 땅에 떨어질까 두려워서 군부에 요청하여 군함 1척을 내어 주어 함께 가서 보호해 주기를 바랐다. 과연 도중에 힘이 약해져 바다를 건너지 못했다. 그래서 그 군함에 내려서 며칠 전에 돌아왔다. 그러나 대범하게 기구를 타고 바다를 건너는 것은 옛날에 듣지 못했다. 그러나 그 나라 사람이 기계를 정밀하게 만드는 법이 해마다 더욱 진보하니 끝내는 반드시 바다를 건너고야 말 것이라고 한다.

듣자하니 며칠 전에 그 나라 정부 여러 관원 회의에서 내년도 각 항목별 예산 지출을 논의했다고 한다. 그런데 그 세입이 해마다 더 많아진 것은 상업무역이 점점 확대된 까닭 때문이라고 한다. 무릇 어느 나라를 막론하고 재정이 국고에 있지 않으면 민간에 있고 민간에 있지 않으면 국고에 있다. 그 순환에 비록 공사의 차이가 있으나 그것이 나라에 있는 것은 한가지이다. 이것이 옛 성현이 이른 바 "백성이 풍족하면 군주가 누구와 더불어 부족하겠는가?"[4]라고 한 것이다. 그 나라가 혹 외교의 쓰임으로 인하여 비록 국고 금액이 다했을 때를 당할지라도 여러 백성들이 다투어 정부에 납세할 것이고 조금도 궁핍해하는 탄식이 없을 것이다. 정부 또한 기한에 따라 다 갚되 하나도 정해진 기한을 어김이 없이하고 또한 믿음으로 보상할 뿐만이 아니라 또한 그 이자를

계산하여 지급한다. 이로 말미암아 상하 간에 서로 믿어서 속이거나
위반함이 없게 될 것이다. 그래서 심히 아름답게 될 것이다!

양력 10월 17일(음력 9월 6일). 흐림.
러시아 공사 이 대감의 편지를 받았는데 아울러 증시(贈詩)가 있었다.

서방에서 거듭 60번째 생일[5]을 맞이하니
의려지정의 80세[6] 어머니가 가장 그립네
베틀을 보고자 하나 한양 멀리 떨어져있네
어느 때 뗏목이 미혹의 나루를 건널까?
끝없는 백발 지난날의 잘못 알게 되었고
홀로 빼어난 국화에 분수 밖의 봄을 생각하네
취하여 길게 노래하고 노래 후에 슬퍼하니
나에게 천진함을 잃었다고 불러도 좋다

양력 10월 18일(음력 9월 7일). 흐림.
편지 1통을 부쳤다. 안에는 향교 토지에 관한 2개의 글이 있었다.
영국 공사 민 대감의 편지를 받아 보았다.

양력 10월 19일(음력 9월 8일). 맑음.
오전 9시에 본국 외부의 전보를 받들었다. 내용은 그대에게 비리시
(벨기에) 국가 주재 공사를 겸임하니 칙명을 받들라는 것이었다.

양력 10월 20일(음력 9월 9일). 맑음.

오전 9시 궁내부에서 하달된 전보를 받들었다. 요지는 벨기에 국가의 공사를 겸임하라는 친히 작성한 국서를 즉시 발송한다는 내용이었다.

오늘은 바로 우리 달력으로 중양절이다. 멀리 본국을 추억하니 평양성 동쪽 울타리에는 황국화가 활짝 피어있고, 매번 좋은 시절을 만나니 부모에 대한 그리움이 배가 되었다. 또 내일은 우리 증조부 문충공의 생신이다. 해마다 이날은 간략하게 차례를 갖추어 우러러 영정에 참배하여 추모하는 마음을 담았다. 그러나 지금은 해외에서 명을 받들어 돌아가지 못하니 아이들이 대신 행할지는 정확하게 알지 못한다. 다만 길이 추모하는 마음을 감당하지 못할 뿐이다.

양력 10월 21일(음력 9월 10일). 비.

본 공관 관원들의 연명부를 보내달라는 뜻을 해당 외부에서 공문으로 보내왔다. 매년 말에 주둔하고 있는 공사 이하 사람들의 인명부에 대해 모두 수정한다고 하였다.

해당국 다음해에 지출 비용의 예산은 대략 다음과 같다고 들었다.

탁지부는 일조 오억 이천이백이십만 칠천칠백삼십팔 프랑이다.

학부는 이억 구백구만 삼천칠백오십육 프랑이다.

군부는 칠억 일천육백칠십만 프랑이다.

해군부는 삼억 일천이백구만 칠천구백오십일 프랑이다.

속지부는 일억 이천오십구만 팔천사백오십오 프랑이다.

상무부는 사천삼십삼만 삼천팔백십칠 프랑이다.

전화국과 우체국 두 군데는 이억 일천일백구십이만 칠천육백구십구 프랑이다.

농업부는 사천오백십육만 구천이백일 프랑이다.

공업부는 이억 이천구백구십구만 사천육백십 프랑이다.

듣자하니 러시아 대공작이 유람 차 막 프랑스 수도에 도착했는데 이 사람이 러시아 황제 숙부라고 한다.

듣자하니 그리스(希臘) 국왕 또한 유람 차 프랑스 수도에 도착했다. 며칠 전에 프랑스 대통령과 연회하고 마을을 두루 돌아다니면서 시가지의 민속이 어떠한가, 경물이 어떠한가를 널리 돌아보니 몸소 눈으로 보고 귀로 듣지 않는 것이 없었다. 그 행색이 초라해도 스스로 길거리 사람과 함께하니 이 왕이 곧 덴마크 국왕의 자손이다. 영국, 프랑스, 독일, 러시아와 더불어 여러 왕들은 모두 인척관계를 맺고 있다고 한다. 벨기에(比利時) 공사인 남작 단네쌍이 귀국하여 자사를 보내서 대신 전별했다.

양력 10월 22일(음력 9월 11일). 안개.

음력 9월 초3일은 러시아 공사 이 대감이 생일에 나에게 시문을 보내어 화답시를 요구한다고 들었다. 그래서 삼가 원운으로 시를 지어서 보냈다.

객지에서 위인[7]의 생일 빈번히 보내니

노고를 생각함에 어머니가 그리워지네.

학의 노래를 이역에서 누구와 함께할까?

악어 파도 심한 어두움에 나루를 건너네.

북사[8]의 술 친구 옛 친구로 남아있고
서주의 보물나무[9] 양춘에 머물러 있네.
더디게 돌아간 6년 무슨 일을 했나?
재상으로서의 충정 다 진실을 보였네.

그 나라 상·하 의회가 오늘부터 개회를 시작한다고 들었다.

양력 10월 23일(음력 9월 12일). 흐림.

오후 2시에 가서 해당국 외무대신 될기세를 만났다. 이어서 독일대사, 미국대사를 방문했으나 모두 출타 중이어서 만나지 못하고 돌아왔다. 관보 한 다발이 본국 외무아문(外務衙門)으로부터 온 것인데 8월 17일부터 31일까지이다.

양력 10월 24일(음력 9월 13일). 맑음.

편지 한통을 보냈다【안에 외무아문 보고서와 교서를 넣었다.】. 오전 11시에 해당국 재판소에 가서 방청하였다. 해국 외교 대사 될기세의 쪽지가 와서 한 통의 편지를 받았는데【음력 7월 24일】보낸 것이다. 황성신문 5장도 같이 왔는데【음력 6월 20일부터 24일까지】이다.

양력 10월 25일(음력 9월 14일). 흐림.

오전 10시 궁내부의 편지 내용이 전달되었는데 겸임하라는 임금의 명을 받으라는 것이었다. 신병 때문에 고민하고 있는데 운남회사에서 와서 말하였다. "인천항구까지 운임비, 아울러 총 개당 25프랑, 탄환 1000개 175프랑인데 살 것인가의 여부를 회답해 달라"는 것이었다【전보 비용은 215프랑 70상팀이었다.].

  듣자하니 프랑스의 도량형(부피, 무게, 용량, 길이)의 제도가 매우 정
밀하여 치수가 넘치거나 줄어드는 차이가 없었다. 그래서 서유럽 여러
나라들이 대체로 프랑스 제도를 취한다고 한다. 청국 상해에는 영국,
프랑스, 미국이 이미 조계(租界)를 두어 정착하고 있는데 지금 들으니
일본과 러시아 두 나라가 또한 일체가 되어 조계를 획정하려 한다고
한다. 또 들으니 청나라 대신(大臣) 중에 만주를 부당하게 허가한 일로
임금에게 상주한 자가 있었는데, 임금의 말씀 중에 "어떤 말을 거절해
야 하며, 어느 나라를 믿어야 하는가?"로 비답하였다고 한다.

양력 10월 26일(음력 9월 15일). 맑음.

양력 10월 27일(음력 9월 16일). 흐림.
  해당국 신문에서 일본이 영국은행에서 5천만 원을 차관했다라고 언
급한 것을 보았다.

양력 10월 28일(음력 9월 17일). 맑음.
  편지 한 통을 보냈다【안에는 교서와 미 대감의 편지를 넣었다.】. 금일
그 나라의 각부 대신들이 궁에서 회의한다고 들었다. 러시아 대사 유섭
투가 요사이 말미를 받아 귀국했다가 며칠 전에 주둔지인 프랑스 수도
로 돌아왔다고 한다. 그 나라 신문에 미국인 사진이 있었는데 전기 허
리띠를 착용한 채로 온몸이 흔들려서 마치 벌벌 떨고 있는 기색이 있는
듯이 보였다. 그 까닭을 물으니 전기를 사지에 흘려 혈맥을 통하게 하
고 정신을 가볍게 하여 양생에 도움이 되게 하려 한다고 하였다.

양력 10월 29일(음력 9월 18일). 맑음.

오후 8시 궁내부에서 내려온 전보를 받들었다. 내용은 참서관서리는 환국하라는 것이었다.

양력 10월 30일(음력 9월 19일). 맑음.

그 나라는 현금 사정이 좋지 않아서 2억 6천백만 프랑을 회사에서 빌렸다고 들었다. 그 나라 총리대신 겸 내부대신 이으루쏘가 말미를 받아 수도로 돌아왔다. 내달 초 4일에 만나자는 뜻을 해당 외교부에서 공문으로 왔다.

양력 10월 31일(음력 9월 20일). 맑음.

청국 순친왕[10] 준이 독일로 향하다가 배를 돌려서 홍콩에 정박했다고 들었다.

11월

양력 11월 1일(음력 9월 21일). 맑음.

내가 이곳에 주둔하여 어느덧 겨울이 되었다. 이 나라에서 날마다 보고 들은 것이 많지 않은 것은 아니나 혹 들려도 듣지 않았고 보여도 보지 않아서 마음에 억지로 기억하고자 하지 않았다. 그러나 그 예식의 의례와 절차가 크게 우리나라와 다른 것은 마음에 놀라고 의혹됨이 있어서 본대로 기록했다. 이 나라 남녀의 혼례는 본래 그 부모의 명이 없어도 나이가 장성하여 남녀 간에 사랑이 있으면[11] 더불어 즐거워하고 서로 장래를 맹세한다.[12] 그들 양가 부모가 그 뜻을 어기지 못하고 마침내 그들의 뜻대로 결혼한다. 그래서 혼례시기에 형과 동생의 순서가 없다. 만약 차녀가 시집가고자 하면 장녀를 제쳐두고 먼저 시집간다. 그 혼인의 예식에 날을 점쳐 길일을 정함이 있음을 듣지 못했고 또한 폐백, 결혼 등의 의식이 없다. 다만 남녀가 함께 천주당에 가서 배필로 삼겠다는 뜻을 맹세하여 알리면 혼인이 성사된다. 그 후 나이가 20세가 지나면 집안의 빈부에 관계없이 자녀들은 애초에 부모에게 의지하여 먹지 않고 또 부모와 함께 살지 않고 반드시 분가하여 각자 살림을 차린다. 비록 장자라도 그러하다. 그 부모가 비록 넉넉하고 그 자식이 가난하더라도 그 자식은 궁핍함을 알리고자 하지 않고 그 부모역시 당연한 것으로 여긴다. 그러나 만약 그 부모가 사망한 후에는 그 재산 분배는 자녀들에게 계통의 구별을 둔다. 그리고 집안이 심히 부유한 경우에는 그 재산에서 백분의 일을 계산해서 전례대로 정부에 납부하고, 그 나머지는 모든 자녀들이 다 나누어 받는다. 이것은 온 나라에 통행되는 규정으로 다 같이 전범으로 보니 이것은 진실로 동아시아에는 없는 풍속이다. 그 옳고 그름을 알 수 없으나 다만 그 가운데에도 본받을 만한 것이 없지 않다. 위로 신사(紳士)로부터 아래로 조역(皂役)에 이르기까지 혹 나라를 위하는 처지에서 분발하여 자신을 돌아보지 않고, 혹은 궁핍함을 구제하고 고아를 구하는 뜻에 천금을 아끼지 아니하니 또한 숭상할 만하다.

영국 황태자가 6개월 동안 유람을 하고 내일 환국하려 함에 영접 의식을 지극히 성대하게 차렸다고 한다. 내일은 러시아 황제가 왕위를 계승하는 날이어서 프랑스 주재 러시아 대사가 교당(敎堂)에서 예식을 행한다고 한다. 그 나라 신문 기자 한 사람이 사실과 다르게 좋지 않은 기사를 발간하여 널리 퍼트린 것으로 인하여 바로 잡아서 감옥에 가두었다고 한다. 금일은 그 나라의 큰 명절이어서 남녀노소가 무덤에 가서 성묘하는 자가 개미나 고슴도치가 모이듯이 길게 도로에 늘어선다. 손에 움켜잡고 수레에 실어서 가는 곳마다 여기저기 가을 꽃송이 흩날리지 않는 곳이 없었다. 이것을 무덤에 꽂아 두어서 저승과 이승을 밝힌다고 한다. 내가 가만히 생각건대 우리나라는 매년 9, 10월 사이에 제사 지내는 대수(代數)가 다함에 그 자손은 나뭇잎이 떨어져 뿌리로 돌아가는 것을 한탄한다. 대체로 해마다 한 번의 제사를 지내서 고기를 올리고 손을 씻고 술을 따르는 것을 풍요롭고 적음에 따라서 각각 진설하여 예를 정성으로 행하니 요점에 힘쓰고 근본에 보답하는 것이다. 꽃가지로 제사를 받들어 신에게 나아갈 수 있다는 것을 듣지 못했으니 또한 의아할 뿐이다.

양력 11월 2일(음력 9월 22일). 맑음.

편지 한 통을 받았다【음력 8월 초3일에 보냄】. 황성신문이 아울러 있었다【음력 7월 27일부터 음력 8월 초5일까지】. 지금 세계 여러 나라 중에서 경상비가 쪼들리지 않는 나라는 단지 미국 한 나라뿐이라고 한다. 듣자하니 그 나라의 교사는 교회의 소관이고 국고에 납부하는 토지세는 평민 토지에 비해 현저하게 등위가 낮으나 이 교육은 이 나라의 종교이다. 위로부터 아래에 이르기까지 존중하여 믿지 않음이 없는 것은 이웃나라 유민들이 이곳에 와서 살기 때문이다. 만약 종교가 나누어졌다면 대체로 정착하는 것을 용납하지 않아서 흩어지게 되었을 것이다. 그 교당이 소관하는 토지는 매우 많으나 세금은 거의 없다. 그래서 최근 하원의원 회의 중에서 석토는 일률적으로 상민 토지세와 같이 거둘 것을 제안하니, 그것은 재정을 안정시키는 방도로 실로 타당하다고 말했다 한다. 그러나 모든 표가 각기 달라서 그 시행 여부는 우선 적시하여 알리는 것으로 했다고 한다. 그 나라 상원의원 의장 팔리일이 모레로 만날 뜻을 정하여 그 외교부가 공문으로 보내왔다. 그 나라 하원의원 의장 데사닐이 오는 6일에 만날 뜻을 정하여 그 외교부에서 공문을 보내왔다.

양력 11월 3일(음력 9월 23일). 맑음.

오전 10시 박물원에 가서 한 곳을 감상하고 차례대로 다른 방으로 들어서니 사다리가 3층까지 설치되었고 넓이는 각 층마다 100칸이었고 최하층에는 벽에 밀포가 가득 걸려있었다. 수레의 짐승 뼈는 물고기 뼈 아님이 없었다. 그리고 금수의 명칭에 대해 나는 대체로 무엇인지 알지 못하는데 하물며 물고기가 천만 종이 되니 내가 어찌 다 기억하겠는가? 대체로 이름을 아는 것은 기록했는데 우뚝하게 십장 길이로 서 있는 것은 곧 코끼리, 낙타, 말, 소 등의 종류이다. 그 외에 소소한 것들은 겨우 형체만을 갖추었고 육지로 다니는 여러 짐승들을 하나하나 진술할 수 없다. 또한 그 물에 사는 족속들로 길게 뻗어있는 10칸에 누워있는 것은 곤어, 날치, 고래, 악어 등이었다. 여러 어족에는 중간 크기와 작은 크기의 물고기는 겨우 그 수만 채웠으나 역시 다 기록하기는 어려웠다. 눈에 띄는 것이 참혹하여 마치 비린내와 노린내 냄새를 맡는 것과 같았다. 이어서 그곳에서 두루 보고 다시 한 층을 오르니 세계 각각 인종의 시체와 마른 뼈를 모두 유리로 상자를 만들고 또한 철 줄로 띠를 삼았다. 어떤 것은 전체가 서 있고 어떤 것은 팔다리가 흩어져 있었다. 또 매장된 영아를 파서 옮긴 것도 있었다. 한 번 보고 지나간 것이 무려 수천이요, 어두운 죽음의 세계가 현실에 가공되어 있으니 괴이한 이치를 이해하기 어렵다.

옆 사람이 나에게 말하였다. "어떤 나라에서는 의사의 학문을 따지지 않고 의술 전문가에게 나아가서 다만 먼지 끼고 좀먹은 전래 고서를 외워서 사람의 사지와 몸의 경락을 알지 못하면 의원이 되지 못한다. 그래서 이 나라에는 이러한 박물관을 설치한 것은 오로지 의원의 눈으로 보고 마음으로 투시하여 참으로 어려서 죽는 자를 위하여 생명을 보호하고자 하는 계책이다."라고 하는데 나의 마음은 절대 그렇지 아니하니 그것은 어찌 그러한가? 무릇 어진 왕의 정치는 반드시 은택이 저승까지 미쳐야 한다. 시경에서 "길에 죽은 사람 있으면 오히려 묻어주는 자가 있다."라고 하니 또한 이것을 이른 것이 아닌가? 지금 위생의 길이 도리어 죽음을 슬퍼하는 인(仁)을 해치니 또한 어긋난 것이 아닌가? 조용히 입 다물고 산보하다가 어느덧 땅거미가 찬 나무에 생겨났다. 이에 여러 관원들과 함께 관사로 돌아왔다.

양력 11월 4일(음력 9월 24일). 맑음.

오전 10시 해당국 총리대신 으루쏘를 만나 함께 대화했다. 그가 말했다. "양국의 우호가 더욱 발전하여 지금 이렇게 사절이 왕래하니 실로 기쁜 마음이 가득하다." 내가 말했다. "귀국이 통상에 크게 힘써서 점차 우리나라에 확대되어 교제하는데 우호를 맺은 것이 다른 나라보다 특별해서 나 또한 이 때문에 매우 기쁘다." 이어 이별하고 돌아왔다.

오후 3시 그 나라 상의원 의장 팔리일을 만나 대화했다. 그가 말했다. "지난여름에 만나자는 공사의 공문을 받았으나, 제가 휴가를 받아 고향에 가서 이제야 만나게 되어 매우 죄송합니다." 하고 곧 우리나라에 상선이 있는지와 여러 학교 학생들의 수업 근태를 물었다. 모두 사실대로 대답하였다. 또 이전에 공사는 다른 나라에 가서 주둔했는지와 본국에서 외교부 관리 벼슬을 경험한 적이 있는지를 물었다. 그래서 처음 대사의 명령을 받들었으나 외교관은 이미 우리나라 교섭통상외부참의(交涉通商外部參議)를 경험했다고 답했다. 그는 이에 기뻐하면서 말했다. "그렇다면 외국 주둔 공사는 형세 상 반드시 맡게 되었을 것이었다. 바라건대 멀리 고향 떠난 것을 슬퍼하지 말라." 잠시 후에 작별하고 돌아왔다.

양력 11월 5일(음력 9월 25일). 흐림.

이날은 우리의 책력으로 명성황후의 탄신일이며 또 선친의 생신이다. 지난날을 추모하니 자신도 모르게 고향에 대한 그리움이 밀려왔다.

들건대 파리의 센강 물가에서 한 여인이 미친 듯이 취한 듯이 스스로 강에 투신했다. 그 마을 순검이 보고 구하고자하였으나 자기도 모르는 사이에 거의 다 빠지게 되었다. 마침 순검을 아는 사람이 그곳의 광경을 목격하고 빠진 그 순검을 구제하려[13] 또한 강가에 다가갔다. 먼저 투신한 두 사람은 이미 빠졌는데 깊은 곳에는 이르지 않아 다행히 지나가던 배를 만나 목숨을 구제했다고 한다. 해당 정부에서는 순검의 살신성인 정신을 매우 가상히 여겨 오늘 장례에 총리대신 이하 여러 대관이 모두 죽은 이의 애도 행렬에 참여하였다고 한다.

들건대 영국과 두(杜)나라의 전쟁은 요사이 매일 격렬하게 전투하여 양국의 살상자가 심히 많으나 여전히 결말나지 않았다. 그래서 영국조정의 한 관리가 "두(杜)나라 일에 대하여 힘으로 복종시켜서는 안 된다."

는 뜻을 선언하니 화해를 바라는 뜻이 있는듯하다고 말하였다 한다.

양력 11월 6일(음력 9월 26일). 맑음.

오전 11시 그 나라 하의원 의장 데사실을 만나서 대화했다. 그는 말했다. "귀국이 십수 년 이래로 점점 더 진보했다라고 하니, 매우 다행이라고 하면서 공사가 이곳에 머무름에 어찌 객지의 어려움이 없겠는가?" 나는 명을 받든 대표의 지위로서 어찌 객지의 어려움이 있고 없음을 따지겠는가? 다만 풍토에 익숙지 않은 사악함이 겨울에는 더욱 심해져서 실로 이를 떨쳐내기가 어렵다고 대답하였다. 그는 말했다. "파리 풍토는 런던보다 백배 심하니 공사가 만약 런던에 주재했다면 더욱 일하기 어려웠을 것이다." 하고 이에 방직 등에 대한 설명을 누차 말하였다. 내가 말했다. 귀국의 이룡방직은 세상 여러 나라에 알려져서 그 곱고 아름다움이 자못 칭찬이 많다. 이것이 혹 동양 각국에도 수출되는가? 그가 말했다. "서양 방직이 정밀하고 아름다우나 결코 이룡보다 뛰어난 것이 없다. 다른 나라에 수출되는 것으로 말하면 졸렬한 것이고, 비록 수출하더라도 우수한 것은 나가지 않는다. 그 우수한 것이 비록 다른 나라에 수출되더라도 대체로 본 가격이 높기 때문에 무역에서 이익을 볼 것이 없다." 이어서 작별 인사를 하고 돌아왔다.

양력 11월 7일(음력 9월 27일). 안개.

오후 5시 그 나라 경무사(警務使) 레빈이 공관에 거마를 보내어 왕래할 때 잡인을 금하고 일곱 개의 테이블을 지시하여 공사 이하 관원들이 함께하도록 해주었다.

그 나라 대통령이 어제 벽사(碧沙)근처에서 사냥하였고, 오늘 오후

7시 산 꿩 2마리를 보내 주어서 받고 고마움을 마음에 간직했다고 한다. 궁의 종이 가지고 와서 공관에 전달했다.

엊그제 박람원의 문 앞에는 수레와 말이 구름처럼 모여들었는데 모두 관인이 타는 특별한 수레였다. 보좌하는 자 중에 혹자는 정부 여러 관리의 연회가 아닌가했다. 지금 들으니 그 나라 사람 중에 하나가 일본 국화 여러 종자를 취하여 심고 부지런히 재배했는데, 가을이 된 후에 국화 송이가 토종보다 훨씬 우수했다. 그래서 정원사들에게 돈을 받고 팔았다. 그런데 대통령과 여러 관리가 친히 가서 구입하고 특별히 재배의 근면함을 가상히 여겨 농무훈장(農務勳章)을 주었다고 한다.

그 나라 군대가 근년에 청나라 군대를 초멸했는데 당시 출정했던 장졸들이 싸움에 이기고 돌아왔다고 한다. 그들이 정벌에서 여러 차례 승리한 것을 기념하여 후세에 남기는 역사가 없을 수 없었다. 비로소 청국전쟁 당시에 공을 기록한 한 책이 편찬되었는데 책에 황색을 입혀서 '황의책'이라 이름 지었고 한다. 또한 영국에서도 이러한 뜻의 전쟁사를 편찬하였는데 청색으로 책의 표면을 삼았다. 그래서 역시 '청의책'이라 이름 지었다고 한다.

양력 11월 8일(음력 9월 28일). 안개.

그 나라의 학교에는 관립과 사립의 구별이 있었고, 당연히 졸업과 상급학교 입학의 시기를 관립과 사립이 동일하지 않다고 한다. 일례로 사립학교의 졸업장은 반드시 관립학교로부터 허가를 받고 나서야 실시할 수 있다는 의미이다. 어제 하의원에서 의견을 제시한 사람이 있었고 대중의 의견이 일치하지 않았는데, 아직까지 결과가 어떠한지 알지 못한다고 하였다.

들자하니, 청나라 외교부 관리인 서수붕이 교체되어 독일에 주재하여 근무하는 청나라 공사로 임명되었다고 한다.

들자하니 그 나라 농림부(農部) 대신 상뒤쎄가 미국에 그 나라 학생을 선발하여 보내서 상업과 무역의 업무를 시찰하고 익히게 하려했다고 한다.

근래에 유럽 여러 나라에 큰 안개가 하늘을 덮어서 밤낮을 구분하기 어려운데 런던은 더욱 심하다고 한다. 오후 3시에 명함을 그 나라에 보내어 알현하니 대통령이 치사하여 살아 있는 꿩을 받았다.

묵서가(멕시코)[14]에서 새로 도착한 공사 미에가 명함을 가지고 옴에 명함을 보내어 답례를 했다.

들자하니, 그 나라 외교대신 될기세는 프랑스와 토국(터키)[15] 양국 간에 상치하는 일을 처리함에 오직 자기 생각대로 멋대로 하고 서구열강에 공문 보내는 것을 일삼으니, 대체로 그 뜻의 속내와 옳고 그름을 알 수 없으나, 혹시라도 여러 나라 가운데 암암리에 터키를 도와주는 일이 발생할까 두려워했기 때문이라고 한다.

들자하니, 일본 정부는 미국에서 차관을 빌리고자 하였으나 미국이 허락하지 않았다. 그래서 정부에서는 다시는 외국에서 차관을 빌리지 않겠다는 뜻을 맹세하고 공포했다고 한다.

양력 11월 9일(음력 9월 29일). 흐림.

오후 1시에 궁내부의 편지 내용이 전달되었다. 어제 전보에 회신을 받지 못해 내심 우울했는데, 환국하라는 명을 받았으니 배가 준비되면 곧 떠날 것이다.

들으니, 오늘이 영국 황제의 탄신일이다. 그 나라 황태자는 아직 책봉례를 행하지 못했다. 그래서 경축절을 기회로 해서 책봉을 행하려고 하였으나 영국 황제가 부모의 상중에 있었다. 그래서 우선 임시로 갖추어 예를 행했다고 한다.

들자하니, 일본 전(前) 총리대신 이등(伊藤) 후작(侯爵), 전 협판 청목(青木)이 유람 차 어제 파리에 도착했는데 수행원(協辦)[16] 중에 혹자는 차관을 빌리는 일 때문에 이 나라에 왔다고 하였다. 그러나 자세한 내역은 확실하지 않다.

들으니, 터키 황제가 프랑스 차관을 다 갚겠다는 뜻을 어제 천명했다고 한다.

양력 11월 10일(음력 9월 30일). 흐림.

그 나라는 화주(소주)를 석탄 대신 사용하려 하니 소주는 곧 자주(사탕수수주)라 한다. 대개 석탄은 이 지방에서 생산되는데 유럽의 여러 나라가 모두 발굴하여 자원으로 사용했다. 비록 땅에 끝없이 저장되어 있다고 말하나 사용하는 것 또한 끝이 없으니, 어찌 없어질 것을 우려하지 않겠는가? 그래서 술을 팔아서 연탄을 대신하여 백성을 이롭게 하려는 뜻을 취하여 기계를 만든 뒤에 국농부(國農部) 대신이 이제 16일에 민중을 모으고 공포하여 널리 알리려고 한다고 하였다.

양력 11월 11일(음력 10월 1일). 맑음.

오전 11시 궁내부에서 회신 전보한 편지를 받들었다. 총기 같은 일은 여기에서 처리할 것이니 배가 갖추어지는 대로 출발하라는 통지였다. 관보 한 축(20장)이 본국 외무부로부터 왔다【양력 9월 2일부터 21일까지】.

양력 11월 12일(음력 10월 2일). 흐림.

서쪽으로 백 리 철도를 비로소 설치하여 완공했는데 그 비용은 4억 2천5백만 프랑이요, 기공한 기간은 꼭 6년이 되었다고 한다.

양력 11월 13일(음력 10월 3일). 비.

오후 2시에 가서 그 나라 외교대신 될기세를 만나, 휴가를 얻어 환국하게 되었다는 뜻으로 작별하고 이어서 그 나라 대통령 알현을 청했다.

본 공관 겨울 3개월의 경비와 공관 이하 여러 관원이 사용할 회신 경비를 담당국인 러시아, 청나라 은행에 추심하고 영사 운리라가 보증했다. 보상 약정은 운리라의 보증 어음이 우리나라에 도착한 후 10일 안에 지급할 것, 이자는 그 날짜별로 계산하되 아직 갚지 못한 4달의 이자인 일본 화폐 400원을 먼저 이자로 징수하고 줄 것이었다.

양력 11월 14일(음력 10월 4일). 맑음.

양력 11월 15일(음력 10월 5일). 맑음.

오후 7시에 궁내부에 전보된 편지를 받았다. 프랑스 외교부 대신과 농상부 대신이 지니고 있는 훈장 등급을 자세하게 살펴서 즉시 보고하라는 것이었다.

양력 11월 16일(음력 10월 6일). 맑음.

오전 10시 그 나라 대통령을 만나 말미를 얻어 돌아가게 됨을 말하였다. 대통령이 물어 말했다. "프랑스의 기후와 풍토에 익숙하지 않은 어려움은 없는가?" 나는 대답했다. "잠깐 동안 더운 절기를 보내서 풍토

때문에 고생하지 않았습니다. 만일 추운 절기에 왔다면 토패화승(土敗
火升)의 여러 증상을 감내하고 해결하기 어려웠을 것입니다." 대통령이
또 물었다. "듣자니 말미를 받고 본국으로 돌아간다고 하던데 과연 그
러한가?" 나는 대답했다. "며칠 전에 우리 황제 폐하의 전보 칙서를 받
았습니다." 대통령이 말했다. "그렇다면 돌아가는 시기는 어느 때인
가?" 대답했다. "해로가 심히 멀어서 시기는 예측할 수 없습니다. '서리
참서관(署理僉書官)이 금일 데리고 와서 폐하를 뵙지 않으면 안 된다.'
하여 이에 나란히 들었습니다." 대통령이 말했다. "알겠다. 먼 길에 몸
조심하길 바란다." 이에 하직 인사하고 나왔다. 오후 3시에 그 나라 상
의원 의장 팔리일이 찾아왔으나 마침 그를 만나지 못했다.

양력 11월 17일(음력 10월 7일). 흐림.
  오후 3시 궁내부의 편지가 전달되었다. 아울러 한결같이 내일이나
모레 사이에는 떠나기 어려웠다.

> 한 대의 사신 수레 눈길을 세냈고
> 겨울 매화는 조화보다 일찍 피었네.
> 칙서로 황제의 후한 은혜를 입었는데
> 많은 것을 바라야 하는 외교 가련하다.
> 서역 벼슬살이에 보은의 절개 둔해지고
> 차량 가는 북쪽 가의 집들은 멋지도다.
> 하늘 끝 만 리 함께 객으로 있다가
> 분분히 떠나 어찌 홀로 멀어지는가?

지금 나는 행장을 재촉하여 만릿길 세내니
이별 정자의 서리 맞은 잎은 꽃처럼 날리네.
원래 벗의 도는 오직 깊은 책선이거늘
이날 이웃과의 사귐에 더욱 힘쓰기를 바라네.
순경과 역경에 어찌 한결같이 치국을 논하는가?
떠나고 머무름 감내하기 어려워 홀로 돌아가네.
이별에 임하여 정성을 다하는 말 펼치니
금과옥조의 편지 멀어지지 않기를 바라네.
원운을 따라서 이참서 서리에게 이별시를 남기다.

양력 11월 18일(음력 10월 8일). 맑음.

총영사 운리라(雲利羅)가 와서 낭가싀깃, 마강, 고베, 요코하마를 보
았다.

양력 11월 19일(음력 10월 9일). 맑음.

양력 11월 20일(음력 10월 10일). 맑음.

프랑스 사람 매인(梅仁)과 쓔스에게 감사의 뜻을 표하고 이에 작별
했다.

양력 11월 21일(음력 10월 11일). 맑음.

배를 타고 돌아갈 날이 내일로 다가오니 모든 일이 분주하다. 떠날
적에 사람과 이별하느라 기록할만한 경치와 풍물은 날을 기다려 다시
상세히 할 것을 남겨둔다.

양력 11월 22일(음력 10월 12일). 맑음.

오후 11시 정거장에 가서 기다리다가 독일 수도 베를린으로 출발하고 골론에 하차하여 호덜쌍델알 여관에서 숙박했다.

양력 11월 23일(음력 10월 13일). 서리 내림.

오전 8시 독일 수도로 가는 열차로 환승하여 출발했다. 오전 6시 베를린 공관에 다다랐다. 담당 공관의 참서관 민상현, 서기 한광하와 조용하 세 사람이 와서 맞이했다. 공사(星使)인 민 대감은 겸임 주재국에 가서 국서를 바쳤으나 아직 여정에서 돌아오지 못해 만날 수 없어서 심히 슬펐다.

양력 11월 24일(음력 10월 14일). 비와 눈이 내림.

오전 6시 러시아 공사 이 대감에게 전보했다. 내용은 내일 아침 베를린에서 출발한다는 것이었다. 독일 공사 민 대감이 오스트리아 수도에서 지은 전별시가 도착했다.

이날은 비엔나에서 사신으로 머물러서
레드 와인 한 잔도 권하기 어려웠네.
대붕은 양 날개를 쳐서 바다를 운행하고
비상한 학은 바람을 타고 높은 언덕을 도네.
부름을 받아 멀리서 천자의 조서 받들어
가벼운 차림을 벗어나 검은색 도포 입었네.
그대에게 나보다 먼저 돌아감을 양보하고
슬피 하늘을 바라보니 차가운 달 높도다.

이날 즉시 화운시를 답하여 보냈다.

> 사절을 겸한 노력은 이미 해어진 깃발
> 서방에서 바치는 포도주를 기다리네.
> 국가 위한 마음을 그대는 으뜸으로 삼고
> 환향하려는 마음을 나는 언덕에서 부르네.
> 파도 왕성한 바다와 하나 되어 배를 타고
> 눈보라 치는 날씨에 홀로 원정의 도포입네.
> 떠나감에 특별히 정성과 축하를 알리니
> 뛰어난 인재로서의 명성 천하에 높도다.

양력 11월 25일(음력 10월 15일). 흐림.

오전 8시에 화륜거[17]를 타고 러시아 수도로 출발했다. 오후 11시에 러시아 수도에서 기차로 환승했다.

양력 11월 26일(음력 10월 16일). 맑음.

오후 6시 러시아 수도 상트페테르부르크(彼得堡)[18]에 도착했다. 공사 이 대감이 참서관 곽광희, 서기관 조면순과 정거장에서 맞이했다. 기쁘게 악수하고 즐겁게 이야기하면서 함께 거마를 타고 공관으로 갔다.

이날 밤에 편지 1통이 프랑스 수도에서 전달되었다【음력 8월 24일 보냄】. 황성신문 5장이 아울러 도착했다.

양력 11월 27일(음력 10월 17일). 흐림.

하루 종일 눈보라가 창문에 불어 닥칠 정도로 추위를 감당하기 어려웠다. 저녁에 밥을 먹고 나서 이 공사가 연극무대에 가자고 했고, 심야가 되어서 숙소로 돌아왔다.

양력 11월 28일(음력 10월 18일). 눈.

양력 11월 29일(음력 10월 19일). 맑음.

독일 공사 민 대감이 오스트리아 수도에서 전보로 출발 날짜가 지연되었음을 알렸다.

양력 11월 30일(음력 10월 20일). 눈.

오스트리아 수도에 헛되이 세월을 보내면서 체류하고 있다고 전보로 회답하였다. 이 공사가 공관을 쌘질이못쓰까야 제5호에 옮겼고, 나또한 이 대감을 따라서 거처를 옮겼는데 관사가 매우 크고 넓으며 마을도 깨끗하다. 그래서 그 나라 황제의 아들이나 형제들이 이곳에 많이 머무른다고 한다.

12월

양력 12월 1일(음력 10월 21일). 맑음.

독일 공사 민 대감의 편지를 받았다. 오후 6시에 명수에게 편지를 부쳤다.

양력 12월 2일(음력 10월 22일). 눈.

오전 10시 선박 비용을 러시아 은행에서 찾았다. 프랑스 은행의 2프랑 5상팀은 러시아 은행의 1루블(老佛)이다. 루블은 곧 1원을 일컫는데 시세에 따라 오르고 내려서 가계(加計)[19]하여 계산하면 차이가 있다. 또 독일 은행의 1마르크는 일본 화폐로 반이고 그밖에 어떤 나라는 1전, 어떤 나라는 10전이 된다. 보잘 것 없는 단위는 애써 기억하기 어렵다.

양력 12월 3일(음력 10월 23일). 눈.

오후 7시 이 공사(星使)와 함께 대한제국 전 공사 위패(衛貝) 집에 초빙되어 함께 저녁 식사를 했다. 위패는 현재 묵서가(墨西哥, 멕시코)의 공사를 맡고 있다고 하였다.

양력 12월 4일(음력 10월 24일). 눈.

편지를 러시아 공사 이 대감 집에 보내는 계제를 이용하였다. 안에 교서를 넣었다.

양력 12월 5일(음력 10월 25일). 눈.

금일은 러시아 황태제의 생일이라고 들었다. 가게는 모두 문을 닫았고, 저녁이 됨에 등을 달아 거리를 밝혔는데 완연히 불야성 같았다. 명수와 강서기를 만나서 삼가 글을 썼다.

양력 12월 6일(음력 10월 26일). 흐림.

편지 1통을 받았다. 파리에서 온 것이다【음력 9월 6일 발송】. 황성신
문 11장이 아울러 왔다【음력 8월 24일부터 9월 5일까지】. 오후 7시에 이
공사(星使)와 러시아 사람 그린발을 방문하여 차를 마시고 즐겁게 이야
기하다가 돌아왔다.

양력 12월 7일(음력 10월 27일). 흐림.

프랑스인 융태래(隆泰來) 편지를 보았다. 이 공사(星使)와 밤새 이야
기하며 적막함을 해소하기 위해 애써 운을 달아 시를 지었다.

> 서방 말을 이해하고자 배움을 시도한 처음에
> 서양의 게 기어가는 듯한 글씨가 가장 어려웠다.
> 어느 때 은혜가 전달되어 궁궐에 머무를까?
> 오랜 세월 객지 시름 겪었는데 편지마저 끊겼네.
> 기이하고 높은 누각 하늘 끝에 서 있고,
> 아득하게 펼쳐진 대설 달빛조차 헛되게 하네.
> 친구 병이 많아 나보다 먼저 돌아가니,
> 참성(參星)과 상성(商星) 만 리 떨어지네.[20]
>
> > 대감 이천운(李台川雲)

> 시 명성이 나의 잠을 방해하던 초기에는
> 다만 회포를 풀고자 해도 글이 되지 않았네.
> 전등 그림자는 꽃 같기도 하고 달 같기도 하며
> 의자 장식은 짐승도 아니고 물고기도 아니네.

눈이 아득한 밤을 밝혀 삼청은 멀어지고[21]
피리 남은 소리 거두니 일대가 텅 비었네.
정해진 날 돌아갈 배 푸른 바다에 띄우고
조금도 보답하지 못한 게으름이 부끄럽도다.[22]

상트페테르부르크성 주재 시절 초에
황은에 감격하여 조서를 떠받들었네.[23]
십년 바다북쪽에서 머뭇거리다 소생한 기러기
만 리 강 동쪽 자유로운 물고기를 그리워하네.
날씨 흐린 날 누각은 항상 거의 닫혀있고
눈 쌓인 강산은 저절로 비우지를 못하네.
찬바람과 변방의 달 한없고 넓고 먼 땅
멀리 바라보는 공원에 떨어지는 잎 드무네.

양력 12월 8일(음력 10월 28일). 눈.
명수의 편지를 받았다. 편지에는 본국 경비 3개월분이 들어온다는
조목이 있었다고 한다.

양력 12월 9일(음력 10월 29일). 흐림.
운리라(雲利羅)에게 전보로 경비가 공관에 도착하였음을 들었다. 곧
추심하기 위해서 이하영(李厦榮)에게 전보하니 본국에서 경비가 도착
했다고 하였다. 즉시 운리라에게 보상하고 바로 글로 자세하게 기록하
였다.

양력 12월 10일(음력 10월 30일). 눈.

오후 1시에 여러 관원과 러시아 박물관에 가서 크고 화려한 누각과 전시된 기물을 감상했다. 대략 프랑스, 독일에서 이전에 본 것과 비슷하여 다시 기록할 만한 것이 없었다. 무릇 박물관을 여러 나라가 갖추는 것은 그 뜻을 미루어보면 대체로 발전에 유익함이 있기 때문이다. 어느 나라를 막론하고 나라의 유래와 고적을 다만 책으로 전하여 후세인으로 몸소 그 제도를 보지 못하게 한다면 비록 공수자(公輸子)[24]의 재주를 가지고 있더라도 스스로 만드는데 방해가 되거늘, 장차 먼 나라의 물건이 백성에게 유익함이 있고, 쓰임에 효용이 있어서 어떠하겠는가? 다 거두어 아울러 갖추어서 곁에 열거하여, 장인에게는 친히 모범이 되게 하고 화가에게는 친히 본보기가 되게 했다. 널리 물건을 고찰하여 지혜를 개발한 것이니 이것이 내가 이른바 발전에 크게 유익하다고 한 까닭이다.

지난번 프랑스 수도에서 독일 수도를 경유하여 러시아 수도에 이르렀다. 무릇 수만 리를 여행하면서 몸소 목격한 것으로 말하면, 프랑스는 새해가 시작되면 오래도록 풍속을 화려하게 하고 아름다움을 만든 것이 이미 극도에 이르러서 여지가 없을 정도이다. 독일은 근본에 힘쓰고 실상을 연구하여 점점 더 진보하고 밭을 개척하고 군대가 장엄하게 하여 프랑스와 마침내 강한 제(齊)나라와 초(楚)나라의 형세를 이루었다.[25] 처음 러시아 경계에 들어서면 다만 삼림이 울창하여 아득함만 보일 뿐 물가는 보이지 않고, 지세는 평온하고 아득하게 이어져서 전혀 높은 봉우리와 가파른 고개가 보이지 않았다. 대략 프랑스, 독일과 서로 비슷했고 민간 집들은 팔짱끼듯이 펼쳐져 있는데, 이따금 판잣집, 초가집이 있었다. 상트페테르부르크 수도에 도착하니 관청의 웅대함과 시가의 번창함은 파리나 베를린과 서로 으뜸(갑을)을 다툴 정도이다. 다만 일상에서 상용되고 행해지는 하나하나가 백성을 편리하게 하는 정거장, 우체국이 **빽빽**하나 정해진 세세한 규칙은 프랑스, 독일만 못했다. 그러나 호랑이와 같이 동서에 걸터앉아 호시탐탐하며 나아가서는 겨루고, 물러나서는 자신을 지키는 형상이다. 영토의 크기는 세상에 자랑하기에 충분하고 백성과 재물의 많음은 충분히 여유로우니 프랑스, 독일이 오히려 미치지 못한다. 이는 진정 서구 열강이라 일컬을 때 반드시 러시아, 독일, 프랑스를 드는 것이니 진실로 까닭이 있다.

양력 12월 11일(음력 11월 1일). 눈.

이하영의 편지를 받았다. 프랑스 관사에 동계 비용을 은행에서 발행한 어음의 일로 백탁안(브라운)[26]의 공문이 도착했다고 한다. 프랑스 관사에서 이 계획을 운리라(雲利羅)에게 보고하고자 하니, 융태래가 계약서의 어음을 이미 발송했으니 운리라가 반드시 받아야 할 이치가 없다고 하였다고 한다. 그래서 담당 서리가 본 외교부에 전보하니 해당 은행에서는 본국에 환불하는 것과 봄이 되기까지의 경비에 대한 두 가지 일을 보고했다고 한다. 4~5일 후면 회신 전보를 받게 될 것이라고 하였다.

양력 12월 12일(음력 11월 2일). 흐림.

총영사 운리라의 편지를 받았다. 당일로 결재하여 본국에 답했으니, 어음【세관증서】이 들어오면 빚을 보상하는 용도라는 뜻을 말하라는 내용이었다.

양력 12월 13일(음력 11월 3일). 흐림.

양력 12월 14일(음력 11월 4일). 맑음.

오후 3시에 조면순, 강석두를 러시아 선박회사에 보내어 배표를 구입했다. 공사가 383원을 주었는데 사행증서를 보여주니 115원을 감해주었다고 한다.

양력 12월 15일(음력 11월 5일). 눈.

양력 12월 16일(음력 11월 6일). 눈.

이하영의 편지를 받고 겨울 경비는 러시아, 청나라 은행에 맡겨 두었다는 것을 알게 되었다.

양력 12월 17일(음력 11월 7일). 눈.

의원 싸을노비춰마크를 만나서 약을 논의했는데, 이 사람은 곧 위패(베베르)[27]의 처제라고 한다.

양력 12월 18일(음력 11월 8일). 눈.

양력 12월 19일(음력 11월 9일). 눈.

운리라를 만나 겨울 세목을 추심하고 답서했다【그 수는 우선 자세하지 않다.】.

양력 12월 20일(음력 11월 10일). 눈.

편지 1통을 받았는데【음력 9월 15일 발송 분】황성신문도 아울러 도착했다.

양력 12월 21일(음력 11월 11일). 눈.

듣자하니, 러시아 공사 이 대감은 사행한 그날부터 간간히 떠날 뜻을 궁내부에 전달하였다고 한다.

양력 12월 22일(음력 11월 12일). 눈.

오후 7시에 이하영의 편지를 받았다. 겨울 세목 비용 7,045원인데 국내 환율 2프랑 55상팀을 적용하여 계산하면, 합계 17,964프랑이 된다【정한 수대로 임시 배치한다고 하였다.】. 본 외교부로부터 전화가 왔는데 이종업에게 서리 벼슬을 내린다고 하였다.

양력 12월 23일(음력 11월 13일). 눈.

오후 7시에 러시아 수도를 떠나 정거장으로 가서 차를 타고 오데사로 출발하여 밤을 차안에서 보냈다.

양력 12월 24일(음력 11월 14일). 흐림.

차량이 길에서 신속하게 달리는 것을 보았으나 프랑스, 독일 양국의 차만은 못했다. 그러나 서행하고 평온한 모습은 오히려 나음이 있었다. 종일 눈을 흩트려 차에서 제거했으나 북풍이 세차게 불어 전후 보이는 곳마다 소나무 숲 푸른빛에 눈이 쌓여 경사진 덮개를 이루니 또한 장관을 이루었다.

양력 12월 25일(음력 11월 15일). 맑음.

점차 오항(烏港)에 가까워지니 남북의 기후가 현격하게 차이가 났다. 눈이 녹아 만들어진 진흙 때문에 한 더미 기름진 땅이 천 리까지 길게 눈앞에 펼쳐진 것을 보지 못했다. 오후 8시에 오항에 다다랐다. 그곳 항구 사람 한들만이 맞이했다. 쌍마차(雙馬車)를 타고 집으로 들어오니, 영국인 호탈리농들이 유숙하고 있었다.

양력 12월 26일(음력 11월 16일). 안개.

오후 8시에 전보가 도착하였는데 궁내부의 뜻으로 오데사를 출발하여 위해위(威海威)로 향한다는 내용이다. 공사 프랑스 주재 김만수【전보 가격은 매자마다 2루블 2코피라고 한다.】

양력 12월 27일(음력 11월 17일). 맑음.

오전 11시에 마차를 타고 오항 일대를 둘러보았다. 이어서 부두에 가서 쎄제르불륵 선박 내부를 관람했다.

음력 18일(양력 28일). 오전에 맑다가 저녁에 비.

오후 5시에 배를 타고 오대항을 출발했다. 선장 쑫싸신시씨와 대면했는데 나를 대우함이 매우 관대하고 도타웠다. 듣자하니 이 사람은 선장으로서 무릇 동양을 왕래한 것이 20여 년인데 수로의 낮고 깊음, 험하고 평이함을 익히 알지 못하는 것이 없다. 몇 년 전에 우리나라 제주도 등지에서 대한선객을 구제했는데 40여 명에 이르렀다. 그래서 그의 기념탑을 만들고 사람들의 사진을 배치해 두었다고 한다.

음력 19일(양력 29일). 맑음.

밤이 되자 바람과 파도가 요동쳐서 배가 심하게 위 아래로 흔들렸다. 편안히 잠을 잘 수가 없어서 다만 침상에 누워서 밤을 보냈다.

음력 20일(양력 30일). 맑음.

오전 8시. 배가 비로소 평온해지고 12시에 이르러 터키(土耳其) 수도 꿍쓰당쓰노불 앞의 항구에 다다라 정박했다. 배 안의 사관들이 모두 감상 차 육지에 내렸고, 나 또한 정신을 수습하여 강석두와 더불어 뒤따라 내렸다. 단지 터키 수도의 지형을 보았는데 산세의 높고 험준함이 대략 우리나라와 비슷했으나 끝내 높은 봉우리와 험준한 골짜기를 보지 못했다. 도시 해변에는 물줄기가 나뉘고 거리는 좌우로 나뉘어져 있으며, 물건들이 번화했고 옛 자취가 대대로 전해 내려오는 본디부터 유럽에서 가장 오래된 나라로 일컬어졌다. 남자들은 붉은 모자를 썼고 여자들은 검은 비단을 덮었으나 사람들이 동양과 대략 같아서 마음이 심히 기뻤다. 다 감상하고 다시 배를 타고 출발했다.

음력 21일(양력 31일). 흐리고 바람.

1월

음력 22일(양력 정월 1일). 맑음.

음력 23일(양력 2일). 맑음.

오후 2시, 이집트[28]의 포로사이쓰 항구에 다다라서 작은 배를 타고 입구로 들어섰다. 가게에서 저녁을 사 먹었는데 밥값이 매우 비쌌다. 심지어 5원이 넘었다. 줄지어 보이는 항구의 나무는 푸르러서 우리나라의 4, 5월과 같았다. 날씨는 이로부터 일기가 점점 더워져서 비록 홑옷을 입더라도 견뎌낼 방법이 없었다.

음력 24일(양력 3일). 맑음.

소련 사하(土河)를 지나 오후 6시 야랍항(也臘港)에 도착하여 닻을 내렸다. 글씨를 쓰며 쉬다가 8시에 출발했다.

음력 11월 25일(양력 1월 4일). 맑음.

음력 11월 26일(양력 1월 5일). 맑음.

어제 오늘 양일 동안 배가 지나간 곳은 모두 홍해이다. 날이 열기가 삼복더위에 땀이 흘러서 옷을 적시는 듯하였다. 아침에 몇 개의 봉우리를 보았는데 가깝고 먼 것이 서북의 구름 낀 하늘 사이에 출몰하다가 오후에 이내 보이지 않았다. 다만 푸른 바다가 하늘과 접하여 달리는 선창에는 몇 무리의 나르는 물고기가 왔다 갔다 하였다. 나는 나르는 물고기에 대해 들은 것이 오래되었는데 지금 과연 눈앞에서 보게 되었다. 긴 몸과 볼록한 머리로 모기와 같은 종족이나 한 번 뛰면 수십 칸을 비행하니 또한 하나같이 기이한 광경이다. 신시(申時) 후에는 저녁 햇빛이 배에 비추어 바다 밑까지 보였고 붉은 하늘 자줏빛 물이 넘실거리고 출렁거렸다. 서서히 어두워짐에 우리나라 사람들은 모두 석양을 장관이라 칭하고 대체로 양식을 지니고 멀리 구경 온 것이라고 하나, 나는 오가는 4개월 사이에 보지 않은 날이 없었으니, 이 경치 또한 황은이 하사한 것이다.

음력 11월 27일(양력 1월 6일). 맑음.

오늘은 곧 음력 동짓달 27일이다. 마침 선친의 생신이다. 그런데 돌아가는 배 지체되어 가묘에 참배하지 못하니 어머니에 대한 그리움을 억제하기 어렵다. ○ 온종일 바다가 잠잠하여 배가 신속히 나아갔다. 오후 1시, 함장이 우리나라 깃대를 보고자 했다. 그래서 행탁에서 찾아내어 보여 주었다. 그런데 그는 문득 정묘하다고 칭찬하면서 나에게 물었다. "깃발의 네 모퉁이에 이 4괘를 둔 것은 무엇 때문인가?" 나는 "태극은 양의(兩儀)를 낳고 양의는 사상(四象)을 낳는다. 이 4괘를 둔 것은 곧 사상의 뜻을 취한 것이다."라고 대답하였다. 그가 말했다. "알았다." ○ 배에 동행한 수십 인은 다 러시아 관리였다. 거처하고 먹는 것을 매번 그들과 함께 했다. 그 나라 관리가 음식을 마주하면 반드시 손으로 하늘을 가리키고 또 좌우를 가리키고 그런 후에 젓가락질을 했다. 나는 비록 그 뜻이 상세하지는 않았으나 이것은 과연 하늘을 공경하는 데서 나온 것이니 또한 양식을 내 준 것에 대한 보본(報本)의 뜻이니, 곧 우리나라 도에도 또한 하나의 큰 뜻이 있으니 얼마나 다행스러운가! 그 나라 관리가 나에게 물었다. "무슨 종교가 중심인가?" 하여 나는 "공자의 도를 중심으로 한다."고 대답했다. 그는 "고려(코리아)에도 천주교가 있는가?" 하고 물었다. 내가 말했다. "우리나라는 근래에 서구와 통상한 이후로 상민(商民)의 왕래가 빈번하다. 그래서 천주교, 예수교(邪蘇教) 둘 다 있다."

음력 11월 28일(양력 1월 7일). 맑음.

음력 11월 29일(양력 1월 8일). 맑음.
오전 10시 아정(亞汀)에 다다랐다가 오후 6시에 출발했다.

음력 11월 그믐일(양력 1월 9일). 맑음.

음력 12월 1일(양력 1월 10일). 바람.

음력 12월 2일(양력 1월 11일). 바람.

음력 12월 3일(양력 1월 12일). 맑음.

음력 12월 4일(양력 1월 13일). 맑음.

음력 12월 5일(양력 1월 14일). 맑음.

음력 12월 6일(양력 1월 15일). 맑음.
오후 7시 석란도(錫蘭島)에 다다라서 곧 육지에 내려 거닐고자 하였
으나 밤이 깊어 정박하지 못했다. 부둣가의 선박 등불이 비추는 가운데
뱃노래를 여기저기서 부르게 되니, 멀리 떠나있는 나그네의 마음 더욱
감당하기 어렵다.

음력 12월 7일(양력 1월 16일). 맑음.

이른 아침 육지에 내려서 항구를 두루 구경했다. 녹음이 드리워진 푸른 풀빛이 흡사 우리나라 5월 날씨와 같았다. 겨울옷으로는 심한 더위를 견디기 어려워 여름 옷 한 벌을 샀다. 하루 종일 가게를 이리저리 거닐면서 찻집에서 봄날에 영국, 독일 두 공사와 함께 이 섬의 옥 불상을 감상했던 것이 떠올랐다. 시간은 흐르는 물과 같아서 어느덧 세월은 얇아져서 사람을 깨닫지 못하는 사이에 슬퍼지게 한다. 저물녘에 배로 돌아와서 10시에 닻을 올렸다.

음력 12월 8일(양력 1월 17일). 맑음.

음력 12월 9일(양력 1월 18일). 맑음.

음력 12월 10일(양력 1월 19일). 아침에 비, 오후에 맑음.

음력 12월 11일(양력 1월 20일). 맑음.

음력 12월 12일(양력 1월 21일). 맑음.

음력 12월 13일(양력 1월 22일). 맑음.

오전 8시 싱가포르(新嘉坡)에 도착했다. 바로 육지에 내려 일본인 여관에서 묵었다.

음력 12월 14일(양력 1월 23일). 맑음.

오전 10시 마차를 타고 항구를 두루 구경했다. 공사가 누각이나 객잔의 금색 글씨 현판에서 처음 한문을 보고 의심한 것은 이 항구가 동양과의 거리가 멀지 않다는 것이다. 예전에 중국이 번성했을 때는 필시 범위에 속했으나 지금은 서양 여러 나라가 영사관을 설치하고 있다. 영국이 파병하여 지키고 있으나 이 항구가 또한 영국에 들어와 차지하고 있는 것인가는 알지 못했다. 다만 섬이 연이어지고 산봉우리가 수려하며 파초, 해당화, 귤, 녹나무, 이삭 열매, 피리 대나무, 종려나무가 모두 이곳에서 생산된다. 오후 3시에 배로 돌아왔다. 한 마을 사람이 작은 배를 몰아 앵무새 몇 쌍을 싣고서 우리들에게 사게 하고자 이것은 동양 나라에는 없는 것이라고 하였다. 완상하여 사고자 한 것은 자청색인데 한 쌍의 날개가 곱고 아름다워서 심히 볼만 하였다. 오후 5시에 출발했다.

음력 12월 15일(양력 1월 24일). 맑음.

음력 12월 16일(양력 1월 25일). 맑음.

음력 12월 17일(양력 1월 26일). 맑음.

음력 12월 18일(양력 1월 27일). 맑음.

음력 12월 19일(양력 1월 28일). 맑음.

음력 12월 20일(양력 1월 29일). 맑음.

배에서 북쪽으로 바라보니 봉우리가 마주하여 우뚝 솟았고 안개는 가리켜 보일 수 있는 지점까지 횡으로 걸쳐 있었다. 얼마 있다가 뱃사람에게 물으니 이 땅은 청나라 산천으로 홍콩과 상해의 사이에 끼어있다고 대답했다.

음력 12월 21일(양력 1월 30일). 맑음.

음력 12월 22일(양력 1월 31일). 바람.

2월

음력 12월 23일(양력 2월 1일). 바람.

음력 12월 24일(양력 2월 2일). 맑음.

오전 12시 여순 입구에 도착했다.

음력 12월 25일(양력 2월 3일). 맑음.

오항(烏港)으로부터 여순 입구에 다다르니, 운행한 것은 무릇 1개월 6일이요, 4만 리이다. 배를 타면 흔들려서 머리가 어지러워 정신을 수습할 겨를이 없었다. 아침에 선창 밖의 우뚝 솟은 설산을 바라보았다. 잠시 후에 우리나라 사람 김병남이 찾아와서 비로소 말이 통하여 잠시 나그네의 근심을 잊었다. 이어 강석두, 김병남과 더불어 육지에 내려 항구를 두루 관람했다. 그 새롭게 건설된 모양은 처음 창조된 것이라서 알게 모르게 보잘것없었다. 그러나 삼면이 산으로 둘러져있고 남쪽은 만(灣)으로 통하여 포대를 설치하여 험하고 중요한 근거지로 삼으니 진실로 금성탕지(金城湯池)와 같은 요충지이다. 러시아 사람이 이 항구를 힘써 지키는 것은 그 뜻이 평범치 않으니, 대체로 이 항구는 북쪽으로 만주에 신설한 철로에 이어지고, 서쪽으로는 오대항로를 관통하니 바다와 육지의 길이 모두 이 항구로 경유한다. 그래서 수군과 육군을 연이어 교대로 파견한다. 그 나라의 안륵섭(安勒燮)이 여러 해 주둔하여 크고 중대한 책임을 맡고 있다. 러시아 황제는 동양 시국의 진퇴와 조종을 모두 이 사람에게 전적으로 맡겼다고 한다.

음력 12월 26일(양력 2월 4일). 맑음.

음력 12월 27일(양력 2월 5일). 맑음.
이 항구에 머무른 지 이미 여러 날이 되었다. 그래서 명함을 안륵섭(安勒燮)에게 보내어 만나기를 요청했다.

음력 12월 28일(양력 2월 6일). 맑음.
오전 11시, 안륵섭이 쌍마차를 보내 초청하여, 가서 만남에 그가 물었다. "공사께서 여기에 오신지 며칠이 되셨습니까?" 여러 날 동안 먼 바닷길 항해에 지쳐서 지금도 스스로 감당하기 힘들다고 대답했다. 이에 바라보고 깊이 탄식하더니 그가 말했다. "인천항을 건너가는 배편이 어느 날에 있습니까?" 가까운 시일에는 배편이 없다고 대답했다.

그는 말했다. "공사께서 오래 머물게 되심을 심히 대신하여 안타깝게 여겨서 배를 한 척 빌리려하니, 내일 떠나시는 것이 어떻습니까?" 하였다. 비록 매우 감사하나 어찌 폐가 되지 않겠는가라고 대답했다. 그는 말했다. "교제의 우호에 있어서 어찌 오래 머무는 것을 안일하게 볼 수 있겠습니까?" 하고 즉시 장관을 불러 배 한 척을 분부하니, 며칠 후에 장기로 가는 배가 있다고 말하였다. 그는 "공사를 호송하여 먼저 인천항에 들르고 그 후에 장기에 도착하라"고 명하였다. 감사의 인사로 응대하니, 그가 말했다. "공사가 복명하는 날에 자신을 대신하여 귀국의 황제 폐하에게 안부를 전해 주십시오." 바라는 대로 삼가 따르겠다고 대답하고 이에 작별했다. ○ 오후 7시경, 궁내부에 내용을 전달했다. 음력 12월 29일 제물포에 도착했다.

음력 12월 29일(양력 2월 7일). 맑음.
오전 10시 숭갈함(崇葛艦)을 타고 출발했다. 오언절구를 읊었다.

4개 나라를 몸소 유람하며,
2년간 나그네로 번뇌했네.
고향이 멀지 않음을 아니,
가족을 만날 것에 기쁘다.

음력 정월 1일(양력 2월 8일). 맑음.

음력 정월 2일(양력 2월 9일).
○ 오전 10시, 인천항에 도착했다.

삼가 아룁니다. 신이 서구 사신으로서 복명한지 이미 (몇 달이) 넘었습니다. 전권의 직함을 즉시 면직을 청했어야 하는데 다만 신이 얕은 자질과 연약한 태도로 몇만 리 먼 바다의 파도에 흔들리고 1년 동안 다른 나라 풍토에 신음하였습니다. 그래서 정신을 아직도 차리지 못하여 이 사직 호소에 이르기까지 머뭇거리며 지체하여 평소 부끄럽고 몸둘 바를 알지 못하였습니다. 이것을 어찌 작은 신의 재주로 견디며 시일의 의리와 분수를 그대로 참아내서 마치 이에서 효과를 도모하고 이에서 성공을 책임질 수 있겠습니까? 또한 신이 몇 달 전 조정으로 돌아왔을 때 다시 특진의 직함을 주셨는데 그 감은의 뜻에 사직 소장을 올릴 겨를이 없어서 더욱 황송하고 부끄러움을 용납할 수 없습니다. 이에 감히 우러러 폐하께 호소합니다. 삼가 바라건대 황상께서는 신의 두 가지 직책을 아울러 체해(遞解)하여 공직을 중하게 하시고 미천한 분수를 편안하게 해 주십시오.

---

1) 필리핀 북부에 있는 섬. 국토의 1/3 이상을 차지하는 필리핀 제도 중 최대의 섬이다. 중국 문헌에서는 명나라 말기부터 여송도(呂宋島)로 표기되어 나타난다.

2) 중국 하북성 중부에 위치한 주도. 북경에서 남쪽으로 15km에 위치한 지역으로 정치의 중심지였음. 대원군은 1882년 임오군란 때 장수성[張樹聲]·저우푸[周馥] 등의 흉계로 인해 우창칭[吳長慶]과 딩유창[丁汝昌]·마젠중[馬建忠] 등에게 체포되어 톈진(天津)에 압송되었다가 보정부(保定府)에서 유폐 생활을 한 뒤, 1885년 석방, 환국하였다.

3) 『時經』〈唐一之十 蟋蟀〉 "훌륭한 선비는 뒤를 돌아보아 지나치게 편안히 하지 않는다."는 말이다.

4) 『논어』「안연편(顏淵篇)」에 나오는 애공(哀公)과 유약(有若)의 대화. 哀公問於有若曰: "年饑用不足, 如之何?" 有若對曰: "盍徹乎?" 曰: "二, 吾猶不足, 如之何其徹也?" 對曰: "百姓足, 君孰與不足? 百姓不足, 君孰與足?"(애공이 공자의 제자 유약에게 물었다. "흉년이 들어 세수가 부족하니, 어찌해야 할까요?" 유약이 대답했다. "어찌 철

법을 쓰지 않습니까?" 말했다. "10분의 2로도 부족한데 어찌 철법을 시행합니까?" 대답했다. "백성이 풍족한데 임금이 누구와 더불어 궁핍할 것이며 백성이 궁핍한데 임금이 누구와 더불어 풍족할 것입니까?")

5) 호신(弧辰): 편지글에서 생신(生辰)을 뜻함. 예전에 아들을 낳으면 문 왼쪽에 나무로 만든 활을 걸어놓은 데서 유래하였다.

6) 대질(大耋): 80세를 가리키는 말.

7) 『시경』「大雅 崧高章」의 維嶽降神 生甫及申(사악에서 신령을 내려 보후와 신백을 낳았도다.)에서 유래한 말로 嶽降은 위인을 뜻함.

8) 북사(北社): 심종순(沈鍾舜), 이응진(李應辰), 홍시모(洪時模), 김윤식(金允植) 등이 결성했던 시사(詩社).

9) 보수(寶樹): 극락정토에 일곱 줄로 벌여 있다고 하는 보물 나무로 금, 은, 유리(琉璃), 산호, 마노(瑪瑙), 파리, 거거 나무.

10) 순친왕(醇親王, 1883~1951): 청나라 제8대 황제. 도광제의 제7자 혁현의 제3자. 이름은 짜이리[載澧].

11) 나무 밭에서의 즐거움을 말하며 남녀 간의 밀회, 간통 또는 음사(淫事)를 비유한 말. 《시경(詩經)》의 〈용풍편(鄘風篇)〉에 나오는 말이다.

12) 시미(矢未): 미래를 약속하다, 장래를 맹세하다.

13) 원전에는 泳(빠질 승)으로 되어 있으나 문맥 의미상 拯(건질 증)으로 바로 잡았다.

14) 묵서가(墨西哥): 멕시코(Mexico)의 음역어(音譯語).

15) 토국(土國): 土國可以指, 近現代國家, 土耳其的簡称.(維基百科). 土耳其는 터키(Turkey)의 음역어.

16) 협판(協辦): 구한말 통리군국사무아문(統理軍國事務衙門)의 한 벼슬. 대한제국시기 궁내부(宮內府)와 각 부(部)의 차관(次官), 칙임관(勅任官)의 벼슬.

17) 화륜거(火輪車): 증기기관 등을 이용하여 객차나 짐차를 끌고 궤도(軌道)를 달리는 수레.

18) 상트페테르부르크(彼得堡): 모스크바가 원래 러시아의 수도이었는데, 18세기에 상트페테르부르크(당시는 페테르스부르크)로 수도가 옮겨졌다. 러시아 혁명 이후 다시 수도가 모스크바로 옮겨져서 오늘에 이르고 있다.

19) 가계(加計): 화폐의 액면과 시가(時價)가 다를 때에 그 차액을 보태어 계산하는 일.

20) 삼상(參商): 서로 멀리 떨어져 있음을 뜻함. 삼성(參星)은 동쪽 하늘에 있고 상성(商星)은 서쪽 하늘에 있어서, 각각 뜨고 지는 시각이 달라서 영원히 서로 만날 수가 없는 데서 유래.

21) 삼청(三淸): 도교(道教)에서 말하는 선인(仙人)의 거처로 옥청, 상청, 태청을 말함.

22) 연애(涓埃): 가느다란 물줄기와 티끌처럼 보잘것없는 것.

23) 자니서(紫泥書): 임금의 조서.

24) 공수자(公輪子): 춘추 시대 노(魯)나라 사람으로, 기술이 탁월했던 공장(工匠)이며, 이름은 반(般)이다.

25) 제초지세(齊楚之勢): 강한 齊나라와 楚나라의 형세 사이에 끼어있는 소국 등나라 문공의 말에서 유래함.

26) 백탁안(柏卓安): 고종 연간 총세무사로 활약한 브라운(John Mcleavy Brown, 1935~1926).

27) 위패(韋貝): 카를 베베르(Karl Ivanovich Veber, 1841~1910)는 러시아의 외교관으로 한국을 방문하여 조·러 수호통상조약을 체결하였다. 청일전쟁 이후의 삼국간섭에 중요한 역할을 하였다. 아관파천을 완수하고 친러내각 조직을 주도한 인물이다.

28) 애급(埃圾): 이집트의 음역어.

日錄

陽四月十四日, 陰二月二十六日。朝晴午後陰暮欲雨。

○上午十點, 帶同參書官李鍾燁、李厦榮、書記生姜泰顯、金明秀, 詣布德門外總衛廳, 等候召命。駐英德兩公館諸員, 亦多憩於此。有聞駐德公使閔哲勳、駐英公使閔泳敦, 方憩于大觀亭, 余亦往憩。少焉賜饌一床, 三星使祗受共食。下午六點鍾, 陛見于咸寧殿。上曰: "間擬歐洲諸國派使, 前往者亦已久矣, 每因循未果矣。今幸三使幷船, 須勞力前進。"三使未及仰對, 仍又下敎曰: 諸使之有情勢, 朕非不知, 今番簡命, 特念世臣家後昆而爲然也。賤臣奏曰: 今旣承使行成命, 勢將不日登船, 臣本茫昧於外交, 萬里殊邦, 將何以對揚 且臣區區情勢, 果有萬萬悶隘處矣。德英二星使, 亦次第各陳所懷, 畢 命退, 祗奉國書, 纔出閤外, 命召參書官偕奉國書, 而召臣旋有入對之命。三使亦同進 上與東宮臨軒下敎曰俄陳情勢, 朕非不體念也。仍又下詢曰: 金明秀是誰也, 奏曰 故判書鍏之孫, 卽臣之三從弟晦秀之弟也。上曰: 知道, 須善敎之, 可作日後需用, 仍命退。○陛見時, 以資級先後, 余有間資先趨, 其次閔哲勳、閔泳敦次第趨班。○有參書官書記生等諸員入對之命, 本公館參書官李鍾燁、李厦榮、書記生姜泰顯、金明秀、德公館參書官吳達泳、李漢應、書記生李起鉉閔裕

植、德公館參書官閔象鉉、洪賢植、書記生韓光河、趙鏞夏, 時俄羅
斯公館官員二人, 亦新任, 而參書官郭光義、書記生趙勉淳等, 陛見
各奏姓名, 上曰: 年來派使之中 今番派送, 最有壯盛。命各公館官
員, 各爲分班而立, 各陳平日所課, 仍有善往之命。乃皆鞠躬而退。
○ 自公使以下各受執照一張式。○ 家在城外, 不敢以國書, 奉歸私
第。緣此有特許, 漢城府使諸員中一人, 輪次直宿, 待明日發程之處
分, 乃使姜泰顯直宿。

陽四月十五日, 陰二月二十七日。晴。
○上午十點, 書記生金明秀, 往漢城府奉來國書, 乘第二次汽車發
行, 至仁川濟物浦下陸, 該監理河相騏進饋点心。○ 剃髮改服, 下午
二點, 乘顯益号。○閔丙奭、閔泳喆、趙民熙、李址鎔、李鎬翼、李應
翼諸氏, 或於京城車洞停車場作別, 或乘汽車而別, 或來船中而錢。
○ 時俄羅斯參書官郭光義、書記生趙勉淳, 有更爲入對之命, 方乘船
而復還京城。○ 五點半, 乃發船, 七點, 量過八尾島。○ 門人姜錫
斗, 以隨員從焉。○ 駐德英兩公使及諸員, 皆同船。

陽四月十六日, 陰二月二十八日。風。
○ 舟搖强堪。○ 歷威海位及黑水及黃海, 黃海卽澂海。○ 下午一
點半, 到泊于煙台之淅江, 夜深不能解裝。○ 發船後摠三十時也。

陽四月十七日, 陰二月二十九日。晴。
○上午七點量, 下陸淅江之海關前, 定旅館於德人飛翠旅店。○
時閔台泳琦, 遊來上海, 方歷留於此地, 乃得相逢。日間, 將還本國
云, 故略寄數字書, 信於本第。

陽四月十八日, 陰二月三十日。午後細雨且風。

○駐在此港, 法領事桂郎氏, 來訪。寒暄後, 因問: 上海船便之有無遲速, 及上海旅館中可寓者, 貴能知否。該氏略言: 如此, 此下文詳考。○偶吟一首五絶: 煙台海一頭, 緬憶帝五洲。疇任興復責, 只有暮雲愁。

陽四月十九日, 陰三月初一日。晴。

帶參書官李鐘燁, 回謝, 法領事桂郎氏。及暮, 閔台泳琦, 自其旅館來訪, 閒話, 禮以茶菓, 乘昏而歸去。

陽四月二十日, 陰三月初二日。晴。

○以上海旅館事, 法領事桂郎氏, 電報于上海所住, 法人密采里許。○順和丸, 景星丸, 兩隻, 皆向上海, 而順和丸, 則他行人已多乘, 間數不足。故與駐德英二星使, 各帶參書官一員搭乘, 下午二點, 先發, 景星丸則三公館餘員十一人, 下午四點, 搭乘乃發。

陽四月二十一日, 陰三月初三日。風不多。

○過綠水及黑水及潦水。

陽四月二十二日, 陰三月初四日。朝晴午後至暮細雨。

○午前過進海口及査山, 山上有英人砲臺。而此山之下水, 涉舟不可行。故英人設此臺, 而禁察云。○又過潦水, 水光果潦, 名不虛得。又過崇明縣及寶山縣及吳淞縣, 皆太倉管轄云。自崇明至吳淞數百里海邊, 有石築, 慮其沙汰也。○下午二點量, 來泊上海港口, 定旅館于法人密采里旅店。此卽日前, 煙台法領事桂郎氏, 電報處也。駐德英二星使, 皆同寓焉。此館門上頂, 懸太極旗。○且每於望港所止處,竪旗, 船頭下, 皆倣此。若顯益號等, 本國船隻之竪旗, 不拘此例, 而他國船然後乃伊也。

陽四月二十三日, 陰三月初五日。雨不多。
○閔輔國泳翊氏, 來訪暫話而歸。

陽四月二十四日, 陰三月初六日。朝午雨。
○回謝閔輔國泳翊氏許。

陽四月二十五日, 陰三月初七日。陰。
○下午一點, 駐此港法國總領事羅達氏、領事嘉野氏, 來傳第一號電勅。因卽電達宮內府。內開, 法國領事轉傳, 電勅使臣等, 留駐未詳, 稟達, 密釆里法館三使, 列名五月二日有船便。【此十六字附電】(頭註: 大內下電第一號, 答上電第一號。)

陽四月二十六日, 陰三月初八日。陰。
○下午一點, 閔輔國泳翊氏來訪。仍與往遊北京園。日暮各歸。
○下午七點, 奉承大內回電。【第二號】內開李瑀再昨專送相, 見發船而電禀可。

陽四月二十七日, 陰三月初九日。晴。
○上午十點, 帶參書官李鍾燁, 回謝法國總領事羅達氏、領事嘉野氏。○下午四點, 李瑀來泊, 封書一度。【第一號】祗受。○美人山島札亦到。○下午七點, 與駐德英二星使, 往訪閔輔國泳翊氏, 醉飽淸饌時, 櫻桃已出可新, 乘昏乃歸。

陽四月二十八日, 陰三月初十日。晴。

○ 下午五點量, 與駐德英二星使, 往遊張園及愚園, 賞物叙懷, 而此地天候甚暖, 百花已晚, 綠陰自成, 麥穗棫棫甚新。

陽四月二十九日, 陰二月十一日。晴。

○ 向煙台船便李瑀回程。故使書記生金明秀, 書寫答封書一度, 內開謹奏臣留上海, 本月二十七日, 下午一點, 臣李瑀來到, 敬奉勅函。到法國, 呈國書後獻辭, 下敎事近當銘心鏤肺, 而臣本辭拙誠淺, 或恐未能受格於殊邦, 預伏切憧憧。獻辭後其答之如何, 隨卽電達。伏擬時與法國外交官等從交之際, 或有微意之可聞可採, 亦當以暗号書槳。而臣伏見上海新聞, 有語及大韓事數片, 玆爲宸鑑伏上。而第伏聞記者是日本人惶恐謹奏, 光武五年四月二十九日, 臣某伏上。○ 報告于外部, 內開: 本公使隨員姜錫斗의 船費八百元、日費一百五十元, 合九百五十之內에 五百元은 已經支撥이옵고 其零額四百五十元은 臨發恩擾하여 未得領受ᄒᆞ와 中途에 窘迫이 滋甚ᄒᆞᆸ기 玆以報明ᄒᆞ오니 照亮ᄒᆞ신 后 卽日兌換ᄒᆞ야 俾免窘艱ᄒᆞ심을 敬要。【措辭 李厦榮 書寫 金明秀】○ 付書札一度於度支大臣閔丙奭許。○ 付慰狀一度於李完用許。○ 答美人山島札曰, 敬覆者, 向承面誨, 今拜函敎, 至爲感佩, 到法後, 充任鄙公館顧問官可堪一人, 果係急務。貴敎良感。其外尊示之屢屢牖述, 第當另着肚裡, 遵隨勿泛, 而事係來頭。姑難預質深庸紆鬱, 嗣後奏我天陛時, 隨事贊襄爲敎, 尤不勝, 感謝萬萬, 肅此, 順頌台安。

陽四月三十日, 陰三月十二日。朝晴午後陰。

○ 下午四點, 電達宮內府。內開: 李瑀二十七日來到相見, 三使臣, 再明日辰正發船。【三使臣列名】(頭註: 上電第一号)

陽五月初一日, 陰三月十三日。朝雨午陰。

○上午九點, 伏承電勅, 李珹到着否, 期於來月二日, 趂速登程。
(頭註: 下答電第一号) ○下午四點又奉電勅, 內開: 法人師他禮公館參
書官已定事。(頭註: 大內下電第二號) 因卽回電, 內開: 師他禮參書官已
定事奉承。(頭註: 答上電第二號)

陽五月初二日, 陰三月十四日。陰。

○上午八點, 搭小輪船, 九點量, 更到吳淞縣前口, 改搭也羅號,
十點發船。○艦長法人, 其重四千噸, 船價五百七十八元九十錢。
【此上等】中等三百九十四元四十錢, 自參書官以下諸員幷搭中等, 艦
長姓名禮杰메쓰셰리마리씸會社司令官。

陽五月初三日, 陰三月十五日。朝陰午晴。

陽五月初四日, 陰三月十六日。朝晴午後乍雨。

○下午一點, 以消風次上艙面。有一老人胖肥像甚傀偉, 仍來前
語, 侏리不能解。要通譯人, 問之則: 本是法國人, 有以海關事, 年前
住大韓德源港, 數載。近日, 亦以海關事移住淸國, 又方有所幹, 現
往香港, 不久將還本國矣。本國近無大韓公使矣。今見貴國之派使茂
盛, 云云。○下午九點量, 來泊于香港, 而左右夾山數十里, 而來始
開港。此乃英人点領, 山面左右上下遍滿洋屋, 英人其居十之八九也。
滿山沿路燈燭照耀如秋天爛星春山發花, 甚可觀。書記生金明秀, 方
在側言曰: 安得畵來此景物去東, 拜獻我天皇, 余曰: 有志莫就奈何,
今顧我輩玩得此好般景致, 亦是天恩。明秀曰: 上海依野而開境內無
山, 香港依山而開境內無野, 依野則景散, 依山則景聚, 是以上海香
港兩處, 風景乃緣地勢之不同, 而有入眼之高下, 人皆曰盛於上海者,

以此故也。參書官李厦榮曰: 此港人口不過五十萬, 上海則以百萬計也, 人事物情要會之勢, 顧與香港何如哉。余曰: 其實則固然, 而卽地入眼景, 況 有盛於上海也。

陽五月初五日, 陰三月十七日。或陰或晴或細雨。
○ 上午十一點量, 與駐德英二星使及諸員, 駕小舟, 往覽于該港形便, 而多少商店洋行, 非別樣, 惟可觀者, 山之最上峰, 有器械廠, 而自山下陸路, 至上峰設鐵路升降時, 有鐵索兩條, 互相懸上來懸下去。勢如山狙之升降喬木。車票枚張五十錢, 一乘一降時, 限不過十分量。○ 下午七點量, 來歸船中。

陽五月初六日, 陰三月十八日。朝陰午晴午後更陰, 及暮細雨且風。
○ 舟微搖。○ 付家書于萬國郵遞。○ 下午一點, 發船。

陽五月初七日, 陰三月十九日。風。
○ 舟搖神眩, 難堪。

陽五月初八日, 陰三月二十日。晴。
○ 波靜, 舟穩。自曉頭西望十里許, 有山。其勢壯麗恰如我大韓山川, 不覺爽神, 因呼明秀曰: 此乃安南界也, 此國素與我大韓制度文物略同矣。今則屬于佛蘭西, 爲人寒心, 君其識之, 明秀唯而退。○ 下午四點量, 自安南界面, 風雲忽起, 該山川依微難見。

陽五月初九日，陰三月二十一日。朝晴自午後或雨或止或雷夕又雨雷電。

○ 自上午七點量，入安南之沙里空。海口多屈曲轉回數十曲，疑數百里也。九點，乃泊。噫! 此爲法國地，故自法國，設政府，置總督，而該總督某氏，方在還國，署理總督，亦方往此地之故都東京。惟參書官，視務，而上午九點半，自該府遣府員一人，致喝因辭，該總督某氏，巧違未進，甚涉未安，必於法京 相得接見矣。又自該府送馬車二輛曰: 如或遊覽，勿陋駕此。下午三點，遣李參書鍾燁，回辭曰: 宜卽躬進，多日沿海困憊難振，未得遂誠，且至於馬車之爲施，亦盛感而禮敎之誠，自難，豈得遊覽乎。故玆還送。其感激之意，不在於駕之與否。云云。○ 與駐德英二星使，往公園周覽而歸船中。○ 此地卽外印度赤度所近。天氣盛暑，有甚於三庚。四時一如，秋冬無霜雪，草木長靑云。

陽五月初十日，陰三月二十二日。午前晴午後及暮風雨雷電至夕乃止。

○ 上午九點半發船。○ 下午一點量，東過山削岬，此亦安南界。西洋家屋亦多，過數里，惟海色而已。

陽五月十一日，陰三月二十三日。晴。

○ 看過星軺指掌數條，有味。

陽五月十二日，陰三月二十四日。朝晴午後大霧。

○ 曉起，山色始見。左右，或爲山不高，或爲野平遠。樹木無參差，如春田麻列。山野之間，往往有洋制家屋也。山名乃馬來山，卽故之國名，而今爲英國占領云。○ 上午九點量，泊于新嘉坡，此亦英國屬地。下午二點量, 與駐德英二星使及駐英參書官李漢應, 馭馬車, 西往五里許, 公園之動物園及植物園, 四點半還。來卽發船, 而發船廣告掛以四點半。我與德英二星使, 趁未來到四點半前, 故本公館參書官李厦榮, 英公館參書官吳達泳, 欲以尋公使出他。我及二星使, 適赴四點半, 此兩員巧違未逢。自有遲滯, 要艦長退發幾時, 亦莫得焉。不獲已發船, 而艦長有言曰: 世界行船章約, 無論某時旣爲廣告, 不可改違, 豈可待他兩人, 而違令乎。雖甚未安, 亦奈何。自今日以後一望後, 則自此有法國船便, 不可不謀得一望。川資幾百金, 間任置於船商會社, 以爲趁其時治送也。乃遂其言, 支計一望川資四十餘元, 置諸該會社, 英公使措處亦然也。船價旣在於也羅号, 則雖改捲他船, 更不給價, 此會社章程也。然如法國船商會社, 則然, 而若他國會社, 不可他國會社亦然, 此天下通規。

陽五月十三日, 陰三月二十五日。朝晴午陰, 且微有風勢 承凉可好。
○ 自今日船行, 則印渡洋云。閱看四述奇幾句。

陽五月十四日, 陰三月二十六日。朝微有風, 下午四點量, 乍雨卽晴。
○ 朝看, 有一山亘立數百里, 只麽靑。此卽蘇門答臘之一大島。本荷蘭界, 而今爲英國地也。舟至, 此風息, 而舟不穩, 波濤之有急勢可知。

陽五月十五日, 陰三月二十七日。晴。
○ 舟無風而自搖, 身亦不平, 又有滯瘦。看船中所在西洋醫人, 試水藥數匙。

陽五月十六日, 陰三月二十八日。微有風, 下午五點以後雨, 神眩難堪。

陽五月十七日, 陰三月二十九日。朝陰又細雨卽止, 下午四點量, 又雨卽止。

○ 自曉頭, 西外四五十里許, 看過石蘭島, 自此波順舟穩, 疑到最深處也。水深則勢不急, 以此知之。上午八點, 泊于石蘭島之骨廩垺。下午一點, 下陸, 乘電車, 往尋一寺, 有一金佛偃臥, 其長數十尺, 其大數圍, 甚宏麗。古云, 此島石王如來誕生, 想是漢明帝時, 此道流入中國, 而未知此地歟。又觀居民家屋, 多做洋制。其男女老少, 一是黑種也。左右樹林, 皆棕櫚芭蕉等類也。地熱氣蒸, 宛如伏中天氣也。回路埠頭, 逢着駐俄參書官郭光義, 書記生趙勉淳兩員。異域相逢, 其喜可知, 而因相飲茶嚼果, 且因船發時有急, 各自分手, 未得盡舒悵悵。○ 下午九點, 發船。

陽五月十八日, 陰四月初一日。朝晴午陰夕風。

○ 上午四點量, 此艦機械有病, 暫停改造。下午一點, 更發行 而停船之間, 水手輩釣得鱠魚一尾, 其長數尺也, 其釣也, 以猪肉一塊餌之。此魚往來其邊 如欲呑之者, 無數終見一呑, 更吐之, 一去洋洋, 更來又呑之。於是釣來, 放銃再發, 亦不死, 其大且强者, 可知。○ 偶吟一絶云: 三春强半舟中過, 去去西洋浬尙多。式月重逢諱日至, 王生先我泣嘆哉。○ 法國外部主事, 方出他國, 還同船, 一朝今來, 通刺。

陽五月十九日, 陰四月初二日。朝微有風午乍雨。

○ 閱看四述奇幾句

陽五月二十日, 陰四月初三日。晴無風舟甚穩。

陽五月二十一日, 陰四月初四日。晴。

陽五月二十二日, 陰四月初五日。晴。

陽五月二十三日, 陰四月初六日。晴。
○ 下午二點量, 自南面始見山色甚新, 未幾, 又不見, 此卽亞美利
界也。

陽五月二十四日, 陰四月初七日。甚暑。
○ 下午六點, 西望有山, 其形如刀橫偃, 甚妙。此則亞丁云。南望
又有山, 此則芝寶得云。亞丁下面又有山壯麗, 此則亞剌非阿國山川
云。過此未幾, 下午九點泊于芝寶得。

陽五月二十五日, 陰四月初八日。極暑如洪爐中。
○ 芝寶得, 本熱地, 無草木。山不大而紫黑, 土不潤而赤黑, 人皆
赤種。且居民善戲於水中, 如魚之游泳, 甚可觀也。○ 朝艦長來言曰:
今日如或下陸, 極忌太陽之影。蓋此地多病, 每受太陽熱氣, 因自鬱
結成病可畏可畏云云。機戒又有病, 姑待改完, 乃於下午十一點發船。
○ 付家書於萬國郵秭。○ 此地開港纔數年, 物華凋殘而有法國領事
在焉。

陽五月二十六日, 陰四月初九日。風。
○ 過印渡卽紅海。下午二點量, 自東北面有山, 此則我非利阿山川,
其色亦黑 其名不知。四點量又自西面有山, 其色亦黑。○ 暹羅親王

씰낙쇠氏, 方自本國欲爲課學向英國, 同此船爲數十日也。 今乃先通
刺於我, 寒暄後, 我又引駐德英二星使, 使之接面, 而該氏卽今該國
王之第二男。 其年纔十七八歲, 能通法語英語 猶自不足。 今又爲學
流離, 甚夙甚夙, 爲人亦雅靜也。 ○ 此船中同行人, 皆爲一朔日對
面, 而未尙通話矣。 到今則到達信地暫近他人。 行期皆亦然, 將欲以
一盃酒叙。 ○ 面而艦長及他行人, 亦不無此意。 乃於下午十一點, 略
設茶果, 請會上等客六十餘人叙禮, 而暹羅國親王, 病不能參會, 法
國駐箚安南高等公使쉘모릴, 居上座。 且法國元帥府, 畵士兼海軍步
兵參領폼이쎄눙, 及他官人多有之。 纔半時量罷之。 ○ 夜來水面月色
澄淸, 天邊風聲吟凉。 於是家國之懷倍, 自不勝周遍艙面逍遙移時。

陽五月二十七日, 陰四月初十日。 晴。
○ 身家微有感不平, 是爲昨夜移時承凉之由也。 ○ 下午十點量, 此
船中所在上中等, 各國人幷男女數百名同會設燕, 而艙面第一頭, 東
西兩面分, 掛法國國旗, 是卽此船主人禮也。 繼此東西兩方, 分掛各
國旗号凡二十旋, 而我大韓國旗, 則東西兩方第五面分掛, 東方第六
面淸國國旗, 第七面日本國旗, 西方所掛者亞細亞, 韓淸日三國國旗
中, 惟我大韓國旗乃二旋也。 其故則無論某國國旗, 伊其時, 隨其數
之所在, 而取掛之, 非常例也。 今大韓三公使, 方在此船中, 而國旗
之現今所存, 多於他國國旗所存也。 故取二旋, 而掛於兩方也。 因要
我三公使參會, 我則病辭不參, 惟參書官李種燁、書記生金明秀、姜
泰顯等, 參席。 駐德英二星使, 則皆率諸員參之。 法人先作樂, 對女
妓唱歌鼓洋琴。 第二次, 又對女妓如是。 第三次, 請我大韓人唱歌。
故參書官李種燁、駐德參書官洪賢植、駐英書記生李起鉉三員, 幷進,
亢奏俗所謂栗歌一曲, 皆拍掌, 西人每於歌曲後, 拍掌, 蓋贊揚之意
也。 繼此西洋各人, 幷皆唱歌數十曲。 又繼作舞戲, 男女擁抱, 飜身

蹈舞, 以和洋琴之曲。如是幾次, 因請書記生金明秀, 對他男女作舞,
不得已, 出筵戲舞, 舞名完世云。而加請一人, 故駐德參書洪賢植,
出筵幷舞。下午十二點乃罷。

陽五月二十八日, 陰四月十一日。**朝晴午後霧及暮捲晴。**
○ 上午十二點量, 海色似黃似灰, 紅海之名, 可驗也。○ 夜西洋人
數十名, 皷琴作歌 男女擁抱戲舞, 甚可觀也。

陽五月二十九日, 陰四月十二日。**微有風。**
○ 自上午十點量, 東北面遙見亞羅飛山, 西面又見亞非利加山。
○ 自上午十二點量, 過來쉬외시海灣。下午十點, 到灑犀港, 而初入
海口有設電氣燈, 其高十餘丈, 而蓋其意, 抑以照得夜行之船歟。

陽五月三十日, 陰四月十三日。**晴。**
○ 上午八點, 發船至埃及界。自此至프르사이, 以英里八十七里,
鑿海通路, 左右皆石築, 其廣不過七八間, 可容二隻船往來。今亦方
在造役, 一邊築之, 一邊鑿之, 其所鑿機械以鐵爲之, 如輪船樣, 能掘
來海中土, 不知其機械之用妙爲如何而然也。北面石築上多有洋制屋,
或二層或三層, 皆淨潔可居, 左右街路, 海邊所種者, 如松如柳之奇
樹而成蔭, 可歇行人。樹陰中多設椅子, 甚有韻致。又有鐵路達于프
르스이港云。又於海邊左右, 立電氣燈, 不知幾百處。又於石築上, 立
電線皆鐵柱。此但於北邊有之, 然不知其通於何處, 自上午十點, 入
一大澤, 不知其名謂何也。其廣則纏數矢, 至二點乃盡過, 下午一點,
又入鑿通處, 其廣尤夾於上午八點量所過處也。至下午二點量稍闊,
或有可容二隻船往來處, 或有纔容一隻船獨行處, 或闊或夾, 不可定
指, 且於水中左右立票柱。每以限五十步間, 立一柱, 而立柱處, 則

每見沙土照顯於水面, 甚淺難行。故立票以誡船路, 船亦徐行, 不可
疾走放橫。埠頭左右, 往往有洋屋, 或有草屋, 或有土屋, 如蟻垤
者。二點, 到一處有人家樹木, 又有船客來登者, 暫停一點量。三點,
發船, 少焉又入鑿通處, 其夾, 如下午一點量, 所過處也。海邊或有
樵有往來, 以駱駝馱柴, 駱駝卽所謂늑디, 往往有設掘土機械, 六點
量, 向北面, 又見電線設處。九點量, 英國軍艦一隻, 過去, 而前此也
羅号, 撑立一邊, 以防彼船之過去也。蓋此地卽英國界, 故自有以客
讓主之禮故也。若於法界他船過之亦然也。停在一點量乃發。

陽六月初一日, 陰四月十五日。朝微凉午後微有風。
○下午一點量, 西北面有一山, 其色如黃如白, 或紫有精彩。其勢
無崎嶇, 但平峻如一大黃牛, 立於綠野中也。山之後面, 未知連陸,
疑是海中之一小島也。

陽六月初二日, 陰四月十六日。晴。
○下午八點量, 自北面, 過利達里山川, 山勢雄壯, 亘起數百里,
插出雲端, 又於南面, 越起一大島, 是乃氏實謂名者, 而自最上峰處,
煙焰覆天而起, 四時不絶云, 世稱火山, 天下世界, 未有如此之壯景,
然暮過此地, 不得詳玩其景, 可恨也。今見船, 過此南北兩山海峽間。

陽六月初三日, 陰四月十七日。晴天氣微凉。
○下午八點, 南過ㅅ르디네, 北過쇼르스。此兩島, 法國屬地云。

陽六月初四日, 陰四月十八日。晴。
○上午十一點量, 北見法國山川, 卽이일島也。看來該山, 沿麓電
氣設處, 連絡不絶, 或形如佛榻者, 或如舟楫者也。船中, 相知之人,

至此皆作別。○ 至此，海色碧而黑。○ 下午四點，到泊于法港。之
말르스이(馬塞)，諸多物況，筆不可形。○ 下午五點半，下陸，寓旅於
法人오셸되셰닉브旅館。○ 此港與美之丑若、淸之上海，庶乎相等，而
此乃天下之最殷富處，且天下之港，最先開設處也。○ 英使方於法
京有干事，下午八點，之汽車搭去法京。

陽六月初五日，陰四月十九日。晴。
○ 下午二點，率諸員乘馬車，往覽花園，而北去五里許，有一大屋，
外牆以靑鐵鏤，作花葉樣，爲門爲垣。入門，有一小潭，蓮葉初浮，池
邊皆石築，池頭石築虹霓門。自其上，有瀑流之水，注灌于池。自池
邊左旋，入一門，則金鑄一丈夫，立於數尺石柱上，挽刀施武，其威風
使人凜氣也。自此又入一門，其內闊宏，以灰石造，作數十人像，列
坐如塑，或化敎師之最首立者，或此港開設時首唱做物者，或戰亡
者，或獅子所犯而將死之形，或瞀負覽之像，或有法國開化時，首立
總理大臣謂名者，又雜取天下畫工之妙者，密掛壁上，自此轉入幾層
曲，則有天下之奇花怪石祥禽異獸，而花草中，若松栢冬靑石榴等
類，禽獸中，若鷄兒及鳧及부엉이及삭之類，若虎豹狐狸猪之類，皆我
國之所有者，其中，鼻獸코기리，飼以麵包一片後，擲錢于其前，則該
獸能以其鼻拾之以授人，不食麵包，則不如是甚可觀也。日已晩矣。
不得處處詳玩，乃移旅館。往來街路左右，有樹木處，則皆如我國之
碧梧桐者植之，而左面植以三行，則右面植然，右面植以二行，則左
面亦然。植木之長短高低，整齊無參差。間一樹立，一電燈，間一燈，
立一電線，沿路皆然。路面皆以磚石藉之，一無片土之露出者，此港
全幅之中央，有一小山，其最上峰處，設望臺，以爲觀望四方遠近之
形勢。其升降時，則以電車通行，而亦以鐵索兩條，亘相懸上懸下，
如香港之所設者也。許多風景，書不能盡。○ 下午八點，第十一次汽

車, 與駐德公使及諸員, 搭乘發向巴里京, 而本公館書記生金明秀、隨員姜錫斗、駐德公館參書官閔象鉉、書記生韓光夏趙鏞夏幷五人, 以車票不足, 姑留不發。○下午七點量, 駐俄公使李範晉, 方留在法京, 故電報于余 內開: 第幾点搭車抵京, 臨發不及答報。

陽六月初六日, 陰四月二十日。晴。
○上午九點, 到達巴里京, 仍入寓于쌩썽강씌썽스릐되라쎔쎈公館, 而此則前公使李範晉, 旣定稅居處也。余欲因居焉。電達宮內府, 內開: 公使臣駐法金晚秀, 到着法京。－上電第二號。電報外部內開: 外大臣京我等, 到着法京。金晚秀。○大韓名譽領事, 禹利羅來拜。

陽六月初七日, 陰四月二十一日。晴。
○上午九點量, 金明秀、姜錫斗, 入到喜接。

陽六月初八日, 陰四月二十二日。晴。
○下午三點, 法國下議院長, 雅堂氏來訪相面, 而前公使李範晉, 方於日間, 移駐俄國往別此氏, 故此氏今來回謝, 余因以相見者也。其禮則無論, 某國使臣入到此京, 必先尋該氏云矣。○李星使範晉導余, 往覽花園緩步逍遙。自此又入地中路, 而其形便, 則路通地中, 設鐵路達行數百里, 而其初入處, 則路面藉以琉璃土, 稍入則左右石築, 以爲人行之路, 其中間掘土數尺餘, 設兩條鐵路, 又於左右連掛電燈, 其中甚陰凉。不幾步出來, 歸公館, 時李鍾燁、金明秀、姜泰顯。○法人클닝겔호꺼, 姑差名譽書記生, 以任公文飜譯及交際文法之事, 而每朔以三百法定給。

陽六月初九日, 陰四月二十三日。晴。

○ 率參書官李鐘燁, 書記生姜泰顯、金明秀, 又與駐俄公使李範
晋, 該公館 參書官李琦鐘, 卽公使之長允, 書記生모리쓰, 法人小學
校學徒李瑀鐘, 卽公使次允, 駐德公使閔哲勳, 該公館參書官閔象
鉉、洪賢植, 書記生韓光河、趙鏞夏, 駐英公使閔泳敦, 該公館參書
官李漢應, 書記生李起鉉、閔裕植, 隨員康奇承, 同往花園, 而其初
入處, 有人賣票, 每人五十雙, 欲玩花園, 必買得, 此票然後, 始乃許
入矣。入其內, 則左右密搆鐵網, 或結木柵, 排植分種者, 天下之奇
樹名。聚牧雜棲者, 天下祥禽異獸, 其中又搆一大屋, 其內所設者,
或以已死之物, 都取形骸, 而蓋其意以廣天下之玩物者, 眼目也。如
水中動植之物, 魚之雜種, 寶貨之雜物, 無一不存, 如人間日用之物,
萬不逸一。又往一處, 則有遊虎處, 自其門外, 又買得票一張, 而每
人五十雙也。入其內一面, 作一空廳, 設數百椅子, 廳下空場, 密設
數千椅子, 分作上下等間, 而以便玩者也。余與同往人, 登坐廳上椅
子焉。其前面, 以鐵柵搆一屋, 外面方其內圓, 而其中所有, 以獅
子、虎豹、熊羆、黃狗之類, 而有一人, 在其內, 指揮此獸, 則此獸能
隨其意而戲之也。如使虎豹, 乘坐車上, 使狗二首駕之, 能橫行幾次,
或人負虎而緩步, 或人與虎, 鬪閧爭力, 俗所謂씨름。或使兩虎, 相
對立作一門, 門下使熊數首伏之, 人入熊伏之間, 而隱其身, 俗所謂
숨박꼭질。或使獅子, 乘坐車上, 命虎駕行, 或使熊, 着軍服, 荷銃,
往來, 鍊武之像, 蓋其戲游之形, 不一而不可形也。又入一處, 門外
又有賞玩票 五十雙矣. 入門內轉回數曲, 其中甚暗如夜, 數十步後,
漸明乃升數層, 而出去而立, 則余所立處, 卽一火輪船上也。背後一
長者, 特立驚顧, 則乃造作人形, 而卽是艦長, 立於機械上, 察觀四方
之像, 左右船頭, 水手兩人, 據艙欄而立, 四面回首, 惟茫茫滄海, 舟
楫麻立, 或遠或近, 天下各國旗號飜耀目, 天邊列巒, 日下彩雲, 繆綢

悅忽, 一邊埠頭洋屋接鱗, 渾作一大港, 一好世界也。此不過畵圖一
幅, 奪人眼目也。其妖怪之術, 不知爲何如, 而亦不可形論。下午五
點, 歸公館。○ 今日卽空日, 大韓名譽領事, 禹利羅設饌, 要我及駐
俄、德、英三星使, 暫來叙懷, 故我四人, 辭不得已偕往, 參書官李
鍾燁一員, 往參焉。

陽六月初十日, 陰四月二十四日。朝陰午晴。

陽六月十一日, 陰四月二十五日。朝陰午晴。
○ 上午七點半, 伏承宮內府下電, 內開: 穩到聞幸, 英、德國公使,
無事幷到否, 卽示。○ 上電奏宮內府。內開: 三公使幷到, 待大禮服
畢, 同李範晉, 呈遞國書。公使臣駐法金晩秀。○ 電達宮內府。內
開: 封書中, 承敎之事, 呈國書之時, 卽達非禮, 待後次見機。未知處
分之如何。公使四員, 聯名上奏。○ 此電, 則諸使中路, 有封書奉承
事, 而及到巴里, 與李台範晉相議, 則有違格例, 萬難徑行云云。故
事不獲以此電稟。○ 今聞出疆使臣, 如過大朝東宮誕辰, 與陽曆元
朝, 則幷電達問安二子, 陰曆八月二十日亦記存。○ 今計, 電費每
字, 價七法七十雙闔里。○ 領受票價十雙闔里。○ 地中車票來往, 幷
六十雙闔里。○ 今計官報費, 每朔三五法。○ 下午八點半, 率參書
官 書記生, 隨員等, 又與駐俄公使李範晉, 該公館諸員, 駐德公使閔
哲勳, 該公館諸員, 駐英公使閔泳敦, 該公館諸員, 及 쎌네니 法人主
婆, 往오쎼라꼼미쓰, 玩희듸之樂, 英語씨에틸, 法語或曰, 오틔아틜。
蓋作樂處, 公廨名, 政府會社, 而今法國大統領, 創設者也。且所謂,
희듸者, 樂之名, 而解得古文男女結婚事, 作此樂也。欲玩此樂者,
有票然後, 許得入玩云。故今我同行人, 二十名, 每人上等票 幷一百
五十法, 我皆擔給矣。初入門, 有人探票許入, 因導我四星使, 及數

三員, 升十餘層階, 左旋入一房, 是乃上等間也。他餘諸員, 皆往他房而玩之矣。蓋其制, 則以半月形, 作空廳三層, 搆成如房間。壁作數百房, 每層每房, 皆設椅子十餘座, 其下空場, 密設椅子數千座, 空場掘土, 作一層, 深爲一丈許。其層下, 樂工數十人, 皆列坐椅子而作樂。越面又有一空廳, 廣爲百餘間許, 其高, 與越空場相等也。其空廳前端, 對空場, 掛一大紅錦帳, 以防隱其內。而其初作戲時, 下層樂工, 奏樂幾曲, 忽見電燈耀照恍忽。錦帳縮捲, 其內有二婦女, 盛餙而立, 又有一男子, 立與此二婦女幷作歌。少焉, 一婦女, 不知去了何處, 更見一小少美人出來, 彼婦女, 勸此美人一曲歌。此美人, 强奏一曲歌, 或止歌, 或有怒色。該男子, 亦作勸歌之像。男女相勸, 如是幾番, 或自一邊男子數十人, 突出來, 作舞作歌, 其衣服, 皆變着法國百餘年前製樣, 衣以全匹帛, 首髮如羊毛, 形貌如魑魅。或自一邊武士數十名, 着甲胄, 帶銃, 突出踴躍, 周旋轉飜, 亢聲奏歌。或數十人, 皆着弁, 荷來繡纛, 而立於一面。如是幾次, 及十點量, 休樂。更掛空廳前端之錦帳。到半點量, 復作樂, 捲帳。空廳之後面, 初見時, 則有彩壁彩門數處, 而人皆由此, 出入矣。今見則門壁處變設靑錦帳, 如西洋人寢室矣。俄時, 初來之少美人, 又出坐廳上椅子, 窺鏡飾粧, 俄見男兒, 暗自美人背後, 偸窺其飾粧, 此美人, 勃然大怒, 作聲高喝, 該男兒, 戁戁然, 與作謝罪之像。又一婦人, 出自帳裏, 或責誨之, 或勸解之, 抑揚無常, 又自一邊, 數十男女, 如俄時出來, 蹈舞周旋, 如時幾次, 又下帳休戲。少焉, 又捲帳, 四方電燈, 或滅或挑。後面靑帳掛處, 皆變爲門爲牆, 爲一大庄園, 奇花爛發, 一繡纛又荷來, 武士數十名, 荷銃而出, 美女年纔十七八歲者, 數十人, 從後而出, 蹈舞歌戲, 如是幾番, 終成婚姻之像, 其動靜可觀者, 不可詳形。此不過眩人耳目, 作妖怪等事也。十二點, 乃罷歸公舘。

陽六月十二日, 陰四月二十六日。終日陰, 夕細雨, 天氣微凉。

○ 聞京城有綱常之變, 而子弑厥父母也。其詳則有子狼狽家産, 厥父母禁斷不已矣。其子乘夜, 縊其父與母云, 則聞者凜氣. 更問其處律之法, 則是卽斬律, 而今午後將斬彼漢云。

陽六月十三日, 陰四月二十七日。朝凉如早春天氣午溫。

○ 駐俄、德、英三星使, 方會一席, 買淂一生鮮, 作膾飲酒, 亦勸我同飲, 而性本不好, 魚膾及酒, 不得對酌。

陽六月十四日, 陰四月二十八日。晴。

○ 付家書於萬國郵便。- 付家書。○ 自大韓京城, 有來書於李星使許, 而京城齋洞、桂洞等處, 竊發之患甚熾云。○ 法京, 自起黃庫, 該黃自放, 人口十五名, 沒死, 五十餘名, 被傷云。

陽六月十五日, 陰四月二十九日。晴。

○ 國書副本, 及李星使, 解任國書, 使名譽書記生클닝겔호퍼, 及參書官李鍾燁, 以法文飜譯, 而本是送國書副本, 於駐紮之國, 外部時, 漢文正書之副本, 及法文飜譯者, 兩件送, 則自該外部, 有通譯官, 備准可否然後乃已也。法國外部東洋通譯官, 兼法國領事비시일氏, 素與李星使相知, 故李星使, 爲此請邀該氏, 俾我通知, 因爲斤潤漢文正書之副本, 及法文之飜譯者, 兩件, 則該氏果是詳准首尾, 乃言甚美甚美。仍歸去此, 則豫爲敬謹而然也。○ 夕, 駐英星使閔泳敦, 設酒麵, 請余及李星使, 故與李星使, 及本公館參書官李鍾燁, 往會于其旅館삘네니, 醉飽而歸, 駐俄德英公館諸員, 及本公館書記生二員, 皆同寓삘네니旅館。故諸員及該旅館主婆, 亦會席共飲, 仍使主婆, 彈洋琴數曲, 移時乃罷, 歸公館李星使偕來。

陽六月十六日, 陰五月初一日。陰。

○下午一點, 與駐俄、德、英三星使及諸員, 往觀于薄物園, 歷覽人物塑像, 擧皆法國大官, 與法國大統領, 法國羅坡輪, 及中國李鴻章, 次第列立, 其畫法之活動, 眞七分得玅也。又上一層軒, 則男女幷列坐爭玩, 余亦就坐, 仰看壁上, 則或海上浮艦, 或水中遊鴨, 或鍊場馳馬, 或失火救焚, 或輪車迭馳, 諸像幷替令人眩眼。蓋壁上儲電氣, 通一穴, 穴暎處, 替掛畫本故也。又下樓, 往一隅, 則幽暗昏黑, 宛如漆夜, 而此處法人, 謂之閻羅界也。或虎豹咬人, 或刑官用律, 或病院救療之像, 亦難盡記也。○下午三點, 自此園, 因往觀一鐵榻, 其高以法尺五百餘尺云, 或謂三百尺, 或謂八百尺, 未詳孰是也。有電車能載人, 而升降無難, 登此四望, 則巴里一幅, 沒入眼空, 甚爽懷也。盖初登時, 自榻下, 有賣票處, 人之欲登此榻者, 必買得此票, 然後乃許登玩, 票價□□也. 下午七點量, 乃歸公舘, 諸官亦各歸旅舘。

陽六月十七日, 陰五月初二日。朝乍雨午陰。

○隨員姜錫斗, 有脚癈結痛, 似有成腫樣, 甚關慮, 使見洋醫試藥。

陽六月十八日, 陰五月初三日。或雨或晴。

○與駐俄德英三星使, 往公園略設茶果, 敍懷而歸。

陽六月十九日, 陰五月初四日。朝陰午晴。

陽六月二十日, 陰五月初五日。晴。

○下午一點, 與駐俄德英三星使及諸員, 往覽此國之舊闕碧沙, 而是乃君主時聽政處。

陽六月二十一日, 陰五月初六日。晴。

陽六月二十二日, 陰五月初七日。晴。

陽六月二十三日, 陰五月初八日。晴。
○ 李瑀鍾, 自小學校, 持來新聞一張, 有云, 本月十九日, 濟州民作擾害, 日法兩國人五百名, 故上午八點, 電達于宮內府, 內開: 日人法人, 濟州受害, 探示。下午八點, 請來法國外部, 東洋通譯官兼法國領事비시일씨, 於公園饋以夕饌, 李星使及本公館參書官李鍾燁, 偕往, 皆着小禮服及禮帽。○ 駐箚法京摩洛哥公使씨아앤델、쩌린、민、슬이만、陛見云。

陽六月二十四日, 陰五月初九日。晴。

陽六月二十五日, 陰五月初十日。晴。
○ 上午六點, 奉承宮內府回電, 內開: 本國人, 相鬪被害, 旋卽安穩 －下答電第三號。○ 下午七點, 大韓名譽領事禹利羅來訪, 暫話而歸。○ 駐德英二星使, 尙留此京, 幾日者, 爲裁大禮服於此京, 而姑待其告畢也, 今日皆告畢, 明卽發向各地, 情不堪悵。諸會駐俄德英三星使及各員數十人, 待以大韓常饌, 卽白飯茢熟菜牛肉湯等類, 而在此地。食此饌, 亦可爽味也。本公館雇人, 乃西洋人也。不能知調和此饌。故本公館隨員姜錫斗, 小學校學徒李瑋鍾, 皆一一指揮而造得矣, 亦可呵。○ 遞公使爲新公使照會。法外相訂期相會事, 內開: 爲照會事, 新任駐紮貴國大韓公使金晩秀, 今旣到達, 本公使宜

卽撤還, 玆以照請, 尙望, 貴大臣訂期府示, 以使本公使與新公使, 同
詣台端拜候, 須至照會者。－聲明照會。

陽六月二十六日, 陰五月十一日。晴。
○駐英星使率諸員, 下午九點, 汽車發向英京, 駐德星使率諸員,
下午十點二十五分, 汽車發向德京。故余率諸員, 往餞于停車場, 而
駐俄公使亦率諸員, 偕余往餞 又同歸公館。

陽六月二十七日, 陰五月十二日。晴。

陽六月二十八日, 陰五月十三日。朝晴午陰。
○ 쌍성강씌씽쓰뤼되라봄쎈公館地僻屋窄, 移定빙위뉘몽뉘를빌되公
館, 每朔稅定一千法矣。此地則巴里之中央大會處, 而法之各衙門、
各國之公館, 皆相接近, 視務交際, 自有便利, 且居屋稍剩可堪, 駐俄
星使李範晉, 亦同移來此公館, 姑寓焉。李星使許勳二等太極章, 自
本國賜下來至矣。

陽六月二十九日, 陰五月十四日。晴甚暑。

陽六月三十日, 陰五月十五日。終日陰或細雨。

陽七月初一日, 陰五月十六日。或陰或晴或細雨。

陽七月初二日, 陰五月十七日。晴。
○ 自法外部大臣쐘外세氏, 許有答聲明照會: 于李星使許, 而明日
下午三點二十分, 與新公使金晚秀惠枉, 則當敬接矣。

陽七月三日, 陰五月十八日。雨。

下午三點鍾, 與遞使李範晉、參書李鍾爗, 同往外部, 見外大똘깍氏, 傳國書副本。與李使, 遞任狀祝辭副本後, 同李使轉訪, 該部協辦몰나氏, 暢敍而歸。

陽七月初四日, 陰五月十九日。朝陰午晴。

館中諸員, 月給七月條, 并給。○ 駐德書記生韓光河, 書簡來到, 而只問安否而已。

陽七月初五日, 陰五月二十日。陰午後晴。

陽七月初六日, 陰五月二十一日。晴。

陽七月初七日, 陰五月二十二日。朝陰午晴。

陽七月初八日, 陰五月二十三日。晴。

○ 率參書官二員李鍾爗、李廈榮, 往寫眞館, 各出寫眞。

陽七月初九日, 陰五月二十四日。晴。

○ 自法外部, 陛見訂期書來到。－馬兵持來。○ 下午四點, 法外部各國使臣, 參書官子爵其祥來見, 仍傳各國使臣陛見時, 應行節目一張。○ 訂期書新舊使許并到, 而舊使則爲其自呈遞任國書, 各定時干以訂舊使使之前一時, 以平服末會云云。蓋舊使, 或遞歸本國, 又或轉任他邦現不駐比, 則新使呈國書時, 倂呈舊使遞任國書, 卽近例也。

陽七月初十日, 陰五月二十五日。○晴。

○下午四点, 自法宮內部, 起送馬兵一哨二十六名, 巡檢三名, 總巡一名, 上等雙馬車二輌于本公館, 而總巡巡檢等, 來即把守公館門前, 禁止往來行人。馬兵則皆甲冑乘馬, 列立于公館門前, 少焉宮內部禮節官크로시에氏, 着銀餙大禮服來到。故參書官李厦榮, 着通常禮服, 立公館大門內, 握手施禮導入客堂。參書官李鐘燁, 着大禮服接入請坐, 而李夏榮即來, 通知于我, 我着大禮服, 出接該氏于客堂, 施禮畢。該氏導我, 出公館門外, 總巡即大唱一言, 則馬兵一齊, 擧銃敬禮, 吹鑼三曲, 禮節官擧手敬禮, 我亦擧手敬禮。禮節官導我, 同乘馬車前往, 參書官李鐘燁, 奉國書及祝辭, 乘馬車隨後, 馬兵與總巡等, 皆從焉。時至四點半, 仍向大統領公邸, 下車, 禮節官導我入, 大統領立待賜手。相敬禮, 左右畧有七八人, 侍立。我讀祝辭, 參書官李鐘燁譯讀, 我呈納國書, 大統領親受。仍讀答祝辭, 讀罷, 賜我與參書官坐。大統領問曰: 公使之來此, 爲幾何? 對以一朔餘。仍問法京氣候, 與水土與貴國何似? 對曰: 水土寒暑, 畧與韓法相似。又問: 貴國商務, 果年年益進歟? 未及對。又曰: 貴國通商事務, 英德先之, 然而弊邦, 亦當一切着力爲擬。對曰: 比年我韓之歐洲商辦, 漸臻興旺, 而至若法國, 不但以商辦論之, 凡於交際之親密注擬, 實我韓之所厚望者也。大統領點頭曰: 是。仍曰: 公使來時, 得逢葛林德耶? 對曰: 屢屢相從, 而來時亦又作別, 此使之駐韓旣久。嫺熟交際, 俾兩國益敦親睦, 甚盛甚盛。大統領曰: 唯, 我仍即謝退, 參書官亦隨後而退, 須更禮節官更導入大統領夫人公邸, 使之行相面禮數, 語而退歸, 歸時, 禮節官及總順順檢馬兵等, 又護來, 而我與禮節官, 入客堂, 旋即辭別, 禮節官出公館大門外, 仍率總順以下諸人而去。

陽七月十一日。

○ 同日以陛見, 該國之意, 電達宮內府與外部。宮內府電達辭, 國書已呈。舊公使向俄京。外部電辭, 國書已呈。○ 同日, 使參書官李鍾燁, 乘馬車輪, 傳公使名帖於各國公館。蓋該國陛見後, 新到公使傳名片于各公館, 卽各使通行之例規也。法京來駐公館合四十餘, 而大使九員, 公使三十餘員, 大使則裁函請見後, 待其訂期日, 必着大禮服而往見。公使則以半禮服往見。同日, 大統領請帖來到。帖內開: 該國陸軍敎鍊, 定在十四日下午三時, 要請齊會。同日, 德使答函來到。同日, 法人셸인니, 與漢文課長비시일兩氏來訪。

十二日。

敎皇大使로렌셸니氏回函來, 訂期十三日上午十一時。

德國大使파라돌닝親王回函來, 訂期十五日下午二時一刻。

荷蘭公使 쓰텔, 副男爵回名帖到。

英吉利大使몬씃氏回函來到, 去本國未還。

西班牙大使리온리까시온네氏回函來到, 訂期十五日自下午一時至三時。

美國大使폴터氏回函到, 訂期十三日下午三時半。

白耳義公使男爵단네쌍氏回名帖到。

土耳其大使쎄이氏答函到, 訂期十三日下午三時。

意大伊大使쪼르니에리氏回函到, 訂期十五日下午二時至三時。

十三日。晴。

付家書于郵便, 外部報告書同付, 出書留票, 碧洞、校洞並付。

－付家書。

瑞典國署理公使男爵메폴우氏, 回名帖到。

法國水軍副尉兼大統領侍衛隊士官세오로세앙돌에氏送名帖。

自郵便家書來到。陰三月二十五日, 四月初六日兩度書耳。

敎、土、美諸使, 該國各大官許, 名片分傳。

十四日。陰。

墺國大使, 回函到。出他未還。

下午三時, 以大禮服, 赴該國大統領宴會。

○ 本日, 卽該國共和記念日也。每當此日, 卽政府與街巷老幼, 設宴相慶, 卽該國之大名節也。○ 因大統領請帖, 與旧使館中諸員, 并往同賞, 各國使臣亦來會。

陽七月十五日, 陰五月三十日。晴。

○ 下午二點, 往見西班牙、德國、意大伊三國大使。○ 波斯國公使名貼到, 庀屢國公使名貼到。

陽七月十六日, 陰六月初一日。晴。

○ 上封書一度於大內: 謹奏, 臣於本月初十日, 該國大統領陛見, 敬呈國書, 其後仍卽訪各國大使與該國諸大臣, 而第伏聞, 駐韓法使間已晉秩, 授以全權云, 則頃月上海勅函中下敎事, 似不必贅陳於該國。伏未知處分之若何, 惶恐謹奏。光武五年七月十六日, 臣金晩秀伏上。－上封書第二號－陰六月。

法國大統領答祝, 解譯上, 內開: 奉喜爲謹領大韓大皇帝陛下簡, 派駐箚特命全權公使之國書, 來傳卿手, 體我感佩。此貴皇帝特派使節於弊邦之盛意, 與我益敦親睦之友誼。奏達於貴國大皇帝陛下之榻前, 是我顒望於卿。且幸以弊政府之贊襄友誼交際, 日益親密, 擴張於兩國之間, 是我擔保於卿者也。

陛見時問答

大統領問曰: 公使之來此爲幾何, 對以一朔餘. 仍問法京氣候與水土, 比貴國何似, 對曰: 水土寒暑略與韓法相似, 又問貴國商務, 果年年益進歟, 未及對, 又曰: 貴國通商事務, 英德先之, 然而弊邦亦當一切着力爲擬. 對曰: 此年我韓之歐洲商辦, 漸臻興旺, 而至若法國, 不但以商辦論之, 凡計於交際之親密注倚, 實我韓之所厚望者也. 大統領點頭曰: 切是切是. 仍曰: 公使來時, 得逢葛林德耶. 對曰: 屢爲相從, 而來時亦爲作別, 此使之駐韓旣久, 嫺熟交際, 俾兩國益敦親睦, 甚盛甚盛. 大統領曰: 唯, 仍卽解退.

皮封
上前 開坼 臣 謹封
美國大使 폴티氏來訪
불가리아 公使名函到
敎皇大使 名函到

陽七月十七日, 陰六月初二日。晴。
付家書于郵便, 出書留票, 內有封書一度碧。 – 付家書。
俄國大使 우섭추氏回函到, 訂期二十日自二時至四時。
警務使 쎄빈回名帖來。
英大使館陸軍隨員 워뜰네이氏名帖到。
法部民事局長 말네쎄이예氏名帖來。
法部大臣 몬니氏回名帖來。
法部秘書課長 사둘氏名帖來。
불가리아公使 솔노도비드氏回名帖來。
敎皇大使 까스밀노氏名帖來。

軍部大臣안들氏回名帖來。

下午三點往見法外相 仍訪該部協辦몰나씨 컬오시에氏出他云。

陽七月十八日, 陰六月初三日。 晴。

○ 上午十一點, 李星使範晉, 發向俄京, 故率館中諸員, 往餞于停車場, 不勝悵情, 賦一律以贈。○ 征軺獵獵出巴城, 望裏流雲彼得京。持笛洙疆分使事, 停車別路共含情。縱知他日西來信, 其奈今朝北去程。天涯自慰並州想, 君有二蘭帶馨淸。

該國畿內伯셀베氏名刺來到。

該國地方官베네氏名刺來到。

셜비아公使니콜니쉐氏名刺來到。

싹라셀公使비사氏回名帖來。

陽七月十九日, 陰六月四日。 晴。

墨西哥代理公使비세氏回名帖來。

海外部秘書課長널뇌송氏書到, 署押格式視至。

該國上議院長公函到, 在外未見爲答。

殖民大臣알빌데컬레氏回名帖來。

아르상씰民主國全權公使살ᄂ브氏回名貼來, 南美諸國中。

陽七月二十日, 陰六月五日。 晴。

使法人參書官클희쇠픠앨, 讀該國新聞, 聞該國人近得一金壙于境內, 頗用奇喜云云。蓋該國古多採金矣。近則絶無, 而得一現壙, 故深奇喜云。余問: 貴國無金壙之採, 而至於服飾器用, 許多日用常行刻鏤彫塗, 無往非金用若茶飯, 願詳其由。答云: 皆貿來於隣邦, 且以銀行論之, 現行原位貨金錢數, 至五兆億假量, 其富饒推可知也。

且問: 西洋漁採章程, 各有定界耶。答云: 無論某國, 該國所屬海十
五里內, 則韓里數, 必該國人禁之, 其外, 則任他各國人互相採獵, 卽
歐洲列邦通行之規也。

丁抹國署理公使伯爵 모로쌴휘쓰삭名片來。

該國下議院長 데사닐氏訂期書到, 在外待後。

下午二點, 往見俄國大使 우섭푸氏。

俄使李台問書到, 明夕轉向俄京云。

陽七月二十一日, 陰六月六日。晴。
○ 付俄使李台書, 申正雷雨, 少頃旋晴, 入夜淸凉。

陽七月二十二日, 陰六月七日。晴。
俄使李台書來。

見家書陰四月十二日出, 二十日出兩度書, 自郵便來, 올리나。
－家書第四號。

路馬利國特命全權公使, 시까氏回名片來。

同日又見家書, 陰四月十一日出付, 自郵便來, 올리나。－家書第
二號。

陽七月二十三日, 陰六月八日。陰雨。
葡萄牙公使 슈사로사氏回名片來。

德使答函來 本家草櫃到。

陽七月二十四日, 陰六月九日。晴。
付俄使李兌答書, 兼付本國新聞。

쓰스다리꺄公使 되쎄룰쨔回名片來。

陽七月二十五日, 陰六月十日。陰雨。
付家書于郵便, 出書留票。內有桂荷付 – 付家書。○ 日本署理公使秋月氏回名貼來。英大使巴쓴氏 訂期書來二十七日 十一時至二時。

陽七月二十六日, 陰六月十一日。陰。付德使閔台書。

陽七月二十七日, 陰六月十二日。陰。上午十點, 往見英國大使巴쓴氏。

陽七月二十八日, 陰六月十三日。陰。
見俄使李台書, 同日付答書。○ 朝來涔寂, 使參書官偶閱該國冊子, 得見該國地方里數與物產, 且國庫稅出入原額。盖地方里數, 東西二千一百里, 南北二千四百里, 分道八十六道, 作郡三百六十二郡, 人口則三千八百五十一萬七千九百十五口。且本邦外新占領地人口五十萬口, 稅入三千九百二十三萬七千一百五十四法, 稅出三千九百十二萬二千四百三十五法, 而人民之繁殖, 疆土之廣占, 年年益進, 有方興未艾之像, 其俗常則尊陰而抑陽, 好新而棄舊, 若一人一物新發明, 有裨於利用厚生, 則衆人爭艶之奇巧之功, 思所以愈出愈新, 故今年得一伎, 而明年有功倍者, 今日得一伎, 而明日有功倍者, 所以輕氣球之上天, 鐵塔之凌雲, 是列邦所未及之壯觀奇功也。

陽七月二十九日, 陰六月十四日。或陰或晴。墺人테례來訪。

陽七月三十日, 陰六月十五日。晴。俄國大使우루쇼푸名片來。

陽七月三十一日, 陰六月十六日。晴。
見俄使李台書, 付英使閔台書。該國總理大臣우류쓰氏, 避暑在外未逢之意公函來。○ 見俄使李台書, 二十七日出。

陽八月一日, 陰六月十七日。陰。
付家書于郵便, 內有封書一度碧。兩月日記冊幷付, –付家書三號, 陽八月。
淸國公使裕庚名帖來。

陽八月二日, 陰六月十八日。陰。
付俄使李台答書, 見英使閔台書。

陽八月三日, 陰六月十九日。晴。
上午十一點, 餞璣瑋二友與明秀于停車場, 邀墺人테레, 待夕餐。見皇城新聞, 官報中, 前博覽會總務員米模來。事務員梅仁, 勳二等八卦章。總務員盧里羅三等八卦章。建築古恒雷物仰與蔽乃, 四等八卦章。事務員蕯他來, 四等八卦章。見家書一度, 陰四月二十二日出。同日見李參奉圭容書 –家書第五號。

陽八月四日, 陰六月二十日。晴。
付英使閔台書。

陽八月五日, 陰六月二十一日。陰雨。
見德使閔台書答, 見璣瑋兩兄與明秀書。付家書一度, 內有李參奉與葛書。–付家書。

陽八月六日, 陰六月二十二日。雨。

陽八月七日, 陰六月二十三日。晴。
見閔參書象鉉書 該外大볼外셰公函來 受由尋鄉要以相見。

陽八月八日, 陰六月二十四日。晴。
伊日同館中諸員, 作船遊而歸, 巴里城中有一帶江, 劈都市左右而流, 廣可一武 長則滾入于海, 不知幾里, 其名曰, 셴江, 若以漢文譯之必是生江也。兩岸築以石坊, 其宏固之像, 雖遇霖潦漲溢, 能免懷襄之患, 而其上有偃橋, 逈出浮埃中, 或以石造, 或以鐵作, 距數十步, 輒有一橋, 如是延亘不絶之像, 宛若間架樣, 橋之統數合二十餘云。

陽八月九日, 陰六月二十五日。晴。
下午一點, 與館中諸員泊汕江, 順流而下略數十里, 抵一江村, 登岸則東來秀色, 初見環滁爲其遙望, 步步升高, 左右樹林陰翳, 頓覺淸爽, 且看村落後藝, 以花卉五色照耀, 眞可謂勝景, 而爲消午渴, 博尋茶肆, 則琉璃杯琥珀光滿進于前, 蒼藤架鐵鉤床橫羅於前, 轉眄間, 已夕陽在山, 爲還館寓, 更尋來逕, 只見落日, 蒼蒼車聲轔轔已而也。

陽八月十日, 陰六月二十六日。陰。
見俄使李台書, 墺人테레來訪。

陽八月十一日, 陰六月二十七日。陰。

陽八月十二日, 陰六月二十八日。晴
再昨日德國, 皇太后崩殂, 該國公館逝單來。

陽八月十三日, 陰六月二十九日。晴。

陽八月十四日, 陰七月初一日。晴。
付家書一度, 內有三契孟峴書。墺人테레來訪。-陰七月, 付家書。

陽八月十五日, 陰七月二日。陰雨。

陽八月十六日, 陰七月三日。晴。
上午九時, 與奧人테레、參書李鍾燁, 約以游覽, 於巴城南四五十
里地, 乘鐵路往一時許, 퐁뎬네물루。下電車, 乘馬車往數里許, 則層
屋週遭, 舗磚剝落依然, 有寂寞懷古之意, 把門卒, 導我入門, 周覽步
步, 轉入房軒, 見一案上有刀斫之形。余甚驚異, 問其故, 傍人曰: 此
是古拿破侖, 所居之宮也。蓋當時此人, 乘運得老, 屢年戰鬪所向,
皆捷歐洲諸國, 或統一區, 不幸北敗於露, 遁逃還國, 際此英國窺伺
新敗之機, 擧兵長驅, 使拿破崙迫之, 以遜位退去。故鬱悒不得擧手,
拍案而起, 所以有刀痕云云。余竊想從古英雄, 或有窮兵黷武而得天
下者, 然終不若東征西怨之師, 嚮以仁義未戎衣而天下定, 則今比拿
破崙之專事戰鬪, 圖以創業, 實有滋惑於余心也。酉初, 更乘鐵車
回館。

陽八月十七日, 陰七月四日。晴。
見英使閔台書, 送名帖行吊禮於德國署理公使, 公使則去本國
未還。

陽八月十八日, 陰七月五日。晴。
見家書一度, 陰五月十二日出。- 見家書第四號。

陽八月十九日, 陰七月六日。晴。
付俄使李台書, 付家書一度。- 付家書。

陽八月二十日, 陰七月七日。晴。
見明秀答書, 偶與館中諸員同次杜工部韻。

倚斗時兼陟北山, 天涯家國兩相關。縱云髦服華夷混, 自有靈坮物
我間。蘇海十年持節苦, 長河八月返槎閒。微臣幸布聲敎汔, 將使邊
酋革獸顏。

春風一別終南山, 玉帛相隨渡海關。東隅自歎多鱻酌, 西洲誰道又
人間。遊觀殊俗時常駭, 學解方言日未閒。斯有文明從可得, 他年返
節報天顏。

　- 右參書官李廈榮詩

南隔層溟北據山, 巴城鞏固似函關。迢矣東洋三萬外, 居然西曆二
千間。悖俗徒能趨利競, 仁風未聞至治間。遙望扶桑回首立, 瑞日惟
明俯照顏。

陽八月二十一日, 陰七月八日。晴。
下午一時, 同舘中諸員, 又往汕江。乘船溯流而上, 橋梁與防築,
一如前狀, 而及到舍朗東, 則江水三叉而分來, 淺不得行舟。遂下船
傍岸, 而行荇葦之交, 筏綠映汀洲, 拼擗之揭, 曬明穿樹林。且見漁

人執竿, 垂綸往來不絶, 亦一勝景也。薄暮還舘。

陽八月二十二日, 陰七月九日。晴。
付美使趙台與英使閔台兩書。

陽八月廿三日, 陰七月十日。晴。
　上午八時, 同諸員, 復往퐁덴네물루。遊覽其古迹, 畧悉於前, 而日暮不能回舘寓。故仍投宿於말르비시옹店舍, 而店主勤於治圃, 令人覽過, 觸悟鄕山之想。第見十畝之間, 結子抱柳之類, 指不勝屈。林檎、葡萄、南苽、西苽、桃李、葱松荣、紫菁、萵苣、桔黃、籤扁豆、禁蛇草、石竹花、貴妃花、匏花, 此皆東圃所有者, 而其餘雜花, 雜菜不知名者。或盆移墻頭, 或架登籬落, 交陰積翠爛紅透明。自不覺投節藉草, 翫賞忘歸。古人所云, 胡地無花草, 春來不似春者, 余未盡信也。翌朝乘鐵車回舘。

陽八月廿四日, 陰七月十一日。晴。
　法人모리시來訪。

陽八月廿五日, 陰七月十二日。晴。
　上午七時, 奉承, 宮內府電。勑辭旨, 滙豊銀行票, 典當他處銀行, 謂有損名譽破約云, 裏許速示。

陽八月廿六日, 陰七月十三日。朝雨午晴。
　上午九時, 同參書官李鍾燁, 往利龍銀行。下午五時, 抵達該銀行, 卽英國支店, 與香港上海仁川布在。相通叙話畧畢, 更乘下午七時鐵車。

日記冊

陽十月初一日, 陰八月十九日。晴。

前博覽會, 事務員梅仁來見, 付家書一度。【內有陽八九兩月日記, 與封奏四號, 且有度大健齋、萍齋諸書.】

陽十月二日, 陰八月二十日。雨。

陽十月三日, 陰八月廿一日。晴。

見俄使李臺書。

聞淸國聯合軍被圍時, 各樣軍器之見奪於德兵者, 不知其數。而顧今戰爭稍定, 和約旣成, 賠金之償, 已有訂期, 親王之使, 準和復命。故德國還其前日所奪軍器 則淸國不受云。

未知難辦運還之巨費而然耶! 往年普法爭鬪, 卽歐洲初見之一大役也。其時法地二省, 屬於德國, 于今幾十年矣。伊來兩國休兵內修, 俱以列强稱于世。而德國欲還其二省於法, 則法乃不受, 蓋其意以爲當年勝敗 卽兵家之常, 而今若幸, 其與而受之, 是卽巽劣無比, 豈肯爲是, 終不受焉. 今此淸國却已奪之軍器, 抑效此而然耶?

且聞近日呂宋島民殺害美國卒與長官云。該島由來西班牙領地,近屬於美國者也。民習倔强, 有此反對。

竊想清國、臺灣, 自甲午以後, 受管轄於日本。然往往群聚作鬧, 或離散騷訛, 何其前後兩地之情形, 便合符契之無差異也?

陽十月四日, 陰八月廿二日。陰。

聞英吉利與北美, 以巡洋艦爭賭駕海之迅速, 而英艦居後。故該國更究其船行之疾捷, 思所以極其精銳。

陽十月五日, 陰八月廿三日。陰雨。

見家書第六號【陰七月初六日出】。皇城新聞幷到【自陰六月廿一日, 至七月初六日】。官報一軸, 自本國外部來【自陽七月三十一日, 至八月十六日】。是日, 卽冬三朔經費貸用, 處報償之期也。而自本國尙無支撥, 見侮殊邦尙矣, 而當場債主之督報, 難以形言也。

陽十月六日, 陰八月廿四日。風。

陽十月七日, 陰八月廿五日。晴。

本館冬三朔月俸債用條, 懇乞於居間人, 以陽歷十二月初五日, 報償之意, 更爲退限。下午二時, 電達宮內府辭意。"臣今有身病, 將欲叅書官爲署理, 公使卽還, 恭俟處分。"聞德使閔台, 自赴任多月, 尙留客店矣, 日前始定公館移駐云。故爲步此台前日所贈韻, 要以斤正。

客店應驚歲月催, 新移今日爽靈臺. 寒廚供旨隨豊約, 裵几看書却老衰.

厭避囂塵因遠市, 安排旄節淨無埃. 處仁亦自交隣際, 賀語申申不可枚.

陽十月八日, 陰八月廿六日。陰雨。

該國外部大臣될기세, 受由後還來, 自再明日, 視務之意, 公函來。

上午十時, 訪비시일於巴里西十里地, 暢談移時而歸。此人卽往年隨駐淸法公使, 留淸國十餘年, 而其聰慧雅敏, 可謂超衆拔萃。所以於漢文無不通曉, 且筆法甚精微, 每於逢場妮妮, 自不覺情愛之藹。然其居庄, 亦淸幽靜僻, 庭花園木, 拾芬怡顔, 就見文房儲書畫萬卷, 皆東洋諸國人物, 與都市園林也。徐閱拭眸多見, 中州縉紳之往日有名譽者, 而第其中冠屨帽帶, 宛如東國章甫, 心甚喜悅, 因問是何國人, 則答以安南國官人服裝, 而此是大明遺制云。聞來不覺悽然興感。該國原來範圍中州, 故其服飾與文字, 尙有先王之餘風遺法, 而疏於政治, 今乃不能保其宗社, 亦可鑑矣哉! 其末幅有我國國太公寫眞, 此則年前在中國保定府時搭出云。而只着周衣宕巾而已, 未知燕居時所搭耶! 近年東國書帙, 入于此國者, 足謂充棟汗牛。而設漢文學校於巴里, 京中使童稚, 日日勸課敎誨, 且訓以東國語言云云。下午三時, 訪俄德美三國大使, 皆出他未逢。

陽十月九日, 陰八月廿七日。陰。

見利龍銀行書, 則前日仁川換票條, 推委於仁川銀行, 而該行則無相干云。故猶有未詳, 自本館更以電報質問則, 答以向此事電報於仁川銀行云云.

見該國諸般運行, 皆以輪爲主, 如大輪車、電氣車、雙馬車、單馬車、自行車、地中鐵車、石油飛車【西人謂之玉道貌飛】, 不一而足總合於生民利用。所以五千里之疆域, 能通行於時日, 三千歧之街衢, 能徧覽於瞬息。歐洲此制之新發明,　未知作俑於何人。然其智慮之巧, 講究之深, 果出人意表也。此外又有轉輪一車, 卽嬰兒所乘也。以鋊鉤制車, 前後各懸兩輪, 其大如筴笥, 內可容幼兒坐臥, 車尾亦以鋊

竿爲柄, 執此推之, 其緩急在於措縱之如何。而至於人負牛駄, 運輸
諸物, 并以輪爲主, 甚合於力, 不勞而運甚便.

陽十月十日, 陰八月卄八日。晴。
見利龍銀行書, 其意與電辭無異。

陽十月十一日, 陰八月卄九日。陰。
法人떨인이來訪。有初面目, 二婆來, 探公館諸員安否而去。

陽十月十二日, 陰九月初一日。晴。

陽十月十三日, 陰九月二日。晴。
下午一時, 同諸員消風于公園。歐西氣候, 與草木比東亞, 大有異
焉。但法京寒暑縱, 云與我韓略同。然過了三庚, 一不得着單衣。時
或紅炎下曝, 其日呆呆, 如至薄暮, 驟寒透窓, 令人竦然。地球之東
西逈異, 推此可驗也。才當陰曆九月初, 而天氣已栗烈, 寒風凜凜,
雖着周衣袷衣, 猶不禁寒。且居室本無溫突, 欲爲御寒, 則燒石炭、
斫木等屬, 於房壁間炊塑, 此只爲暫時救急而已, 豈可與溫突同日而
語也。
且見草木須甚繁密於路傍、園囿、溪澗、阡陌之上, 無不種植奇
花、異木。繁陰葱蘢, 幽香嫋娜, 錦帳繡傘, 重重疊疊於長亭短亭之
間, 翠雲絲黛, 丰丰娟娟於石床、鋌床之上。每値空日, 男女老幼,
比肩携手, 相往來於斯, 休憩於斯, 其有昇平之像, 於斯可見。而但未
見"良士瞿瞿, 無以太康"之心, 閨女無遂, 只主中饋之事, 亦可怪
也已。

陽十月十四日, 陰九月三日。晴。

見家書一度【陰七月十九日出】。皇城新聞幷到【自陰七月初七日至十八日】。本國外部訓令一度, 自郵便來【第五号】。校書亦到。

陽十月十五日, 陰九月四日。陰。

陽十月十六日, 陰九月五日。陰。

聞暹羅國王世子, 以遊覽次, 將到德京伯林, 該國方預備其接對之節云耳。

聞德皇嘉尙其淸國出戰司令官之樹功, 特賜勳章云。

法國人近造輕氣球, 比前益加理氣之術。向試乘越地中海, 而或恐中路力盡墮地, 請願軍部, 願給軍艦一隻, 同往保護矣。果於中路力乏, 未能越海。故下于該軍艦, 日昨還來。而大凡乘球越海, 古所未聞。然該國人之機械精造之法, 年年益進, 則其終也, 必越海乃已云。

聞日昨, 該國政府諸官會議, 明年度, 各項預算支用云。而其稅入年年益夥, 此由於商務, 漸擴之故也。凡無論某國, 財不在於國庫, 則在於民間, 不在於民間, 則在於國庫。其循環, 雖有公私之異, 然其在國中, 則一也。此古聖所謂, “百姓足, 君誰與不足”者也。該國或因交外之用, 雖當國庫金額罄渴之時, 會社諸民, 爭相貢納於政府, 小無窘絀之歎。政府亦趁限畢償, 一不違期, 且不獨償之以信, 亦計給其利子。此由於上下相孚, 無欺罔違越之。故甚美矣哉!

陽十月十七日, 陰九月六日。陰。

見俄使李台書, 兼荷贈詩。

西邦重度六弧辰, 最慕倚閭大耋親. 爲見支機窮遠漢, 何時覺筏渡迷津.

無端白髮知非日, 獨秀黃花分外春. 醉後長歌歌後哭, 不妨呼我
失天眞.

陽十月十八日, 陰九月七日。陰。
付家書一度, 內有校土兩書。見英使閔台書。

陽十月十九日, 陰九月八日。晴。
上午九時, 承本國外部電辭。意閣下爲兼駐比利時國公使, 奉勅。

陽十月二十日, 陰九月九日。晴。
上午九時, 奉承宮內部下電辭。旨兼任比利時國公使親書國書, 當
卽追送。
今日, 卽我曆重九也。遙憶本國, 西城東籬, 黃花盛開, 每逢佳節,
倍切思親。且明日, 卽我曾祖考, 文忠公晬辰也。年年是日, 畧設茶
禮, 瞻拜影幀, 以寓追慕之忱。而今在海外, 唧命未歸, 兒曹蒙駿, 替
行與否, 未能的知, 只不勝永慕而已。

陽十月卄一日, 陰九月十日。雨。
本公館諸員列名, 要送之意, 該外部公函來。每年終來, 駐諸公使
以下案冊, 皆修正云。
聞該國明年度, 支用預算, 畧如左。
度支, 一兆五億二千二百二十二萬七千七百三十八法。
學部, 二億九百九萬三千七百五十六法。
軍部, 七億一千六百七十萬法。
海軍部, 三億一千二百九萬七千九百五十一法。
屬地部, 一億二千五十九萬八千四百五十五法。

商務部, 四千三十三萬三千八百十七法。

電郵兩所, 二億一千一百九十二萬七千六百九十九法。

農部, 四千五百十六萬九千二百一法。

工部, 二億二千九百九十九萬四千六百十法。

聞俄國大公爵, 以遊覽次, 方到法京, 而是俄皇叔父云。

聞希蠟國王, 亦以遊覽次, 到法京。日前與法大統領燕會, 而周行閭里之間, 徧覽 街市之上, 民俗之如何? 景物之如何? 無不躬親目見而耳聞。其行色草草, 自同路人, 此王卽丁抹國王之子也。與英法德俄, 諸主摠係姻婭云。比利時國公使男爵단네쌍, 歸國途刺替別。

陽十月卄二日, 陰九月十一日。霧。

陰九月初三日, 聞俄使李台生朝, 而投我瓊章, 要以步和。故謹構原韻以呈。

客裏頻經嶽降辰, 劬勞應慕北堂親。鶴歌異域誰同席, 鱸浪重溟印涉津。

北社朋樽餘舊雨, 西州寶樹駐陽春。遲歸六載緣何事, 補袞衷情畢露眞。

聞該國上下議院, 自今日爲始開會云。

陽十月卄三日, 陰九月十二日。陰。

下午二時, 往見該外大될기세。仍訪德大使、美大使, 皆出他, 未逢而歸。官報一軸, 自本國外部而來, 自八月十七日, 至三十一日。

陽十月卄四日, 陰九月十三日。晴。

付家書一度【內有外部報告與校書】。上午十一時, 往該國裁判所傍廳。該外大될기세名帖來, 見家書一度【陰七月二十四日出】。皇城新聞, 五

張幷到【自陰六月二十日, 至卄四日】.

陽十月卄五日, 陰九月十四日. 陰.
上午十時, 電達宮內府辭意, 兼任承命. 身病伏悶, 雲南會社來言
曰: "到泊仁港運費, 幷銃每個二十五法, 彈丸一千個, 百七十五法,
買不買回示【電費二百十五法七十雙】.
聞該國量衡升尺制樣, 甚是精微, 無盈縮錙銖之差異. 故歐西諸邦,
多取法云. 聞淸國上海, 英、法、美已有租界定居, 而今聞日、俄兩
國, 亦一體請劃定租界云. 聞淸國宰輔中, 以滿州之不當認許事, 有
上奏者, 而上諭中, 當拒何辭, 當恃何邦, 爲批云.

陽十月卄六日, 陰九月十五日. 晴.

陽十月卄七日, 陰九月十六日. 陰.
見該國新聞有云: 日本借款五千萬元於英國銀行云.

陽十月卄八日, 陰九月十七日. 晴.
付家書一度【內有校書與美台書】. 聞今日該國各部大臣, 會議於宮內
云. 俄大使우셥투, 間者受由歸國矣, 日前還駐法京云. 見該國新聞
中, 有美國人寫眞, 着電氣腰帶, 而全身飄搖, 若有戰栗之色. 問其
所以, 則電氣流行於體肢, 使血脉通暢, 神氣輕快, 能有助於養生云.

陽十月卄九日, 陰九月十八日. 晴.
下午八時, 奉承宮內府下電, 辭旨, 參書官署理還國.

陽十月卅日, 陰九月十九日。晴。

聞該國以現用次, 借二億六千百萬法於會社云。該國總理大臣, 兼內部大臣이으루쏘, 受由後還京。來月初四日, 相面之意, 該外部公函來。

陽十月三十一日, 陰九月二十日。晴。

聞淸國醇親王竣, 使德國向以回掉, 泊香港云。

陽十一月一日, 陰九月廿一日。晴。

余之駐此, 居然冬序已屆。此邦之日見日聞, 不爲不多, 而或聽而不聞, 視而不見, 不欲强記于中。然其所禮式儀節, 大有異於東國者, 則心有所駭惑而隨記見。此國男女成婚, 本無厥父母攸命, 年各長成, 相與有桑中之期, 則仍與之和悅, 胥告矢未。他兩家父母, 不得違其意, 遂任他成婚, 所以婚嫁無昆季之序。若次女有願嫁者, 則實長女而先嫁。其婚姻之禮, 未聞有卜日涓告, 亦無納摯結縭等儀式, 但男女同往天主堂, 誓告以配匹之意且成婚。後年過二十歲, 則無論貧富家, 子女初不仰食於父母, 且不與父母同居, 必分炊各産。雖長子亦然, 厥父母雖饒而其子雖貧, 其子不欲告窘艱, 且其父母亦視以當然。然如當厥父母身後, 其分産, 則子女有宗支之別。而家甚殷富, 則其財産中計百分之一, 例納於政府, 其餘則, 諸子女皆分而領之。此則擧國通行之規, 視同彝典, 此固東亞所無之俗。未知其可否, 而第其中, 亦不無效則者。上自紳士, 下至皁役, 或有爲國之地, 奮不顧身, 或有救窮, 恤孤之義, 不惜千金, 亦可尙矣。

聞英國皇太子, 六個月遊覽後, 明將還國, 迎接節次, 極其盛設云。聞明日, 卽俄皇嗣位日也, 駐法俄大使, 行禮式于敎堂云。聞該

國新聞記者一人, 因爽實不美之說, 刊刻徧傳, 方促囚於圄圄云。聞
今日, 卽該國大名節, 男女老幼之往省塚墓者, 蟻屯蝟集, 延亘道路。
掬手載車, 無往非秋花亂朶, 將以揷置塚上, 以光幽明云。而余竊想,
我國每當九十兩月間, 代盡之墓, 其子孫感時, 落木歸根。多行歲一
祀, 薦俎盥酌, 隨豊隨薄, 各陳誠禮, 務要報本。未聞花枝安靈, 足
以神格, 亦可訝也已。

陽十一月二日, 陰九月卄二日。晴。

見家書一度【陰八月初三日出】。皇城新聞幷到【自陰七月卄七日, 至陰
八月初五日】。聞今宇內列邦中, 惟經用不窘紐者, 只美國一邦而已云。
聞該國敎師, 敎堂所關, 土地稅納於國庫者, 比諸平民田土, 顯有歇
薄等威, 而此敎卽此國宗敎也。自上達下, 罔不尊信, 所以隣邦流民
之來寓此國者。其或宗敎有岐貳, 則多有不容奠居而渙散者矣。該敎
堂所關田土甚是夥, 然而其稅約則無幾。故近日下議院, 提議中石土
之一如常民土地稅收, 其在綏財之方, 實係妥當云云。而僉票各殊,
其準行與否, 姑示的知云。該國上議院長콸리일, 以再明日, 訂期相
面之意, 該外部公函來。該國下議院長데사닐, 以來六日, 訂期相面
之意, 該外部公函來。

陽十一月三日, 陰九月二十三日。晴。

上午十時, 往于博物院, 一處賞翫, 第入一屋中, 則層梯設三層, 而
廣各屢百間, 最下層, 則滿掛壁上密布。軒上獸骨, 無非魚骨, 而禽
獸之名, 余未多識何, 況魚族之萬千, 余豈盡記耶? 猥擧知名者記之,
屹然十丈而立者, 卽象、駝、馬、牛等類。其外瑣瑣零零, 僅具形體,
陸行諸獸, 不可枚陳。且其水族, 則延亘十間而偃者, 是鯤、鱔、鯨、
鰐等。諸族而中魚小魚, 苟充其數者, 亦難畢錄。滿目慘然, 如嗅腥

膻之臭。而爲其徧覽, 更上一層, 則宇內各人種尸體枯骨, 舉以琉璃
爲匣, 亦以鉎繩爲絡。或有全體立之, 或有肢分散置, 且有嬰兒葬埋
者, 掘以移置。一覽以過, 無慮屢千, 冥冥泉坮, 幻在陽界, 怪理之舉
意, 所難解也。傍人語余曰: 無論某邦醫人之學, 卽術家之大方, 而
只誦塵蠹傳來古篇, 不識人之肢體脉絡, 則無以爲醫。所以此國之設
此院, 專爲醫人之目見而意透, 切爲折夭者衛生之計。余心切非之,
其豈然乎? 凡仁王之政, 必澤及幽冥。詩所云: 行有死人, 尙或墐之
者, 亦不謂此乎? 今以衛生之道, 反害隱卒之仁, 不亦舛耶? 沉唫散
步, 居然暝色生寒樹, 仍與諸員回舘。

陽十一月四日, 陰九月卄四日。晴。
　上午十時, 見該國總理大臣ᄋ루쏘, 相與敍話。彼云: 兩國交好益
修, 今此使節之來往, 實有欣滿于心。余云: 貴國通商殷務, 漸擴於
我韓交隣, 講好與他邦有別, 余亦以此, 欣滿于心。仍與敍別而歸。
　下午三時, 見該國上議院長팔리일敍話。彼云夏間果接, 貴公使要
見公牒, 而鄙因受由尋鄕, 今始相面, 須甚悚歎。仍問我韓商船有無,
與諸學校學徒之工課勤慢。皆以實答之。且問從前公使出駐他邦,
與曾經貴外部官爵。故答以初奉使命, 而外交官, 則已經我韓交涉通
商外部參議。彼乃欣然曰: 然則外國駐使, 勢所必至, 幸勿以遠離家
國爲悵。仍敍別而歸。

陽十一月五日, 陰九月卄五日。陰。
　是日卽我曆明成皇后誕辰, 且先親晬辰也。追慕曩昔, 自不禁家國
懷之。
　聞巴里汕江之濱, 有一女人, 如狂如醉, 自投江中, 該坊巡撿, 見而
欲救, 不覺自己之淪胥。適有巡撿親知人, 目擊當場光景, 意欲拯溺

該巡撿, 而亦赴江渚, 則先投兩人已漂沒, 無及渠, 則幸逢過船而圖
命云。該政府深嘉巡撿之出義捐軀, 今於葬日, 自摠理大臣以下諸大
官, 皆隨表執紼云。

聞英杜戰爭, 近則課日鏖戰, 兩國之殺傷甚多, 而尙無結梢。所以
英廷一大官, 對杜國事, 不可以力服之意宣言, 若有求和之意云耳。

陽十一月六日, 陰九月廿六日。晴。

上午十一時, 見該國下議院長데사질敍話。彼云: 貴國聞自十數年
來, 漸益進步, 云聞甚幸幸, 公使之留此, 能無客況耶? 答以奉命代
表之地, 何論客況有無? 而但水土不習之祟, 自冬節益肆, 實難堪
遣。彼云: 巴里水土百勝於倫敦, 貴使若駐英京, 則尤難堪做, 仍以
織組等說, 屢屢爲言。我云: 貴國利龍織組, 聞于宇內諸國, 其堅緻
莘美, 頗有盛稱, 此或輸出於東洋各港耶? 彼云: 西洋織組精美, 果
無右於利龍, 而至若運輸他邦件則劣, 雖出而優則未出。其優者, 則
雖運輸他邦, 蓋因本價之高, 其於商販無以見利云。因敍別而歸。

陽十一月七日, 陰九月廿七日。霧。

下午五時, 該國警務使레빈, 送公館馬車, 往來時禁雜人, 標七張,
公使以下諸員幷同。聞該國大統領, 昨日佃于碧沙近地矣。今日下午
七時, 送賜生雉二首, 受領感戢【宮隷持傳公館】。

昨日前博覽院門前, 車馬雲屯, 摠是官人所乘別車也。傳者或疑以
政府諸官燕會矣。今聞該國一人, 取種日本菊諸種, 培養甚勤, 秋後
雲朵, 倍勝土種。所以該園丁, 受價放賣。大統領與諸官人, 親往取
買, 而特嘉灌耘之勤業, 授以農務勳章云。聞該國軍旅, 頃年淸匪勦
滅, 時出征將卒, 今旣凱還, 而其在征討屢捷, 不可無記念垂後之
史。方修淸國戰爭時, 記功一冊, 卷衣黃色, 故名之黃衣冊云云。且

英國亦以此意修戰史, 以靑爲卷衣, 故亦名之以靑衣冊云。

陽十一月八日, 陰九月廿八日。霧。

聞該國諸學校, 有官立私立之別, 而當其卒業升遷之時, 官私不可以同歸。一例私立校徒卒業章, 則必自官立校認許, 然後實施之意。昨日下議院, 有提議之員而衆口不一, 姑未知結果之如何云。

聞淸國外部官, 徐壽朋遞任, 其代駐箚德國, 淸公使被任云。

聞該國農部大臣샹뛰쎄, 將揀送該國學徒於美國, 欲察習商務諸業云。

近日歐洲諸國, 大霧漲天, 難分晝夜, 而倫敦尤甚云。下午三時, 送名帖于該國, 大統領致謝, 領受生雉。墨西哥新到公使미에 名片來送 刺答禮。

聞該國外大뙬가세, 對法土兩國相持事, 將以惟意擅便, 事公函于歐西列强, 蓋其意未知裏許曲直, 或恐有諸國中, 暗助土國故也云。

聞日本政府, 欲借款於美國, 而美國不許。故該政府, 誓不更對外國借款之意, 公佈云。

陽十一月九日, 陰九月廿九日。陰。

下午一時, 電達宮內府辭意。昨電未承回旨伏鬱, 還國承命, 待船卽發程。

聞今日卽英皇誕日也。該國皇太子, 尙未行冊封禮。故今因慶節擬將冊封, 而 英皇今居亮陰。故姑爲權設行禮云。

聞日本前總理大臣伊藤侯, 前協辦靑木, 以遊覽次, 昨到法京, 而傳者或爲因借款事來此邦云。然未確其詳。

聞土耳其皇帝, 將以法款沒數報償之意, 昨爲敢名云。

陽十一月十日, 陰九月三十日。陰。

聞該國將以火酒代用石炭, 火酒卽蔗酒也。蓋石炭本地中所産, 而
歐洲諸國, 幷皆掘而資用。雖曰地之無盡藏, 然用之亦無盡, 則豈無
罄竭之慮? 所以賣酒代以燃炭, 將以利用生民之意。已造機械而後,
國農部大臣, 以今十六日, 聚會民衆, 將公佈洞悉云。

陽十一月十一日, 陰十月一日。晴。

上午十一時, 奉承官内府回電辭旨, 電示銃一事, 自此辦理, 待船
卽發程。官報一軸, 自本國外部而來【自陽九月二日, 至卄一日】。

陽十一月十二日, 陰十月二日。陰。

聞西伯里鐵道, 今始敷設竣功, 而其所費額, 四億二千五百萬法,
起工年條, 則洽爲六載云。

陽十一月十三日, 陰十月三日。雨。

下午二時, 往見該國外大될기세, 受由還國之意作別, 仍請該國大
統領陞見。

本公館冬三朔經費, 與公使以下諸員, 回費推用, 於該國俄淸銀行,
領事雲利羅懸保。報償約條, 則右人票到我韓後, 限十日出給事, 邊
利則計其日字, 往還四朔利子, 日貨四百元, 以先邊懲給事。

陽十一月十四日, 陰十月四日。晴。

陽十一月十五日, 陰十月五日。晴。

下午七時, 奉承宮内府下電辭旨。法國外部大臣、農商大臣, 所佩
勳章等級, 詳探卽示。

陽十一月十六日, 陰十月六日。晴。

上午十時, 該國大統領陛見, 陳受由還。問曰: 法京水土, 果無不習之歎? 對以頃暑節經過, 不知水土爲祟。一自寒節以來, 土敗火升, 諸症有難堪遣。大統領又問曰: 聞近得受由還本國云, 果耶? 對以日前果承我大皇帝陛下電勅矣。大統領曰: 然則回還之期, 當在何時? 對以海路甚遠, 早晚難可預料矣。署理叅書官, 不可無今日帶同陛見, 故玆以聯進。大統領曰: 唯。惟望遠道葆重。仍辭退。下午三時, 該國上議院長팔리일來訪, 適他未逢。

陽十一月十七日, 陰十月七日。陰。

下午三時, 電達宮內府辭意。并一等明再明間, 當難發。

一輛星軺雪路賒, 寒梅尙早兩京花. 勅函縱荷皇恩重, 交務方憐令望多.

宦在西洲魯報節, 車通北陸好還家. 天涯萬里同爲客, 去住紛紛奈獨遲.

今我催裝萬里賒, 離亭霜葉作飛花. 元來友道惟深責, 此日交隣幸勉加.

夷險何論同爲國, 去留難耐獨還家. 臨行別有申勤語, 金玉音書幸不遲.

步原韻, 留別李叅書署理。

陽十一月十八日, 陰十月八日。晴。

總領事雲利羅, 來見長崎【낭가싀깃】、馬關【마강】、神戶【고베】、橫濱【요코하마】。

陽十一月十九日, 陰十月九日。晴。

陽十一月二十日, 陰十月十日。晴。
法人梅仁與슈스, 許回謝, 仍爲作別。

陽十一月廿一日, 陰十月十一日。晴。
回槎在明, 凡事忩偬。臨行作別人, 與可記景物, 留俟日後更詳細。

陽十一月廿二日, 陰十月十二日。晴。
下午十一時, 往停車場待時, 離向德京伯林, 到골론下車, 宿于호
덜쌍델알旅舘。

陽十一月廿三日, 陰十月十三日。霜。
上午八時, 換乘德京鐵車發行。上午六時, 抵到柏林公館, 該舘參
書閔象鉉、書記韓光河、趙愭夏三友來邀, 而星使閔台, 往兼駐國間,
已呈遞國書, 姑未還旅, 未得相見甚悵。

陽十一月廿四日, 陰十月十四日。雨雪。
上午六時, 電報于俄使李台, 辭意明朝自伯林發行。德使閔台, 自
奧京賦餞別韻來到。

是日維京駐節旐, 一盃難勸紫葡萄. 大鵬運海搏雙翼, 翔鶴凌風返
九皐.
寵召遙承丹鳳詔, 輕裝以脫黑絨袍. 讓君先我歸鞭着, 悵望天涯寒
月高.

是日卽和韻答呈

兼節賢勞已弊旄, 西邦也納等葡萄. 丹心爲國君依斗, 素志還鄕我嘯皐.

熱海浪濤同駕航, 寒天風雪獨征袍. 臨行別有申勤祝, 專對聲敎宇內高.

陽十一月廿五日, 陰十月十五日。陰。

上午八時, 乘火輪車, 發向俄京。下午十一時, 換乘俄京銕車。

陽十一月廿六日, 陰十月十六日。晴。

下午六時, 到俄京彼得堡。星使李台、 與郭參書光義、趙書記勉淳, 見邀於停車場, 欣握暢敍, 同馬車回公舘。

是夜家書一度, 自法京轉到【陰八月廿四日出】, 皇城新聞五張幷到。

陽十一月廿七日, 陰十月十七日。陰。

終日風雪撲窓, 凍寒難堪。夕飯後, 李星使要往戱臺, 深夜回舘。

陽十一月廿八日, 陰十月十八日。雪。

陽十一月廿九日, 陰十月十九日。晴。

德使閔台, 自墺京電問行期遲連。

陽十一月三十日, 陰十月二十日。雪。

回電墺京滯留曠日。李星使移公館于쌘질이못쓰쌰야第五号, 余亦隨李台移寓, 舘舍甚宏敞, 里巷淨潔, 所以該國親王, 多住於此云。

陽十二月一日, 陰十月二十一日。晴。
見德使閔台書。下午六時, 寄明秀書。

陽十二月二日, 陰十月二十二日。雪。
上午十時, 推覓船車費於俄國銀行。法銀二法五雙, 爲俄銀一老佛。老佛卽一圓之稱, 隨時低昂, 有加計之不同。且德銀一莫, 爲日貨半元, 而其外或一錢, 或十錢。零瑣之稱, 有難强記。

陽十二月三日, 陰十月廿三日。雪。
下午七時, 與李星使, 同爲見邀於大韓前公使衛貝家, 共飽夕餐, 而衛貝現帶墨西哥公使云。

陽十二月四日, 陰十月廿四日。雪。
付家書於俄使李台家便。內有校書。

陽十二月五日, 陰十月廿五日。雪。
今日聞俄國皇太弟生日。廛市皆閉, 及暮懸燈, 爛照街巷, 宛若不夜之城。見明秀與姜書記, 恭題書。

陽十二月六日, 陰十月廿六日。陰。
見家書一度, 自法京轉到【陰九月初六日出】。皇城新聞十一張幷到【自陰八月廿四日, 至九月五日】。下午七時, 與李星使, 訪俄人그린발, 飮茶暢談而歸。

陽十二月七日, 陰十月廿七日。陰。
見法人薩泰來書。與李星使夜話, 爲消泮寂, 强拈一韻。

欲解方言試學初, 最難西國蟹行書. 何時恩遞遲丹鳳, 積歲羈愁絶
素魚.

奇傑危樓天際起, 迷茫大雪夜光虛. 故人多病先吾返, 從此參商萬
里疏.

李台川雲

詩聲攪我欲眠初, 祗爲論懷未爲書. 電影似花還似月, 椅粧非獸亦
非魚.

雪明遙夜三淸遠, 管斂餘聲一境虛. 訂日歸槎蒼海泛, 未報涓埃愧
慵疏.

彼得城中駐節初, 皇恩感戴紫泥書. 十年海北遲蘇雁, 萬里江東憶
張魚.

天陰樓閣常多鎖, 雪積江山自不虛. 朔風塞月天荒地, 遙望公園落
木疏.

陽十二月八日, 陰十月廿八日。雪。
　見明秀書。書中有本國經費三朔條入來云云。

陽十二月九日, 陰十月廿九日。陰。
　電報於雲利羅, 聞經費來到公館。即爲推尋事, 電報李厦榮, 自本
國經費來到云。即爲報償雲利羅, 今又移書詳陳。

陽十二月十日, 陰十月晦日。雪。
　下午一時, 與諸員往俄國博物院, 翫賞其樓閣之宏麗, 器物之羅
列。略與法德已賞者相似, 無足更記。而凡博物院之諸國並設者, 推

究其意, 大有益於開進。無論某國, 國之由來、古跡, 只傳方冊, 使
後人未能躬見其制, 則雖以公輸子之巧, 自有妨於制造。且遠國之物,
有益於民者, 有效於用者, 俱收並蓄, 列于左右, 使匠者, 親見其規
矩, 使畫者, 親見其模楷。博攷諸物, 開發智慮, 此余所謂大有益於
開進者也。

　向自法京, 由德京, 轉至俄京。凡游歷數萬里, 若以躬親目擊者言
之, 法則開明歲, 久奢麗之俗, 制造之美, 已臻極尢。德則務本究實,
漸益進步, 田野之闢, 軍旅之壯, 與法國果有齊楚之勢。而初入俄境,
第見森林鬱乎茫, 未見涯, 地勢之平穩縣邈, 絶未見高峰峻嶺。大略
與法德相似, 而民屋之拱布者, 往往有板屋草屋。及到彼得京, 則官
府之雄, 街市之匝, 互相甲乙於巴里、伯林。而但日用常行, 條條件
件, 便利於民者, 與車場、郵司密密, 細細規則之定者, 有不若法
德。然虎踞東西, 耽耽顧視, 進可爭衡, 退可自守。疆域之大, 足以
誇於一世, 民物之殷, 綽有綏於餘地, 則法德還有未及者。此眞歐西
之稱列强, 必以俄德法互擧者, 良有以也。

　陽十二月十一日, 陰十一月一日。雪。
　見李厦榮書。法館冬條銀票事, 有栢卓安公函來到云。而自法館欲
將此割報於雲利羅, 則薩泰來以爲那合同票, 已爲付送, 則雲利羅必
無領收之理云。故該署理打電本外部, 該銀兌還本國, 與待春等經用,
兩件事質稟云。四五日後, 當承回電云。

　陽十二月十二日, 陰十一月二日。陰。
　見總領事雲利羅書, 當日裁答以本國, 入來銀票【海關條】, 報償債
用條之意提及。

陽十二月十三日, 陰十一月三日。陰。

陽十二月十四日, 陰十一月四日。晴。
下午三時, 送趙勉淳、姜錫斗於俄國船會社買船票, 公使三百八十三元, 而使行條見, 減百推十五云。

陽十二月十五日, 陰十一月五日。雪。

陽十二月十六日, 陰十一月六日。雪。
見李夏榮書, 聞冬條經費, 任置於俄、淸銀行云。

陽十二月十七日, 陰十一月七日。雪。
逢醫人쌔을노비춰마크論藥, 此人卽韋貝妻弟云。

陽十二月十八日, 陰十一月八日。雪。

陽十二月十九日, 陰十一月九日。雪。
見雲利羅, 冬條推尋, 答書【其數姑未詳】。

陽十二月二十日, 陰十一月十日。雪。
見家書一度【陰九月十五日出】, 皇城新聞并到。

陽十二月廿一日, 陰十一月十一日。雪。
聞俄使李台以鄙行, 自此日, 間離發之意, 電達宮內部云。

陽十二月卄二日, 陰十一月十二日。雪。

下午七時, 見李厦榮書。冬條七千四十五元, 內以二法五十五雙計之, 合爲一萬七千九百六十四法【依數任置云】。自本外部打電, 李鍾燁處敍任署理云。

陽十二月卄三日, 陰十一月十三日。雪。

下午七時, 離發俄京, 往停車場乘車, 發向烏大寺, 經夜於車中。

陽十二月卄四日, 陰十一月十四日。陰。

見車行迅駛, 不若法德兩國之車。然其徐緩平穩之像, 還有勝焉。終日霰雪撲車, 北風呼怒, 前後極目之處, 松林蒼翠, 封雪傾盖, 亦屬壯觀也。

陽十二月卄五日, 陰十一月十五日。晴。

稍近烏港, 南北氣候懸殊。融雪泥濘, 未見堆積沃壤, 千里長在眼前。下午八時, 抵烏港, 該港人한들만見邀。乘雙馬車入寓, 英人호탈리농들留宿。

陽十二月卄六日, 陰十一月十六日。霧。

下午八時, 電達宮內府辭意, 發烏大寺, 向威海威。公使臣駐法金晩秀【電報價, 每字, 二露佛二코피云】。

陽十二月卄七日, 陰十一月十七日。晴。

上午十一時, 乘馬車, 徧覽烏港一境。仍往埠頭, 翫쎄제르불륵船中。

陰十八日, 陽廿八日。午晴夕雨。

下午五時, 乘船發烏大港。與船長쌕싸신시쎄相面, 待我甚款摯。
聞此人, 以船長, 凡東洋來往者, 二十餘年, 水路之淺深險夷, 無不慣
知。年前我國濟州等地, 救活大韓船客, 至四十餘名。而爲其記念搭,
置諸人寫眞云。

陰十九日, 陽廿九日。晴。

入夜風濤震蕩, 舟甚簸揚, 不能安枕, 只把床貼席達夜也。

陰二十日, 陽三十日。晴。

上午八時, 舟始平穩, 至十二時, 抵土耳其京꿍쓰당쓰노불前港碇
泊。船中諸士官, 皆遊賞次下陸, 余亦收拾精神, 與姜錫斗躐後。第
見土京地形, 山勢之高峻, 略與我韓相似, 然終未見高峰峻峽。都中
海傍分流, 街市分在左右, 物貨之繁華, 古迹之流傳, 素稱歐州最久
之國。男着紅帽, 女冒烏紗, 人物與東洋略同, 心甚喜悅。賞畢又駕
航發行。

陰二十一日, 陽三十一日。陰風。

陰二十二日, 陽正月一日。晴。

陰廿三日, 陽二日。晴。

下午二時, 抵埃圾포로사이쓰港, 駕小舟入港口。店舍買食夕飯, 飯
價甚高, 至五元餘。第見港口樹木交靑, 自同我韓四五月, 天氣自此
以往, 日候之漸熱, 雖着單衣, 無以堪遣。

陰廿四日, 陽三日。 晴。

過蘇士河, 下午六時, 抵也臘港碇。泖休憩, 八時發行。

陰十一月廿五日, 陽一月四日。 晴。

陰十一月廿六日, 陽一月五日。 晴。

昨今兩日, 船行所過, 皆是紅海也。日熱如庚汗出沾衣, 朝見數峰, 近遠出沒於西北雲霄之間, 午後仍不見。但海色蒼蒼, 與天相接, 周行艙面, 數隊飛魚, 縱橫先后。余聞飛魚者久矣, 而今果目見, 長身凸頭, 與蚊同族, 一躍能飛行數十間, 亦一奇觀也。申後則落照暎艦, 極目海底, 天紅水紫, 溶溶焉, 漾漾焉。冉冉生昏, 我韓人擧以落照, 稱以壯觀, 多有齎糧遠賞者, 而余則去來四月之頃, 無日不觀, 此景亦皇恩所賜也。

陰十一月廿七日, 陽一月六日。 晴。

今日卽陰曆至月廿七日也。適是先親晬辰, 而歸槎遷延, 未得瞻拜家廟, 孺慕難抑。○盡日海晏船迅。下午一時, 艦長要見我國旗號。故搜出行橐, 使之玩賞, 而彼輒稱道精妙 仍問余曰: "旗過四隅, 設此四卦, 何也?" 余答以太極, 生兩儀, 儀生四象, 設此四卦, 卽取四象之意也。彼曰: 唯。○般中同行數十人, 盡是俄國士官。居處飲食, 每與相同, 見該士官對食, 必以手指天, 或指左右, 然後下著。余雖未詳其意, 然是果出於敬天, 亦出於粮食, 報本之意, 則是吾道中, 亦一大旨也, 何幸幸! 該士官問余曰: 主何敎, 答以主孔子道。彼問高麗, 亦有天主敎乎? 我云: 我韓近與歐西, 通商以來, 商民之來往頻繁。故亦有天主敎、邪蘇敎二者也。

陰十一月卄八日, 陽一月七日。晴。

陰十一月卄九日, 陽一月八日。晴。
上午十時, 抵亞汀, 下午六時, 發行。

陰十一月晦日, 陽一月九日。晴。

陰十二月一日, 陽一月十日。風。

陰十二月二日, 陽一月十一日。風。

陰十二月三日, 陽一月十二日。晴。

陰十二月四日, 陽一月十三日。晴。

陰十二月五日, 陽一月十四日。晴。

陰十二月六日, 陽一月十五日。晴。
下午七時, 抵錫蘭島, 卽欲下陸消風, 而緣於夜深未果, 見埠頭船
燈相映, 棹歌互起, 使遠客益難懷緒。

陰十二月七日, 陽一月十六日。晴。
早朝下陸, 周覽一港, 絲陰靑草, 恰如大韓五月天氣。冬衣甚熱難
堪, 買得夏衣一襲。盡日逍遙於店舍, 茶樓回憶春間, 與英德兩使, 同
玩此島玉佛矣。日月如流, 居然歲華紗薄, 令人不覺悵悵。暮薄回船,
十時發碇。

陰十二月八日, 陽一月十七日。晴。

陰十二月九日, 陽一月十八日。晴。

陰十二月十日, 陽一月十九日。朝雨午晴。

陰十二月十一日, 陽一月二十日。晴。

陰十二月十二日, 陽一月二十一日。晴。

陰十二月十三日, 陽一月廿二日。晴。
上午八時, 抵新嘉坡, 仍卽下陸, 宿于日本人旅館。

陰十二月十四日, 陽一月廿三日。晴。
上午十時, 乘馬車周覽一港。公司樓棧金字揭板, 始見漢文疑者, 該港去東洋不遠。曩日中國盛時, 必屬於範圍中, 而今則西洋諸國, 來設領事館。英國則派兵守禦, 未知此港亦入於英國而占領耶。第見島嶼連起, 峰巒秀麗, 芭蕉、棠、柑、楠、秀、簧、棕櫚, 皆産於此。午後三時, 還歸船中, 有一里人, 駕小舟, 載鸚鵡數雙, 要余願買, 而此是東國之所無者也。爲欲玩賞買紫靑者, 一雙 羽衣嬋娟, 甚可觀也。下午五時, 發船。

陰十二月十五日, 陽一月廿四日。晴。

陰十二月十六日, 陽一月廿五日。晴。

陰十二月十七日, 陽一月廿六日。晴。

陰十二月十八日, 陽一月廿七日。晴。

陰十二月十九日, 陽一月廿八日。晴。

陰十二月二十日, 陽一月廿九日。晴。
艙上北望, 峯巒相對以峙, 烟霧亙橫指點。良久問于舟人, 則答以此地, 卽淸國山川, 介在於香港、上海之間云。

陰十二月廿一日, 陽一月三十日。晴。

陰十二月廿二日, 陽一月三十一日。風。

陰十二月廿三日, 陽二月一日。風。

陰十二月廿四日, 陽二月二日。晴。
上午十二時, 到旅順口。

陰十二月廿五日, 陽二月三日。晴。
自烏港, 抵旅順口, 船行凡一月六日也, 四萬里。駕航搖揚惱懊, 末由收拾精神。而朝看艙外雪山嵯峨, 而已大韓人金炳南來見, 始與通語, 暫忘客懷。仍與姜錫斗、金炳南下陸, 周覽港口, 其新設制樣, 甚是初創, 不覺零星。然三面山圍, 南通一灣, 設炮垈據險要, 眞是金湯重地也。俄人之力守此港, 其志不凡, 盖此港北連滿洲新設鐵路, 西通烏大航路, 水陸之行, 皆由此港, 所以水師陸軍, 陸續替派。該國安勒燮, 累年駐紮, 任巨責重。俄皇之東洋時局, 進退操縱, 皆專委此人云。

陰十二月廿六日, 陽二月四日。晴。

陰十二月廿七日, 陽二月五日。晴。
留此港, 旣多日。故送名片于安勒燮, 要以相見。

陰十二月廿八日, 陽二月六日。晴。
上午十一時, 安勒燮送雙馬車見邀, 卽往相面而彼問曰: "公使之來此, 爲幾日?" 對以爲數日, 而遠海航德困, 不自勝今。始相見甚歡, 彼曰: "渡仁港船便, 當在何日?" 對以近無船便云。彼曰: "公使之久留, 甚爲代悶, 當借輪船一隻, 幸明日發碇如何?" 對以雖極感謝, 能無爲弊乎? 彼曰: "其在交隣之誼, 豈可晏視久留乎? 卽招將官, 分付一船, 則幾日後, 有長崎去船云。彼曰: "護送公使, 先往仁港, 後到長崎。" 對以感謝, 彼曰: "公使復命日, 願爲我問安于貴國大皇帝陛下。" 爲望對以謹依, 仍謝別。○ 下午七点, 電達宮內府辭意。臘二十九日, 到濟物浦。

陰十二月廿九日, 陽二月七日。晴。
上午十時, 搭崇葛艦發行。口號五絶。
四國身遊覽, 二年客惱煩。家鄉知不遠, 奉率喜團圓。

陰正月一日, 陽二月八日。晴。

陰正月二日, 陽二月九日。

○ 上午十時, 到仁港。

伏以臣西使復命, 今旣有月于玆矣。全權之銜, 宜卽丐免, 而第臣
浮薄之質, 綿弱之姿, 簸揚於幾萬里遠海風濤, 殿屎於一週年殊邦水
土。所以精神尙未收召, 致此仰籲尙至稽緩, 居常慚悚, 莫省攸措。
是豈臣材識之絲毫可堪, 義分之時日 仍冒, 若將圖效於此, 責成於此
者乎? 且臣頃月還朝之日, 復授以特進之銜, 其在感恩之義, 未遑陳
章之辭, 尤無容惶隕忸縮, 玆敢仰首呼籲於黈纊之下。伏願皇上, 將
臣二職, 幷賜遞解, 俾公器重而微分安。

【부록】

❖ 주법공사관 일기
❖ 김만수 일기

光武五年 十月 十一月 十二月

六年 一月 二月

駐法公使館日記

十月

一日晴陰八月十九日○前博覽會事務員梅仁來見

二日雨

三日晴○聞淸國聯合兵被圍時各樣軍器之見奪於德兵者不知其數現今戰爭稍定和約旣成賠金之償已有訂期親王之使准事復命故德國還其前日所奪軍器則淸國不受云未知難辨運還之巨費而然也

四日陰○聞英吉利與北美以巡洋艦爭賭駕海之迅速英艦居後故該國更究其船行之疾捷思

所以極其精銳云

五日陰○官報一軸自本外部來

六日風

七日晴○下午二時電達　官內府辭意臣今有身

病將欲從書官爲署理公使卽還恭俟　處分

八日陰雨○該國外部大臣됨外列受由後還來自

再明日視務之意公函來○上午十時訪該國人

비시일此人卽徃年隨駐法公使留淸國十

餘年而還其聰慧雅敏可謂超衆拔萃所以於

漢文無不通曉就閱案上書本一昌則皆東洋諸

國人物與都市也苐其中有冠履帽帶宛如我

國章甫也問是何國人則答以安南國官人服裝

而此是大明遺制云聞來不覺感喜也近年東國

書帙之入于此國者足謂克棟而設漢文學校於

巴里京中使童稺勸課教誨且訓以東國語云○

下午三時訪俄德美三國大使

九日陰○見利龍銀行書則前日仁川換票条推委

於滙豊銀行

十日晴

十一日陰○下午三時法人뗼인이来訪

4

十二日晴

十三日晴

十四日晴〇本外部訓令一度自郵便来

十五日陰

十六日陰〇聞暹羅國王世子以遊覧次将到德京栢〇聞德皇嘉尚其

清國出戦時司令官之樹功特賜勲章云〇聞該國

林該國方預備其接待之節云〇

人近造輕氣球比前益加理氣之術向試乗越地中海

而或恐中路力盡隨地請願單部願給軍艦一隻

同往保護矣果扵中路力乏未及越海故下于該單

5

艦日昨還来而凡乘球越海古所未聞然該國
人機械精造必法年□益進則其終也必越海
乃巳云○聞日昨該國政府諸官會議明年度
預算而其稅入年□益繋此由於商務漸擴云

十七日陰

十八日陰

十九日晴○上午九時承本外部電辭意閤下為無

駐比利時國公使奉　勅

二十日晴○上午九時奉承　宮內府下電辭　肯無

任比利時國公使　親書國書當卽追送

6

三十一日雨〇本公館諸員列名要送之意諭外部公函來

每年終來駐諸公使以下案冊改修正云〇聞諭國

明年度支用預筭畧如左

度支一兆五億二千二百二十二萬七千七百三十八法

學部二億九百九萬三千七百五十六法

軍部七億一千六百七十萬法

海軍部三億二千二百九萬七千九百五十一法

屬地部一億二千五十九萬八千四百五十五法

商務部四千三十三萬三千八百七十法

電郵兩所二億一千一百九十二萬七千六百九十九法

農部四千五百十六萬九千二百一法

工部二億二千九百九十九萬四千六百十法

聞俄國大公爵以遊覽次方到法京而是俄皇叔父

云○聞希蠟國王亦以遊覽次到法京日前與法大

統領講會而周行閭里之間徧覽街市之上民俗云

如何景物之如何無不耳聞而目見此王卽丁抹國王

之子也與英法德俄拆係姻婭云○比利時國公使

男爵만비씨○還國送剃替別

二十二日霧○聞該國上下議院自今日爲始開會云

二十三日陰○下午二時往見該外大呈州州○官報一軺自

大韓台國公館公用信氏

8

本外部来

二十四日晴○上午十一時往該國裁判所傍聽審判

二十五日陰○上午十時電達 宮内府辭意無任承 命

身病伏悶雲南會社来言曰到泊仁港運費並銃每

個二十五法彈九一千個百七十五法買不買回示○聞該

國量衡升尺制量甚是精微無盈縮錙銖之差異故

歐西諸邦多取法云○聞清國上海英法美已有租

界定居而今聞日俄西國亦一切請劃定租界云○

聞清國宰輔中以滿洲之不當認許俄國事有上

奏者而 上諭中當批何辭當恃何邦為批云

二十六日晴

二十七日陰

二十八日晴〇聞該國各部大臣會議於宮內云〇俄大使
午習早間者受由歸國矣日前還駐云〇見該國
新聞上有美國人寫真繞電氣腰帶而飄飄若有
戰栗之色問其所以則電氣流行於肢體使血脉
通暢神氣輕快能有助於養生云

二十九日晴〇下午八時奉承　宮內府下電辭　旨衆
書官署理還國

三十日晴〇聞該國以現用次貸二億六千五百萬法

於會社云○該國總理大臣兼內大○早仕受由後
還京來月四日相面之意該外部公函來

三十一日 晴

十一月

一日 晴 陰九月二十一日

二日 晴○聞今宇內列邦中惟經用不窘紕者秪美
國一邦而巳云○該國上議院長발리일以再明
日訂期相面之意該外部公函來○該國下議院長긔
사날以來六月訂期相面之意該外部公函來

三日 晴

四日晴○上午十時見該國總理大臣○早坐彼云両國交
好益修今此使節之來往實有欣満于心我云貴國
之於我韓交隣講好與他邦有別余亦以此欣満
于心仍與叙別而歸○下午三時見該國上議院長
팔리일彼云夏初果接貴公使要見公帖而鄙因受由
尋鄉未果仍問我韓商船有無與學校學徒의工課
勤慢皆以實答의且問曾往公使出駐他邦與曾経
貴外部官爵故答以初奉使 命而外交官則已経
我韓交渉通商外部僉議矣彼乃欣然曰然則今此
外國駐節在所難免幸勿以遠離家國為悵仍叙

別而歸

五日陰〇聞英杜戰爭近則課日鏖戰兩國之殺傷甚
多而尚無結梢昭以英廷一大官對杜國事不可以力
服之意宣言云

六日晴〇上午十一時見該國下議院長刊사늘彼云聞貴
國自十數年來漸盆進步甚庸欣幸公使留此能無客
苦耶答以奉　命代表之地何論客苦而倶水土不習
爲崇仍叙別而歸

七日霧〇下午五時該國警務使送公館馬車往來時禁
雜人票七張〇聞該國大統領昨日畋于碧沙地矢今

13

日下午七時送賜生雉二首于公館受領感戢 持官傔

八月霧○聞該國農部大臣샹뜌쌔將揀送該國學徒

於美國欲察習商務諸業云○下午三時送名帖于

該國大統領致謝領受生雉○墨西哥新到公使꾀

에名片来送剌答禮○聞該國外大뮐외쌔對法土両

國相持事将以惟意擅便事公函于歐西列強盖其

意未詳西國裏許曲直或恐有諸國中暗助土國故

也云○聞日本政府欲借欵於美國両美國不許故

日政府誓不更對外國借欵之意公佈云

九日陰○下午一時電達 宮內府辭意昨電未承回

14

旨伏讀還圖承 命待船卽發程〇聞今日卽英

皇誕日也該國皇太子尚未行册封禮故今因慶節

擬將册封而英皇今居亮陰故姑為權設行禮云〇

聞日本前總理大臣伊藤侯前協辦青木以遊覽

次昨到法京而傳者或為因借欵事來此邦云然未

確其詳〇聞土耳其皇帝將以法借欵條沒數報償

之意昨為聲名云

十日陰〇聞該國將以火酒代用石炭火酒卽蔗酒也該

國農部大臣以今十六日聚會民眾將公佈洞悉云

十一日晴〇下午一時奉承 宮內府回電辭 旨電示鏡一

事自此辦理待船卽發程○官報一軸自本外部來

十二日陰○聞西伯里鐵路今始竣功而其所費額四億

二千五百萬法起工年條則洽爲六載云

十三日陰雨○下午二時往見該國外大見外列受由還國

之意作別仍請該國大統領陛見

十四日晴

十五日晴○下午一時奉承　宮內府下電辭　旨法國外

部大臣農商大臣佩勳章詳探卽示

十六日晴○上午十時該國大統領陛見閒日法京水土果無

不習之歎耶對以頃者暑節經過不知水土爲崇一

自寒節以來土敗火升皆由水土矣大統領又問曰受由

還本國云果然耶對以目前果承我

大皇帝陛下電勅矣大統領曰然則還駐之期當在何時

對以海路甚遠早晚難可預料矣署理然書不可無

今日帶同陛見故茲以朕進大統領曰唯惟望遠道保

重仍辭退〇下午三時팔리일来訪適出他未逢

十七日陰〇下午三時電達　官内府辭意并一等明再明

閒當離發

十八日晴

十九日晴

二十日晴○法人梅仁與兮二許二回謝仍爲作別

二十一日晴

二十二日晴○下午十一時往停車塲待時發向德京栢林

二十三日始下霜○上午六時抵到栢林公館該館叅書官

閔象鉉等來邊而公使閔哲勳往無駐國未逢

二十四日雨雪○上午六時電報于俄使李範晉明朝

自栢林發向俄京

二十五日陰

二十六日晴○下午六時到俄京彼得堡公使李範晉率

叅書官等見邊車塲

二十七日 陰

二十八日 雪

二十九日 晴 ○德使閔哲勳自奧京電問行期遲速

三十日 雪 ○回電奧京待船滯留曠日

三十一日 晴

十二月

一日 晴 陰十月二十一日

二月 雪

三日 雪 ○下午五時駐我韓前公使葦貝来見兩此人

現帶墨西哥公使云

四日雪

五日雪○聞今日俄國皇太弟生日也廛市皆閉及暮

懸燈爛照街巷

六日陰

七日陰

八日雪

九日陰

十日雪

十一日雪○見衆書李廈榮書本公館冬三朔經費

入來而有栢卓安公函來

十二日陰〇見總領事雲利羅書當日裁答以本國

入来銀票報償債用條提及

十三日陰

十四日雪〇下午送隨員姜錫斗于俄京船會社買船
票

十五日雪

十六日雪

十七日雪

十八日雪

十九日雪〇見雲利羅冬條經費推尋答書

21

二十日雪

二十一日雪

二十二日雪〇自本外部來電以李鍾燁爲署理

二十三日雪〇下午七時離發俄京

二十四日陰

二十五日晴〇下午八時抵烏臺寺港

二十六日霧〇下午八時電達　宮內府辟意發烏臺
寺向旅順口

二十七日晴

二十八日晴

二十九日晴

三十日晴○上午十二時抵土耳其京공쓰당쓰노샐

三十一日風

光武六年一月

一日晴 陰十一月二十二日

二日晴○下午二時抵埃圾港

三日晴○過蘓士河下午六時抵也臘港

四日晴

五日晴

六日晴

七日晴

八日晴○上午十時抵亞汀下午六時發

九日晴

十日晴

十一日風

十二日晴

十三日晴

十四日晴

十五日晴○下午七時抵錫蘭島

十六日晴

十七日晴〇下午十時發

十八日晴

十九日朝雨午晴

二十日晴

二十一日晴

二十二日風〇上午八時抵新嘉坡港

二十三日晴

二十四日晴

二十五日晴

二十六日晴

25

二十七日風

二十八日風

二十九日晴

三十日晴

二月

一日風 陰十二月二十一日

二日風

三日晴 ○上午十二時到旅順口

四日晴

五日晴 ○来留該港既多日故送名片于晏勒燮要以

大韓帝國公官公月言先

相見

六日晴○晏勒變送雙馬車來迎即往相面則彼曰公

使來此爲幾日答以爲數日而遠海航億困不自勝

今始相見甚嘆彼曰渡仁港船便當在何日答以近

無船便云矣彼曰公使久留甚代悶當借輪艦一隻

幸明日發硪如何答以雖極感謝能無爲獘乎彼

曰其在交隣之誼豈可晏視久留乎即招將官分付

一艦則幾日後有長崎去船云彼曰護送公使先往

仁港後到長崎答以感謝彼曰公使復　命日顧爲

我聞　安于貴國

大皇帝陛下爲聖答以謹依矣仍謝別○下午七時電

達宮內府齡意朧二十九日到濟物浦

七日晴

八日晴○上午十時搭崇葛艦發

九日晴

十日晴○到仁港

28

外部大臣閣下

現에經을務公使加藤氏을接견하고內開議로本國商業
學校附屬外國語學校에朝鮮語學教師을聘用코자함이
로本學校에서本官에게依賴함으로當該外國人
學世昌을推薦하여同氏의許諾을得하여外出로渡
航을爲하여氏와同히由此을準하여外出하였음
師로延聘을由하여例外로次日本公使에게請聘하
로教好를但로讀免하여學徒品行에書籍名譽
을다하여當該聘을已男行함을하니
世味을外後로別館修에에向後學校을外備成
此味을外後로別館修에에向後學校을外備成

六月年公使署

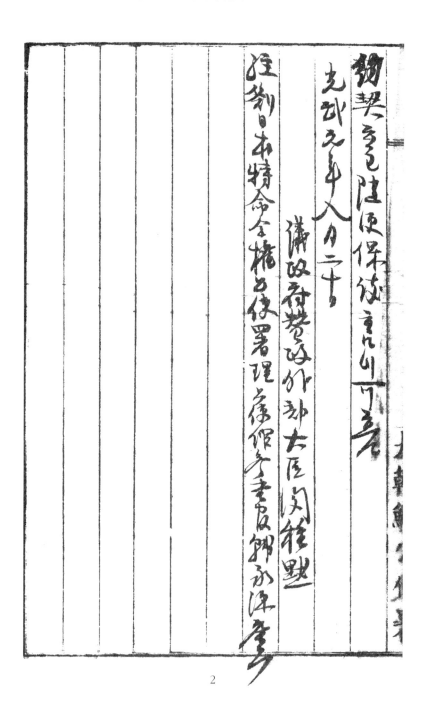

光武二年八月二十日

議政府贊政外部大臣閔種默

駐箚日本特命全權公使署理康時馨及辦事

送外務大臣大隈重信公函

亦居者現刻接到我外部大臣訓令內開自接准

某日本公使加藤增雄函言內開我東平商業學校

附設外國語學校以朝鮮語者師聘用一事方將

現本官茲薦此國人兵吉郎師正聘該處應遷

近近浮航西氏此吉善在淮氏彥文敎好未經又諸足

倒此現日本公使之此言請聘室云敎好未經又諸足

學得品行事著彥彥淮准應聘并行訓令以世遵

治候諸爰到催須內該學校歸成需約屬宜保該

善且接氏李彥庚色現到東某茲固需約一顆候

支勿業經与加藤曰伊村辦綿俵已若誌有名人
至濟海不倦深研國俗若美并民仰佈者金
贵大臣此諜封知後様多要因民本
光武元年九月二日
大朝鮮駐箚伊代理之使錦承洙
右日本外部大臣大隈重信

来外務大臣大隈重信

以書捧呈候陳者東京商業学
校附属外国語学校朝鮮語教師トシテ
聘相成候處身世上性行ニ關シ本月二ニ附第
十九号ヲ以書簡ヲ以テ御照會候處
早速其御返事ヲ以テ御承置候右四箇条別紙大臣ハ
茲ニ貴方ニ向テ重テ敬意ヲ表ニ候ハ敢号

明治三十年九月八日

外務大臣伯爵大隈重信

古都鮮修時代昭云示ナ

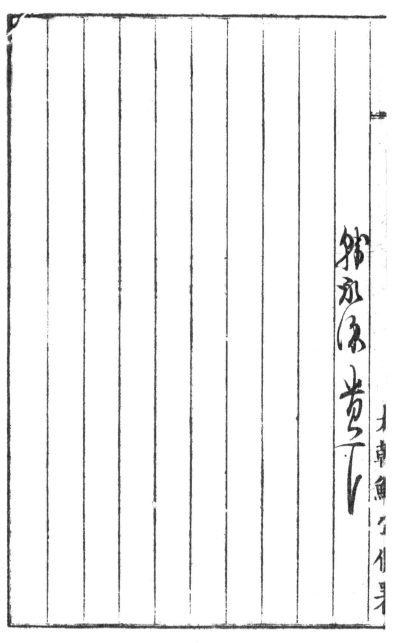

대한제국기
프랑스 공사 김만수의
세계여행기

여기서부터는 영인본을 인쇄한 부분으로 맨 뒤 페이지부터 보십시오.

伏以臣西使復　命令旣有月于玆矣全權之銜宜卽乃免而莫

臣浮薄之質綿弱之姿騰揚於幾萬里遠海風濤殿屎於一週

年殊邦水土所以精神尙未收召致此仰　額尙至稽緩居常慚悚

莫省攸措是宣二臣材識之絲毫可堪箕分之時日仍冒若將圖

效於此責成於此者乎且臣頂月還　朝之月復　授以特進之衛

其在感　恩之氣未遑陳章之辭尤無容惶頃恒縮玆敢仰首

吁籲於

紸纊之下伏願

皇上怜臣二職幷　賜遞解俾公光重而微分安

彼曰公使之久留甚爲代問當借輪艦一隻幸明日發碇

如何對以雖極感谢能無爲弊乎彼曰其在交隣之道

豈可晏視久留乎卽揀將官分付一𠹉則數日後有長崎

去艦云彼曰護送公使先陛仁港後到長崎對以感謝彼

曰公便復命曰願爲我問　安于　貴國

大皇帝陛下爲望對以謹依仍谢别〇下午七点電達

宮内府辭意臘二十九日到濟物浦

陸曆正月廿九日　晴　上午十時搭崇巨艦尽行　口韻五絕四國身遊覽二年　案惱頻家鄉知不遠奉　卓壽團圓

陸曆二月初日　晴　到

陽曆二日　晴

陸曆二月初二日

陽曆九日　〇上午十時仁港

54

港口其新設制樣甚是初刱不覺零星於三面山圍南通一灣

設炮坮擾險要真是金湯重地也俄人之力守此港其志不凡

至此港北連滿洲新設鐵路西通烏大航路水陸之行皆由此

港兩以水師陸軍陸續替派設國安勒彎累年駐紮任巨

責重俄皇之東洋特句進退操縱皆寧委此人云

陽百廿日晴

陽百廿一日晴

陰二月廿五日晴 南此港既多日故送名片于安勒彎要以相見彼

陰二月廿六日晴 上午十一時安勒彎送獲馬車見邀即徃相面而間

陽二月廿日晴 回公使之來此為幾日對以為數日兩邊海航隱困不自勝今

始相見甚歡彼曰渡仁港便當在何日對以近無船便云

大東奇圖公會公同○録

陰十九日晴
陽二百廿九日晴

陰二十日
陽二百三十日

陰廿一日晴
陽二百九十日晴

艖上北望峯巒相對以峙烟霧亘護指點良久間

于舟人則答以此地即清國山川介在木香港上海之間云

陰二月廿二日
陽三月二日

陰二月廿二日
陽三月三日

陰二月廿二日風
陽三月三日

陰二月廿三日風
陽三月廿四日

陰二月廿四日風
陽三月廿二日

陰青曹晴
陽二月二日　上午十二時到旅順口

陰音三日晴自烏港抵旅順口艇行凢一月六日也四萬里駕航搖揚

增懊东由收拾精神两朝著艖外雪山嵂峨而已大韓人金炳

南来見始與通語暫怠客懷仍與姜傷斗金炳南下陸周覽

52

屬於範圍中而今則西洋諸國業設領事館英國則派兵

守禦未知此港亦入於英國而占領耶莅見島嶼連起峰

壺秀麗芭蕉棕柑楠秀篁棕桐皆產於此午後三時還

歸船甲有一里人篤小舟載鸚鵡鳿趂復要余顧買而此是東

國之所無者也爲砚玩賣買紫青者一復羽衣禪絹甚舌

観此下午五時盡脫

陰曆十五日晴

陽曆廿日晴

陰曆十六日晴

陽曆廿五日晴

陰曆十七日晴

陽曆廿六日晴

陰曆十六日晴

陽曆廿六日晴

大韓帝國公使公日記元

憶春間與英德兩使同玩此島王佛美日月如流居然歲幸紗

薄令人不覺悵〃慕薄回舡十時發碇

陰二月八日晴
陽二月七日晴

陰二月九日晴
陽二月六日月

陰二月十日晴
陽二月十九日晴朝雨午晴

陰二月十七日晴
陽二月十八日晴

陰二月廿日晴
陽二月十三日晴

陰二月廿三日晴 上午八時抵新嘉坡仍即下陸宿于日本人旅館
陽二月廿二日晴

陰二月廿三日晴 上午十時秉馬車周覽一港公司樓梯金字揭
陽二月廿三日晴

板始見漢文髣髴者該港去東洋不遠暴日中國感時必

陰青月晦日晴
陽一月九日晴

陰青月十一日
陽一月十日晴

陰青月十二日
陽一月十一日晴

陰青月十三日
陽一月十二日風

陰青月十四日
陽一月十三日晴

陰青月十五日晴
陽一月十四日日

陰青月十六日晴
陽一月十五日春　晴下午七時抵錫蘭島即欲下陸清風而緣於夜深末果

見埠頭船灯相暎檣帆互起使遠客益雜懷緒

陽一月十六日晴　早朝下陸周覽一港絲縷青草恰如大韓五月天氣

冬衣甚熱雜堪買得夏衣一龍以晝日逍遣於店舍荅樓四

大韓帝國公館公用箋

仍問余曰旣過四隅設此四卦何也余答以太極生兩儀、生四象

設此四卦卽兩四象之意也彼曰唯○般中同符載十人畫是俄

國士官居處飲食每與相同見彼士官對食以手指天或

指左右然後下著余雖未詳其意然是果出於敬天亦出於很

食報本之意則是吾道中亦一大旨也何辜之彼士官問余曰

主何敎答以一孔子道彼問高麗亦有孔子敎乎我云我邦

近與歐西通商以來商民之來徃頻繁故亦有天主敎耶穌敎

二者也

陰七月초칠일晴
陽八月八日晴

陰七月초육일晴
陽八月七日晴　上午十時抵亞汀下午六時發行

48

隆熙二年六月十六日晴
陽一月五日

昨今兩日船行所過皆是紅海也日熱如庚汗出沾衣

朝見數峰近遠出沒於西北雲靄之間午後仍不見俱海色黃

與天相接周行艎回數隊飛魚繼橫先後余聞飛魚者久矣

而今果目見長身出頭興蛟同族一躍能飛行數十間亦一奇

觀也申後則係趂暎艀極目海底天仅水縈漆漆為漾漾為丹丹

生昏我艀人舉以落照神以壯觀多有獲稻遠賞者而余則

去來四月之頃毋日不視此景亦　皇恩所賜也

陽六月廿七日晴今即陰曆至月芒日也適歬先親睟辰而歸攎還

近來得瞻拜家廟儒慕雜折○晝日海晏船迅下午一時舡長

要見我國旗号故搜出行橐使之玩賞而彼輒移遁精妙

大韓帝國公官公目言民

大韓帝國公館公用信編

見高隆陵峽都中海灣分流街市分在左右物貨之聚甚夥古蹟之

流傳素稱歐洲最久之國男着仁帽女冒烏紗人物與東洋畧同

心甚喜悅賣畢又駕航發行

陰二十三日晴
陽三十日晴　陰風

陰二十二日晴
陽正月一日晴　下午五時抵埃坡埃도쓰이쓰港駕小舟入港口旅舍買食夕

陰前日晴
飯後價甚高至五元餘見港口樹木交青自同我韓四五月天氣

自此以往日候之漸熱雖着單衣無以堪遣

陰三十日晴
陽三十一日晴　過蘇士河下午六時抵也朧港砲泇休憩八時發行

觀佛례리뢰브흐船中

陰十六日午晴夕雨下午五時乘艦發爲大澄興船長凡東洋신시相

面待我甚欵摯因先人以艦長凡東洋來往者二十餘年水路

之淺深險夷無不慣知平前我國濟州等地救活大韓船客

至四十餘名而爲其記念搭置諸人寫眞云

夜也

陰十九日晴　陽十九日　八夜風濤甚蕩舟甚無揚不能安枕只把床貼席達

陰二十日晴　陽三十日　上午八時舟始平穩至十二時抵土耳其京신上

是前港碇泊艦中諸士官皆進賞次下陸余亦收拾精神興姜

錫斗跟後茅見土京地形山勢之高峻累與我韓相似然終未

一／八　大轟房圓入窗必月言先

大韓帝國公使館公用紙

大寺經夜於車中↑

滿望眼皆山也
陽十一月廿四日陰　見車行遲駛不差於池而國之車於其徐緩乎

槐之像運有勝焉終日戴雪積車北風呼怒前後極目之處

杉林蒼翠對雪傾蓋亦壯觀也

陽十一月廿五日晴　稍近烏港南北氣候懸殊融雪泥濘未見堆

積沃壤千里長在眼前下午八時扺烏港後港人也呈必見

遞乘後馬車入寓英人立隆리至呈偏扁

陽十一月廿六日霧　下午八時電達　宮内府辭意發烏大寺向

威海威　公使臣駐法金晚秀　電報價每字二露佛二丑引云

陽十一月廿七日晴　上午十一時乘馬車徧覽烏港一境仍往埠頭

陽曆七月七日雪 逢醫人써을노비제ᄆᆞᆯ論藥此人卽韋貝妻弟云

陰曆十一月初二日雪

陽曆十八日雪

陽曆十七日雪

陰曆初十日雪 見雲利羅冬條推尋答書 其數姑未詳

陽曆二十九日電 見家書一度 陰九月十五日出 皇城新聞幷到

陽曆二十八日雪 聞俄使李台以鄙行自此日間雛發之意電達

官內府云

陽曆廿日雪 下午七時見李厦榮書冬余七十四五元內以二法

陰曆廿二日雪

五十五復計之合爲一萬七千九百六十四法 依敎任置云

自本外部打電李鍾健慶敍任署理云

陽曆廿三日雪 下午五時雅發代宗洪佛車場乗車發向烏

陰五月廿二日 大韓帝國公館公月言氏

大韓帝國公館公用信紙

同票已爲付送則雲利羅必無領收之理云故後署理打電本

外部該銀免還本國與待春等經用兩件事賚票云四

五日後當承回電云

陽十月十二日　見總領事雲利羅書當日載答以本國八來銀

票海關条　報償債用条之意提及

陰十月十三日　陰

陽十月十三日　陰

陰十一月十三日　晴　下午三時送趙勉淳姜錫斗於俄國船會社買

陽十月十四日　船票公使三百八十三元而使行条見減百推十五云

陰十一月十五日

陽十月十五日　雪

陰十一月十六日　雪

陽十月十六日　雪　見李厦榮書聞叅条經費任置於俄淸銀行云

地勢之平穩縣邈絶未見高峰峻巓大暑吳法德相似

而民屋之棋布者徃〻有板屋草屋及到彼得京則宮府

之磴街市之亞互相〻甲乙於巴里伯林而俱日用常行條〻

件〻便利於民者與車場郵司家〻細〻視則之定者有不

若法德然席踞東西耽〻顧視進可爭衡退可自守疆

域之大足以誇於一世民物〻殷繁有後於餘地則法德遜

有未及者此真歐四之稱强矣以俄德法五峯者良有以

也

陽十二月音
陰十月日 雷 見牟屢崇書法館僉荅銀票事有桓卓安公亟

来到云兩自法館欲將此劃報於雲利羅則蓬豢来以為郡合

大韓帝國公官公月言氏

而凡博物院之諸國並設者推究其意大有益於開進

無論某國之由來古跡且傳方冊使後人未能躬見

其制則雖以公輸子之巧自有彷於制造且遠國之物有益

於民者有效於用者俱扐並萬列于左右使匠者親見其

觀雖使畫者親見其模楷博效諸物開發智慮此余所謂

大有益於開進者也

向自法京由德京轉至俄京凡游歷數萬里君以躬親目

聲者言必法則開明歲久奮農之俗制造之美已臻极九

德則務本究實斷益進步田野之闢軍旅之壯與法國

果有瘁楚之勢而初入俄境莫見杰林樹尉于庵未見匯

40

慮訂日歸槎蒼海泛來報消埃惶㤼悚

彼得城中駐節初　皇恩感戴㷀況書十年海北

運種鴈萬里江東憶張魚天陰樓閣常多鎖雪

積江山自不虛朝風塞月天荒地逈望公園落木悚

陽六月八日雪　見明秀書　中有本國經費三朔條入來云〻
陰六月廿八日

陽六月九日陰　電報於雲利羅聞經費來到公館即爲推尋
陰六月廿九日

事　電報李廈榮日本國經費來到云即爲報償雲利羅

今又書詳陳

陽六月十日
陰六月卅日雪　下午一時與諸員赴俄國博物院觀賞其樓

閣之宏麗㒵物之羅列甚夥法德已賞者相似無足更記

大韓帝國公館公日言氏

大韓帝國公館公用信□

陽十月廿日陰　見家書一度自法京轉到陸月初六日出　皇城新聞十

一張并到　自陸月廿四日至七月五日　下午七時與李星使訪俄人工巳

晤飲茶暢談而歸

陽十月廿日陰　見法人籛泰来書　與李星使夜話爲消遣

寂寥拈一韻

欲解方言試學初最難西國辯行書　何時恩遇卅鳳積

歲驩慈絶素魚奇傑危樓天際起迷茫大雪夜光虛

故人多病先吾逝　從此參商萬里蹤

詩辭攬我欲眠初柢爲論懷末爲書電影似花遲似　李□川雲

月檣粧非戟亦非魚雪明遙夜三清遠管歙徐舞一境

38

陽十二月一日晴　見德使閔台書　下午六時齋明秀書

陰有二日晴

陽有三日雪　上午十時推覓轎車費於俄國銀行法銀二法

陸獲為俄銀一老佛、即一圓之補隨時低昂有加詿之

不同且德銀一莫為日貨半元而其外或一錢或十錢零瑣之

桶有雜強記

陽有三日雪　下午七時共李星使同為見邀大韓前公使衛

陰有廿晉日雪

貝家共飽夕餐而衛員現帶墨西哥公使云

陽有四日書

陰有廿四日書　付家書於俄使李台家便　內有校書

陽有五日雪　今日聞俄國皇太弟生日廛市皆閉及暮懸燈

爛照街巷宛若不夜之城　見明秀與姜書記恭顯書

見家書

陰九月十六日
陽十月廿六日　晴　下午六時到俄京後得見星使李台吳郭參書光

義裁趙書記勉淳見邀求停車場欣握暢敘同馬車回公館

是夜家書一度自法京轉到　陰八月廿四日出　皇城新聞五張並到

陰九月十七日
陽十月廿七日　陰　終日風雪攬宅凍寒雜堪夕飯後李星使要往戲

崖深夜回館

陰九月十八日
陽十月廿八日　晴　德使閔台自墺京電問行期運延

陰九月十九日
陽十月三十日　晴　回電墺京滯留瞞日　李星使移公館他地坦이吳

苐五号余亦随李台移寓館舍甚宏敞里巷淨潔所以後

國親王多住於此云

行　德使閣下自撲京賦戲別韵來到

是日維康驛節旄一盃雜勸縈葡萄大鵬連海轉雙翼翔

鶴浴凡返九皐龍　台逢承丗鳳詔軺紫已航黑海綏扡諜君

先我歸軺看悵望天涯賽月寫

是日即和韵答呈

魚節賢勞已弊雍西那此們等葡瓷丗心為國屋作身素

老玆鄉秋雨阜赴海浪濤同駕航隨天凡害狗延竀临行

別有甲勤祝專對葬教宇內高

陽曆五月卄五日
陰五月卄三日　陸　上午八時乗火輪車發向俄京下午十二時撲来俄

京鐼車

人韋街國公官公月言氏

35

陽二月十九日晴
陰二月九日日

陽二月廿四日晴
陰二月十四日晴

陽二月廿三日晴
陰二月十三日晴
法人梅仁等二許回謝仍爲作別

陽二月廿二日晴
陰二月十二日晴
回棧在明尼事俟德臨行作別人與可記景物

留俟日後更詳細

陽二月廿一日晴
陰二月十一日晴
下午十一時徃停車場待時雖向德京伯林到是

吳下車宿于至旅帷

陽二月廿日
陰二月十日晴
痛上午八時換乘慮京鐵車發行上午六時抵到栢林公館

後催奉書閔書記韓卜光阿趙舖夏三友未邀而星使閔台終

陳駐國間已呈圖書始末還孫永得相見甚帳

陽二月雨雪上午六時電報于俄使李台辭意明朝自伯林行

大韓帝國公館公用信箋

一輌星軺雪路賒寒梅尚早兩京花 勅閫繼荔

皇恩重交務方憐令望多崔在西洲曾報節車

通北陸竹還家天涯萬里同為客去住紛乄奈得過

乙

希書官李厦榮贈詩以別感佩

今我催裝萬里賒離愁庸薬作飛花元来友道惟深

責此日交隣遒勉加夷隘何論同為國去留雖耐獨還

家臨行別有申勤語金玉青青幸不遲

步原韵留別李春畬署理

陰四月八日晴　總領事審判羅来見　長崎 나가사긴

陰四月十日晴　馬關 마쑤 神戸 고베 橫濱 요고하마

大韓帝國公館公用信紙

33

陰青六日晴

陽青天日晴　上午十時護國　大統領　陛見陳使由還

問曰法京水土果無不習之歎　對以頃者暑節徑過不知水

土爲崇一自寒節深某上歇火升諸症有難堪遷　大統領又

問曰聞近得便由還　本國三果耶　對以日前果承代

大皇帝陛下電　勅矣　大統領已然則回還之期當在何時

對以海路甚遠早晚難可預料矣暑理奉書官不可無今日

帶同　陛見故茲以聯進　大統領曰惟惟望遠道條重仍辭

退　下午三時後國上議院長　印　來訪適他未達

譯前請陰　下午三時庵達　宮内府辭意并一等明再明

門當雜嚴

32

億二千五百萬法起工年条則洽為六載云

陽十一月請雨 下午二時往見議國外大뒄기셰受由還國

之意作別仍請後圖 大統領陛見

本公館冬三朔經費與公使以下諸員回費推用於後國

俄清銀行領事雲利羅懸保報償約條則右入票到

我韓後限十日出給事遲利則計其日字往還四朔利子

日貨四百元以先還懲給事

陽十一月十三日晴
陰十月初四日晴　　下十七時奉承　宮内府下電　靜音法國外部大

陽十一月十四日晴
陰十月初五日晴

臣農商大臣所佩勲章等級詳探即示

京兩傳者或爲因借款事未此邦云然未確其詳

聞土耳其皇帝將以法款設數報償之意昨爲敕名云

陽十月十日即陰　閒諸國將以火酒代用石山炭火酒即炎嚴酒也盖

名炭本地中所産而歐洲諸國荒此皆掘而資用雖日地之無盡

藏供用之亦無盡則豈無罄竭之慮所以憂酒代以燃山炭將

以利用生民之意已造機械而後國衆卻大臣以今十六日聚會

民衆將公佈洞巷云

陽十月卄十勝
陰十月卄日　上午十一時恍承　奉　宮內府四電靜吉電示鏡一事自

此辦理待艦即發程　官報一軸自本國外部需來　目陽九月二日至卄日

陽十月卄十日
陰十月音陰　聞西伯里鐵道今始穀說諸切而其所費頴四

30

미쎄 名片來送斁答禮 聞後國外大되가쎄對法土兩

國相持事將以惟意擅便事公區于歐西列强盖其意

未知裏許曹直或恐有諸國中暗助某國故也云

聞日本政府欲借款於美國兩美國不許故後政府誓不

更對外國借款之意公佈云

陽十月九日 陰九月廿五日陰 下午一時電達 寫府辭意昨電未承

四皆伏攢門還國庚 命待艦即發程

聞今日即英皇誕日也後國皇太子尚未行冊封禮故今因慶

節擬將冊封兩美皇令居亮陰故姑爲權設行禮云

聞日本前總理大臣伊藤俟前物辨責未以遊覧次昨到法

大韓帝國公官公月言氏

清國戰爭時記功一冊衣黃色故名之黃衣冊云、且美國

亦以此意修戰史以靑爲卷衣故亦名之以靑衣冊云

陽有八日霧　聞諹國諸學校有官立私立之別而當其卒

業升還之時官私不可以同歸一例私立校徒卒業章則又自

官立校認許些後實施之意昨日下議院有提議之負兩

衆口不一姑未知結果之如何云　聞淸國外部官徐壽朋遞

任共代駐劄德國淸公使被任云　聞諹國農部大臣必引切

將揀送諹國學徒於美國欲察習商務諸業云

近日歐洲諸國大霧滿天難分晝夜而倫敦尤甚云　下午三時

送名帖于俄國　大統領致謝傾覺生雜　墨西哥新到公使

陽十月七日 陰九月廿一日 晴霧　下午五時頃國警務使送公館馬車往來時

禁雜人標七張公使以下諸員并同　聞該國少

大統領昨日細于碧沙近地笑今日下午七時送賜生雜一首

受領感戴　官隷持傳之饌

昨日前博覽院門前車馬雲屯拖是官人所秉別車也傳者

或疑以政府諸官讌會今聞該國人取種日本菊諸

種培養甚勤秋後雲桑倍勝土種所以該國丁受價放賣

大統領興諸官人親往取買兩特表獎耕之勤業授以襄

務勳章云　聞該國屢頒年淸匪勤減時出征將卒

今旣甄選而其在征討屢捷不可無記念盡後之史方修

有来和之意云耳

陽十月六日　晴　上午十一時見後國下議院長□□□□敍話彼云

貴國聞自十數年來漸益進步云聞甚幸　公使之留此能無

客況即答以奉　命代表之地何論客況有無而但水土不習之

崇自念節益肆實難堪遣彼云巴里水土百勝於倫敦　貴

使若駐英京則尤雜堪做仍以織組等說屢之為言我云貴

國利龍織組聞□□于宇内諸國其堅緻莘美頻有風称此

或輪出於東洋各港即彼云西洋織組精美果無右於利龍

而至若運輸他邦件則多雖出而優則未出其優者則雖運輸

他邦盡因本価之高其於商販無以見利云因敍別而歸

陽十月五日 陰九月廿一日 是日即我曆

明成皇后誕辰且先親晬辰也追慕曩昔自不禁家國
懷也

聞巴里汕江之濱有一女人如往如醉自投江中諉坊巡檢見而欲救
不覺自已之淪沒適有巡檢親泝人目擊虜揚先鼻意欲泝
溺諉巡檢而亦赴江諸則先投兩人已漂沒無及漂泝則幸達過船
而國命云諉政府深嘉此巡檢之出捄捐軀今於葵日自搖理大
臣以下諸大官皆隨表執紼云

聞英杜戰爭近則課日慶戰兩國之殺傷甚多而尚無
結梢所以英廷一大官對杜國事不可以力服之意宣言者

25

今兹

叙話後云两國交好益修今此使節之未往實有欣滿于

心余云貴國通商殷務漸擴於我韓交陸講好與他邦有

別余亦以此欣滿于心仍與叙別而歸

下午三時見後國上議院長些引些叙話後云夏間果接

貴公使要見公牒而勵因後由尋鄉今始相面頃甚悚歎仍

問我韓商艘有無與請學校學徒之工課勤慢皆以實答

之且問從前公使出駐他邦與曾經 貴外部官爵故答以

初奉使命而外交官則已經我韓交渉通商外部忝議役

乃欣然曰然則外國駐使勢所必至幸勿以遠離家國

為悵仍叙別而歸

徧覽更上一層則字內各人種尸體枯骨掇以琉璃爲匣亦以

鏡繩爲絡或有全體立之或有肢分散置且有嬰兒葬埋者

掇以移置一覽以過無慮屢千其泉拈幻在陽界怪理

之舉意所難鮮也傍人語余曰無論其邦醫人之學即術家

之大方而只誦塵囂傳來古篇不識人之肢體脉絡則無以爲

醫乎呼以此國之設此院專爲醫人之目見而意透切爲折夭者

衛生之計余心切之其豈非乎夫仁王之政必澤及幽冥詩所

云行有死人尙或謹之者亦不謂此乎令以衛生之道及居隱卒

之仁不亦件即沈唫散步居坐暎色生寒樹仍爽請負回館

陽九月廿四日晴

上午十時見護國總理大臣　　早仝相與

大韓帝國公官公用言氏

姑示的知云 陵國上議院長다이일以再明日訂期相酉之

意該外部公函來 陵國下議院長刊사以來六月訂期

相面之意該外部公函來

陽九月三日晴 上午十時往于博物院一廳觀覽莭入一屋中

則層槅設三層兩廣各屢百間最下層則滿掛壁上審布軒

上縣骨無非魚骨而禽獸之名余未多識何況魚族之萬千

余尝畫記則麒峯知名者記之屹然十丈而立者即象駞馬

牛等賴其外瓚之零~僅具形體陸行諸獸不可枚陳且其

水族則近垣十間兩傴者是鯤鰭鯨鰐等諸獸而中魚小魚

苟兄其數者亦雖畢錄滿目惊然如嗅腥膻之臭而為其

見家書

隨豐隨事各陳誠禮務要報本未聞花枝妥靈足以神

抬亦可歟也已

陽十月二日晴
陰九月廿二日晴 見家書一度 陰月初三日出 皇城新聞并到月陰七月

廿七日至陰八月初五日 聞今宇內外邦中惟經用不需絲者必美國

一邦而已云 聞護國教師教堂所閭土地稅納於國庫者此

諸平民田土顯有歉庫等感而此教即此國宗教也自上達
流民

下固不尊信所以隣邦之未寫此國者其或宗教有收戴則

多有不容奠居而澳散者矣護教堂所閭田土甚是影然而

其稅酌則無弊故近日下議院提議中石土之一如常民土地稅

恨其在後財之方實係妥當云而僉票各殊其準行與否

大韓帝國公官公月言氏

此則舉國通行之規視同兒戲此固東亞所無之俗未知其可

否而第其中亦不無效則者上自縉士下至邑役或有爲國之

地舊不顧身或有敎窮恤孤之義不惜千金亦可尚矣

聞英國皇太子六個月遊覽後明將還國迎接節次極其盛

設云　聞明日即俄皇嗣位日也駐法俄大使行禮式于敎堂

云　聞該國新聞記者一人因奭實不美之說刊刻徧傳方

提囚於囹圄云　聞今日即後國大名節男女老幼之性者塚

墓者蟻屯蝟集迤亘道路掬手戴車無往非秋花亂朶

將以捆置塚上以光必明云而余竊想我國每當九十兩月間

代盡之墓其子孫感時落木歸根多行歲一祀薦俎豆酌

異於東國者則心有所戀國而隨記見此國男女成婚本無厭

父母依命年各長成相共有素中之期則仍共之和悅脣告矣

未他兩家父母不得違其意遂任他成婚所以婚嫁無昆秀之

序若次女有顏嬈者則寔長女而先嫁其婚姻之禮未聞有卜

日涓吉亦無納幣結褵等儀式但男女同往天主堂誓告以

配匹之意且庶婚後年過二十歲則無論貧富家子女初不仰

食於父母且不共父母同居必分炊爲產雖長子亦然厭父母雖

饒而其子雖分負其子不欲告窮艱且其父母亦視以當然如

當厭父母身後其分產則子女有宗支之別而家甚殷富則其

財産中詠百分之二例納扵政府其伩則諸子女皆分而領之

大韓帝國公官公用言氏

19

而全身顫掉若有戰慄之色問其所以則電氣流行於體膚

使血脉通暢神氣輕快能有助於養生云　闕

陽十月廿九日晴
陰九月十日月
下午八時奉承　宮內府下賜辭旨泰書署理

還國

陽十月廿八日晴　聞謨國以現用次借二億六千五百萬法於會社云

陵國總理大臣俞內部大臣을早仕受由後還京来月

初四日相面之意該外部公函来

陽九月三十日晴　聞清國醇親王竣使德國向以回棹泊香港云

陽十月一日晴　余之駐此展延冬序已屆此邦之目見日聞不為不多
陰九月廿日月

而或聽而不聞視而不見不欲強記于中然其所禮式儀節大有

18

付家書

西語邦多取法云　聞清國上海英法美已有租界足居而

今聞日俄兩國亦一體請劃定之租界云　聞清國宰輔中

以滿洲之不當認許事有上疏者而　上諭中當拒何辭當悖

何邦為批云

銀行云

陽九月廿五日晴

陰九月廿六日

陽十月廿六日晴

陰九月十六日　陸　見該國新聞有云日本借款五千萬元於美國

陽十月廿五日晴　付家書一度　内有校書與美台書　聞今日該國各部

陰九月廿七日晴

大臣會議於宮内云　俄大使于偕云聞者受由歸國美日前

還駐法京云　見該國新聞中有美國寫真著電氣腰帶

大韓帝國公官公月言氏

付家書

聞該國上下議院自今日爲始開會云

陽十月廿三日陰　下午二時往見該外大뙤ㄱ셔仍訪德大使美大

陽九月十二日陰　使皆出他未達而歸。官報一軸自本國外帝事來　自八月十七日至三十日

陽十月廿四日晴　付家書一度　內有外帝報吉與校書上午十一時往

陽九月二十三日　該國裁判所傍聽　該外大뙤ㄱ셔名帖來　見家書一度

陰七月二十四日出　皇城新聞五張井到　自陰六月二十日至廿四日

陽十月十九日陰　上午十時電達　官內府辭意備任承命身

病伏悶雲南會社來言曰到泡仁港運費所鏡每個二十五法彈

九一千個百七十五法買不買囬示　電費二百十五法七十一文

聞該國量其衡外尺制楷書是本精微無盩纖釐錄以差異故國

聞俄國大公爵以游覽次方到法京而是俄皇叔父云

聞希臘國王亦以游覽次到法京日前與法大統領燕會而肩行

聞里之聞徧覽街市之上民俗之如何景物之如何無不躬親

同見兩耳聞其行色章乀目同路人此王即丁抹國王之子也與英佚

德俄諸主摠係烟姫云　比利時國公使男爵비내왕歸國送刹

替別

陽九月廿二日　陰九月旬青霧　陰九月初三日聞俄使李台生朝而投我瑗章要以步

和啓謹搆原韻以呈　客裏頻經歲除辰劬傍應慕北堂親

鶴歌異域誰同席　鯨浪重溟印涉津北社開樽餘舊雨西洲

寶樹駐陽春逢歸六載緣何事補袞東情畢露真

聞議國明年度支用預算畧如左

度支　一兆五億二千二百二十二萬七千七百三十八法

學部　二億九百九萬三千七百五十六法

軍部　七億一千六百七十萬法

海軍部　三億一千二百九十九萬七百五十一法

屬地部　一億二千五十九萬八千四百五十五法

商務部　四千三百三萬三千八百十七法

電郵兩所　二億一千一百九十二萬七千六百九十九法

農部　四千五百十六萬九千二百一法

工部　二億二千九百九十九萬四千六百十法

14

陽十月十九日晴　上午九時承本國外部電辭意　閣下為專駐比

利時國公使奉勅

陰九月九日晴　上午九時奉承　宮內府下電辭旨無任比利時國

公使　親書　國書當即進送

今日即我曆重九也逢本國西城東雜菊花園開無逢佳節

僑地思親且明日即我　曾祖考文忠公晬辰也年、是日畧設茶

禮瞻拜　影幀以寓追慕之忱而今在海外唧命未歸兒書豪賤

替行哄否未能的知只不勝永慕而已

陽貳晢首雨　本公館諸員列名要送之意諉外部公函未每年修

未駐諸公使以下業冊皆修正云

一

付家書

有公私之異然其在國中則一也此古聖所謂百姓足君誰與

不足者也後國或因交外之用雖當國庫金額罄渴之時會

社讀民爭相貢納於政府小無磨絀之歎政府亦趂限畢價

一不愆期且不得價之以信亦計給其利子此由於上下相孚

無欺罔違越之故甚美矣哉

陽九月六日陰　見俄使李台書氣荷贈詩

陽九月十七日　見英使李台書氣荷贈詩

西邦重度六張辰最慕倚問大老至親爲見支機竆途

漢何時覺筏渡遠津無端白髮知非日獨秀童花分外

春醉後長歛後哭不妨呼我失天真

陰九月七日陰　付家書一度　內有校土兩書　見英使閔台書

陽十月十七日陰

方頬備其接對之節云耳

聞德皇嘉而其清國出戰司令官之樹切特賜勳章云

法國人近造輕氣球比前益加理氣之術向試乘越地中海而或

恐中路力乏未能陸地請願庫部頷給軍艦一隻同往保護矣

果於中路力乏未能越海故下于護軍艦日昨還未而大氐來

琉越海在兩未聞然護國人之械精造之法年之益進則

其終也必越(海乃已云)

聞目昨護國政府諸官會詳明年度各項預筭之用云而其

抗八年之益影此由於商務漸擴之故也兄無論某國財不在

於國庫則在於民間不在於民間則在於國庫其循環雖

見家書

且見草木須甚繁密於路傍園圃漢間阡陌之上〻無不種植

奇花異木繁陰慈龍幽香嬌娜錦帳繡〻重〻疊〻於長垣

短亭三間蕚臺〻係貸異〻焙於石床鍊床之上〻毎〻値空曰男

女老幼比肩携手相継来於斯休憇於斯其有暴平之像於斯

可見而偃来見良士耀〻無以太康之心閨女無遽呈中饋乙

事亦可怪也已

陽十月十四日晴　見家書一度　陰七月十九日出皇城新聞并到　自陰

七月初七日至十八日　本國外部訓令一度自郵便来　第五号　抜書亦到

陽九月廿三日　陰九月廿日陰

陽九月廿六日　陰九月廿四日陰　聞還羅國王世子以遊覧次将到德示伯林後國

陽十月十一日
陰八月廿九日陰 法人偕일어未訪二 有初雪目二淚未㷌

公館諸負安否而去

陽十月十二日
陰九月初二日晴

陰九月晴 陽十月十三日晴 下午二時同諸負消風于公園歐四氣候㸐草木

比東亞大有異為倡法系塞暑經云具我韓暑同延過了三庚

一不得着單衣時或紅炎下曙其目果之如至傳晷驟寒透窓

令人諫地球之東西迥異推此可驗也寸當陰曆九月初雨天

氣已栗烈寒風凜凜雖着周衣袷衣猶不禁寒且居室中

無溫突欲為御寒則燒石炭所未等屬於房壁間炊塑此旦

為暫時救急西已堂可與溫突同日而語也

答以向此事電報於仁川銀行云〻

見該國諸般運行皆以輪爲主如大輪車電氣車復馬車單馬

車自行車地中鐵車石油飛車（西人謂之王道鴉飛）不一而足總合於生民利

用所以五千里之疆域能通行於時日三千攷之衝衛能編覽

於瞬息歐洲此制之新發明可知作俑於何人歟其智慮之巧

講究之深果出人意表也此外又有轉輪一車即嬰見所秉也

以鐵鉤制車前後各懸兩輪具大如笄苟内可容幼見坐卧

車尾亦以鐵竿爲柄報此推之其後急在於措縱之如何而至

於人員牛駄運輸諸物并以輪爲主甚合於力不勞而運其便

陰八月廿旬　晴

陽十月十日　晴　見利龍銀行言其意與電辭無異

庠人服裝而此是大明遺制云聞來不覺悽惋興感該國保來

範圍中州故其服飾與文字尚有先王之餘風遺法而諫於政

治今乃不能保其宗社亦可鑑矣哉其末幅有我國之太公鷹

真此則年前在中國保定府時搨出云而只着周永宮中而已

末和燕居時所搨即近年東國書帳八于此國者足謂允棟

汗牛而設漢文學校於巴里京中使童穉日己勸課教誨且

訓以東國語言云々　下午三時訪俄德美三國大使皆出他未

逢

陽三月九日陰　見利龍銀行書則前日仁川換票条推委於仁川

陰二月廿日

銀行而該行則無相干云故猶有未詳自本館更以電報質問則

渼慶仁亦自交隣際賀語申之不可枚

陽十月八日
陰六月廿六日陰雨　該國外部大臣乢升仆州受由後還未自再明日視

務之意公函來

上午十時訪旳旳叭旵於巴里西四十里地暢談後時而歸此人即註年

駐清法公使留清國十餘年兩其聰慧雅敏可謂超衆

接萃所以於漢文無不通曉且筆法甚精微每於逢場耻之

自不覺情愛之篤然其居庄亦清必静僻庭花園木拾參恰

顏乾見文房儲書畫萬卷皆東洋諸國人物與都市園林也

徐閱拭胖多見中州縉紳之徒目有名譽者兩苐其中冠優帽

帶宛如東國章甫南必甚書忱因問是何國人則答以安南國

6

上電第八号

是日即秋(冬)三朔經費代貸用處報償之期也而自本國尚無支撥
見俺殊邦尚矣而當場債主之督報難以形言也
陽十二月六日 陰十一月廿四日 風
陽十二月七日 陰十一月廿五日 晴 本館秋(冬)三朔月俸借用條懇乞於居間人以陽
曆十二月初五日報償之意更爲退限 下午二時電達
宮內府辭意臣今有身病將欲叅書官爲署理公使即還
叅侯 處分 聞德使閔台自赴任多月尚留客店矣日前
始定公館移駐云故爲步此台前日所贈韵要以 斤正
客店應驚歲月催新移今日奠靈臺寒廚供旨隨豊
約棐几看書却老衰厭避囂塵因遠市要排旄節淨無

大韓帝國公館用箋

見聞書

之常而今羨章其與兩隻之是即與芳無比豈肯為是終不受

為今比清國却已奪之軍兇拒放此而狄即且聞近日呂宋島

民殺害美國軍卒與長官云後島由未西班牙領地近廣於

美國者也民習倔強有此及對露想清國臺灣自甲午以後

受管轄於日本無怪一摩衆作開或雖散騷訛何其之前兩

地之情形便合符契之(無差異也)

陽六月廿四日陰 聞英吉利與北美以巡洋艦爭賭駕海之迅速

兩美艦居後故該國更究其航行之疾捷思所以極其精銳

陽六月廿五日陰雨 見衆書第六号 陸七月初六日出 皇城新聞幷到

自陰六月廿日至七月初六日 官報一輯自日本國外部末 自陽七月三十四至廿六日

付家
書　御覽書

陰八月十九日晴　前憛覽會事務員梅仁未見　付家書一
陽十月初一日晴

度　内有陽八九兩月日記其封裝　四号
　且有度大健齋浮齋諸書

陽十月二日兩
陰八月廿三日兩

陰八月廿一日晴
陽八月廿三日晴　見俄使李台書　聞清國聯合軍役圍時發

樣軍光之見奪於德兵者不知其故而顧今戰爭稍定和約旣

成賠金之償已有訂期親王之使準和復命故德國還其前

目所奪軍光則清國不復云未知誰辦運還之巨費而然耶

注軍普法爭鬥即歐洲初見之一大役也其付法地二省屬於德

國于今數十年矣伊來兩國休兵內修俱以列強於世而德國

從還其二省於法則法乃不受盖其意以爲當年勝敗即兵家

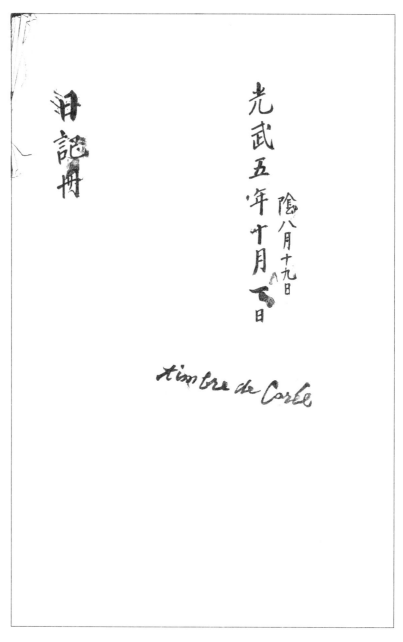

下庵草
四景〇

陽八月廿二日　陰有雨　晴　上午八時同諸員復往姜〇〇吳〇〇遊覽其古迹〇畧考於前市日

舊不能四顧萬坂仍授痛於咄旦即引吾店舍商店主勤於治圃令人光過觸日

悟䖂山之想第見十卦之間結手抱咖之題指不勝屋〇棆葡萄南䑓西旅

桃李葱松茉紫菁萬苣苦蓮鐵扁旦蘗蚖草石竹花蕡妃花發花此管

東圍所有者而其餘雜花雜莱不知名者或盈墻頭或架登雉席交陰

積翠爛紅透明自不覺投卸藉草歡賞忘情大人〇云胡地〇花草美〇

未不便春者余書信地聖早來鉄車四顧

陽八月廿四日　晴　法人呈利引來訪

陽八月廿五日　兩　上午七時奉派　宮內府電　勅辭吾滙豐銀行票豐〇仙處鈔

行謂有損名譽彼約云東仵速示

陽八月廿六日　朝鮮南大靑上午九時同喬晝官李儁烨往利龍很下午五時抵達該很

行卽英國支店与香港上海仁川布在相通敘話畧畢更來下午七時鉄車

將使遼菊革敷題

春風一别後南山玉帛相随渡海回東陽自新多鸕酌西溟誰道

遑人向遊覽殊俗時事駿學解方言日來開斯有文明洁可口他年

逕節報天顏　右高書記官李廢榮詩

南滿層巓北據山巴塔輩固似函向逞美東洋三萬外居此四曆二

千間㣤俗徒能超打競仁凡未閒至浩甬連望扶桑聞首立瑞日惟明

俯地顏

陽月士言　陽寅白日下午一時同館中諸員又陛汕江柬船湖流而上橋梁吳防策一

如前状而及到舍朗東則江水三叉而未淺不得什舟遂下船傍岸而

行行荇苹之交淺㵴映汀洲拚掆之揭曬明宇樹林且見漁人靴空垂綸

性来不絕㣤一勝景也薄着遝館

陰俯卄晴　付美使趙台興英使閔台兩書

陽俯卄晴

見家書
第四号
付家書

敗之棧犖立長驅住拿坡崙迎之以遯信退去坡對悃不以拳手

拍案而起所以有刀痕云〻余竊想泣左英雄或有窮兵黷武而日天

下者然終不善柬征四惡之師駕以仁義未我衣而天下定則今此

拿坡崙之専事戰闘圖以創業寃有流感於余心也周初更京鐵

車回舘

陸月四日時　見英使同台書　　送名帖行吊禮於德國署理公使〻

則去本國未還

陽八月日時　見家書一度　陽五月十二日出

陰七月五日晴　付俄使李台書　付家畫一度

陰九月初　付俄使李台書

陽八月日晴

陽八月日晴　見明秀僉書　偶興舘中諸負同次杜工部韻

陰五月五日

橋斗時魚涉此山天涯家國兩相望縱云兵服華夷混自有靈坫

物我間蔽海十年持節苦張阿八月迄槎角微臣幸布揚教沁

60

陰
付家書

陽六月二十日 陰 見俄使李色書 埠人即到来訪

陰六月二十二日晴

陰六月廿七日陰

陽八月十二日

陽八月十一日

陽八月十三日晴

陰六月二十四日

陽八月二十四日晴 昨日還國 皇太后崩殂後國公館趂單来

付家書一度 内有三契盃現書 埠人即到来訪

陽八月□日晴

陰肯□□

陰肯□□

陰八月□日 陰雨

陰肯三日 上午九時與埠人即到奏書李侍煒約以遊覧於巴城南四五

十里地鐵路一時許吾們呈于下電車乘馬車性數里許則層

屋週遭鋪甎新蕭休然有寂寞古之意把門䡾導我入門周覧步

二轉入房軒見一案上有刀斫之形余甚驚異向其故傍人曰七年左

右坡崙所居之宫也盖者時此人京堡得老盡年戰鬪所向皆

捷歐沖諸國悉統一區不幸北政於霧通迺還國降此英國窺伺新

59

陽六日
陰六日半晴雨

陰六月十二日雨

陽六月七日　晴

陰六月七日　晴

陽六月十三日　晴

陰六月八日　晴

陽六月八日　晴

見聞泰書象伩書　後外大儒州例　公坐　愛國尋鄉

情伊同館中諸負作艇遊而歸巴里城中有一帶江辟都市左右　州例堂來要以相見

而流廣可武長則滾入于海不知幾里其名曰剣江若以漢文譯之

必是生江也兩岸等以石坊其宏固之像雖森遇漩溢能免懷襄之患

而其上有偃橋迥出浄埃中或以石造或以鐵作距數十步輒有一橋如是

延亘不絕之像宛若圖架樣橋之統數合三十伕云

陽六月九日　晴下午一點其館中諸負泊汕江順流而下畧數十里抵一江村登

岸州東來秀色初見璟隊為其逹運步、升高左右樹林陰翳塌覺清爽

且着村莊後難以花奇五色耿耀真可謂勝景而為清午渴博尋茶肆

則琉璃杯琥珀光滿進於前蒼藤架鐵鈎床横羅於前輾眄間已夕陽

在山為至館寓更尋未運只見落日卷、車拜轉、已兩也

陽月

付家書

臣無早坐私避暑在外未達之意玆函來來 ○見俄使李台書廿二日出

陽六月一日 陰 付家書于郵便內有封書一度碧 兩月日花開幷付 二号

陰六月十一日

清國公使裕庚名帖來

陽月二日 陰 付俄使李台答書 見英使閔台書

陰月三日 晴 上午十二點錢璿環二友興晴朝秀于停車場 邀墺人剛剛
前博光齋

陰六月九日 晴

待夕餐 見皇城內宦報中德務衙老模未事務見梅仁勲二等
新 與蔡行
邀墺人剛剛

公卦章總務多廳里羅三等八卦章達等玆恒需物仰巴等八書章

事務多薩他來四等八卦章

見家書一度陰四月二青出 同日見李希奉圭容書

陽月廿四日 晴 付英使閔台書

陰有五日

陽月十五日

陰有廿七日 陰而 見沸使閔台書回答 見璇琿兩見與明秀書

付家書一度 內有李希奉興蕙書

書官偶閱該國卌子得見該國地方里數與物產且國庫稅出入

原額盖地方里數東西二千一百里南北二千四百里分通八十六道作郡

三百六十二郡人口則三千八百五十一萬七千九百十五口且今邦外新占頃

地人口五千萬口稅人三千九百二十三萬七千一百五十四法稅出三十九百十

二萬二千四百三十五法而人民之繁殖疆土之廣占年之益進有方興□

芝之像其俗尙則尊陰而柳陽好新而棄舊君人一物新發明有裨於初

用厚生則象人爭艷之奇巧之功思所以愈出愈新及今年得一後而明

年有功倍者今日得一後明日有功倍者所以輕氣球之上天鐵塔之淩

雲是刱邦所未及之壯觀奇功也

陽七月二十四日　晴　俄國大使ᄋᆞ旦리立ᄒᆞ名片來

陽六月二十四日　或陰武睛　壞人ᄀᆞᄭᅵ來訪

陽六月二十四日　晴

見俄使李○○書

付英使閔○書

該國總理大

付家書

第二號

家書

路馬利國特命全權公使시外氏回名片來

同日又見家書四 陰四月十二日出付 月卸便來 을리누

陽六月十三日 陰雨
葡萄牙云使今사로外氏四名片來

德使答圖來　本家草櫃到

陽六月 ☐日
陰六月九日 一時付俄使李台答書四無付本國新聞

切스다리外公使坐州皇付回名片來

陽六月 蕃
陰六月旬 陰雨付家書于鄭便

署理云使秋月氏四名貼來

出書留票 內有挂荷付 ○日本

英大使呂쓴氏訂期書來二十七日十一時至二時

付德使閔台書

陽六月廿六日 陰
陰六月廿四日 陰 上午十點往見英國大使呂쓴氏
陽六月廿三日 陰
陰六月廿二日 見俄使李台書 同日付答書 ○朝來領事使番
陽六月廿一日 陰

55

用常行刻鏤塗金者茶飯願洋其用答云豐貴來祉隣

邦且以銀行論之現行原住貨金錢數至五兆假量其富饒推可知也

且問西洋澳採章程各有定界耶答云無論某國後國所屬海十五

里內則韓里敷必後國人禁之其外則任他各國人互相採獵即歐洲

列邦通行之視也

丁抹國署理公使伯爵모르헬쓰氏名片來

該國下議院長剋外쓸氏訂期書到　在外待後

下午二点鐘見俄國大使우얍쓰氏

俄使李台問書到明夕轉向俄云

陽六月卄二日晴○付俄使李台書

陽六月卄三日晴申正雷雨少頃旋晴入夜淸涼

陽六月卄四日晴俄使李台書來

見家書陰四月十二日出二十日出兩度書　自郵便來　을리수

貴國議□伯 셀비 名刺 來呈

該國地方官 베쌔氏 名刺 來呈

셀비 아 소使 니골비 何氏 名刺 來呈

부타佐 소使 베사氏 回名帖來

陽六月四日 勝墨西哥代理公使 베쌔氏 四名帖來

該外部秘書課長 보바舌氏 書到 署押格式 視至
在多示見爲答

該國上議院長 公函到 在多示見爲答

殖民大臣 얼비쓰비르메 펄비氏 回名帖來

이르샹 民主國全權公使 쌀노 旦氏 四名啟來 並兩諸 □中□

關有五月 晴使法人秦書官 □利□利 읽은讀 該國新聞 該國人近得
有不覺晴

一金壙 于境內 頻用 甚喜 云 盖 該國古多 採金美近則 絶無所得

一現壙 故甚喜喜 云 余問貴國無金壙 之樣 而至扵服飾 光用許多目

53

法部民事局長 뫼셰이에 氏 名帖來

法部大臣 몬니氏 回名帖來

法部秘書課長 사들氏 名帖來

블가리아公使 金노트비트氏 回名帖事

文五皇大使 쌔스글노氏 名帖來

軍部大臣 샨들氏 回名帖來

下午三点鐘往見法外相仍訪該部協辦 몸나氏 걸오시에氏出他云

港有十百晴 上午十一點李星범晋蓁向俄公後車館

中清久性錢于停車塢不勝帳情 賦一律以贈 ○征軺獵

乙出巴城望裏流雲役得京持筭殊疆分使事停車

別路共舍情緣 敘他日两朱侵其大夸今男业去程天涯自

慈辺州趙君有二蘭常客淸

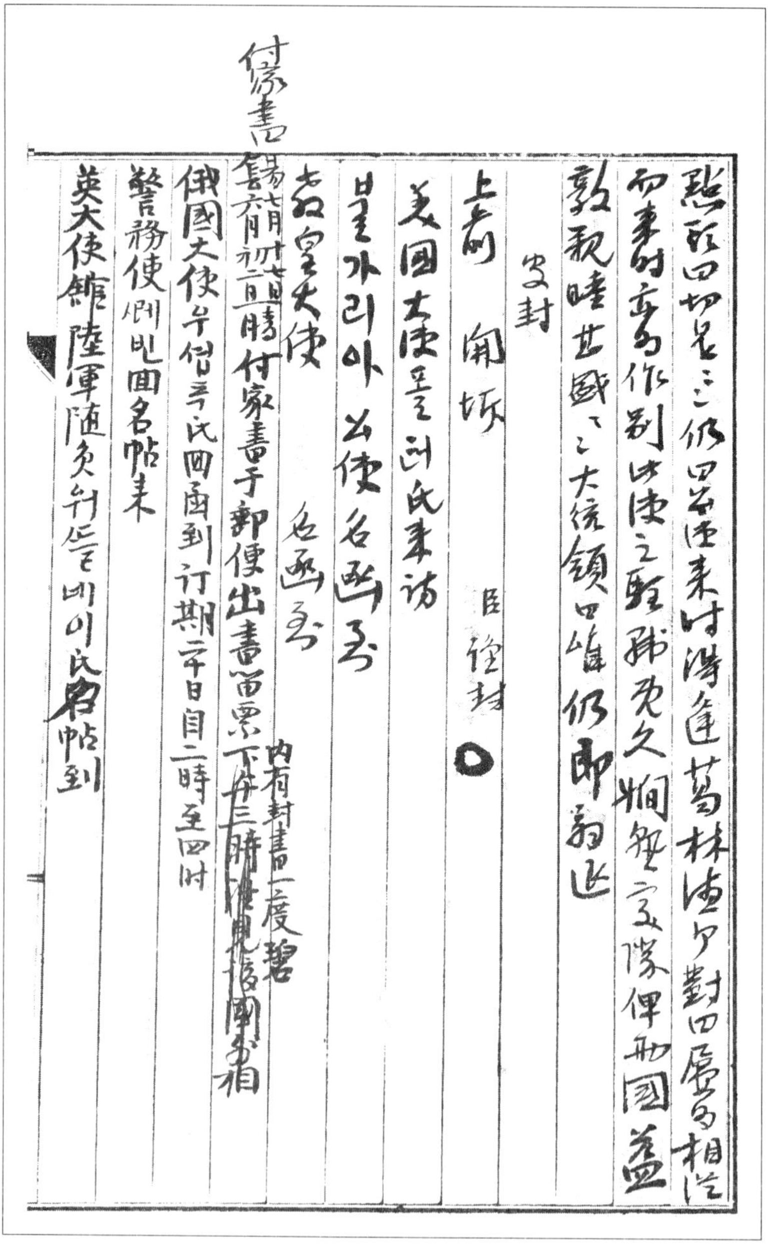

付家書

大皇帝陛下簡派駐劄特命全權公使之國書來傳卿手謹

我國佩此　貴皇帝特派使節書與瑞之

敦叙睦之友誼　奏事於貴國　大皇帝陛下之稿前先我

顧望貴卿善事以樂政為之勞氣象友誼之際日益敦睦密擴

張書兩國之間之我　擴偉書卿善此

陛見時回答

大統領向公傳之來此為岱信對以一翻鈴仍向信亦氣生

此水土甚費國仔似對水土寒暑略監辨法相似　工向貴

國商務果年一盞進數本為對又四歲國通商事務興

唯先之甚為製那麻蕾一而着勵為搬對四此年我辨之

歐洲商辨璘興旺而且若住國不但以商辨論之

凡於文隊之祝密往僑寡我邦之病厚聖壽延大統領

共和紀念日世每當此月則政府與街巷老幼設宴相慶即後
國之大名節也〇因大統領請帖與四使館中諸負并往同
賞各國使臣亦來會
陽曆十三日晴〇下午二點往見西班牙陸國暨大伊三國大使
〇波斯國公使名帖到
庇盧國公使名帖到
陽曆十四日晴〇封畫一度呈大內謹奏臣於本月初十日該國
大統領陛見勅呈國書其海仍召諸名國大使與諸國諸大臣
而第化向驪群法使間日晉秩授以全權剛項月上海
勅函中云此事似不足費陳至諸國伏未知〇〇〇若何煌
恐詵〇〇光武五年有十六日臣金晚秀伏上
法國大統領答稅謙譯上 内開奉 二字爲誇領大稱

付家書

家書
第一号
一

十三日晴

白耳義公使男爵 마비빈氏 四名帖到

土耳其大使 州이氏 笑圍到 訂期十三日下午三時

遠大伊大使 匹를리메리 氏四圍到 訂期十五日下午二時至三時

付家書于郵便外部報告書同付 出書留票 校漏並付

瑞典國署理公使男爵 멍쿨즈子氏面名帖到

法國水軍副尉兼大統領侍衛隊士官 庵州쓰트에 앙를에氏送名帖

自郵便家書來到 陰三月二十五日四月初六日兩度書見

教士美诸使遼國各大官許名片分傳

十四日陰

墺國大使四圍到 出他未還

下午三時以大禮服赴該國大統領宴會○本日卽該國

48

京

國公敍蓋請國陛見後新到公使傳名片于各公敍即各使通行之例規
世活國來駐公館合四十餘而大使九負公使三十伊允大使則裁圖書見後
待其訂期日以著大行服而往見公使則以事社服往見 同日 大統領請
帖來到帖內開後陸軍敎鍊堂在十三日下午三時要請務會同日
波使等函來到日法人씰인니與漢文課長비서씰 兩氏來訪

十一月

教皇大使 로렌씰니氏 四圍來 訂期十三日上午十一時

德國大使 되라돌닝親王 四圍來 訂期十五日下午二時刻

荷蘭公使 쓰튈副男爵四名帖到

英吉利大使 씀쓰氏回圍來到 吉杢國來運

西班牙大使 되로리사리온티回圍來到 訂期十五日自下午一時至三時

美國大使 뽈러氏 四圍到 訂期十一日下午三時半

上電字五号

通商事務英陸先之苦而數大邦亦當一切著力為擦

對四此年我群之歐洲商辨漸臻興旺而至若法國不保

商辨論之於交際之釰密往擬賓我群之所厚望者

也大統領點頭曰是仍以此便來付得達葛林佳了對四

屢屢相泣而來時公又作別此使之駐群然之晌熟交際伴兩

國盖敦親睦甚感之大統領四雌我仍亦辭退余書發

六諸後而退須曳禮菴坴更導入大統領夫人公邸使之

行相面禮畢語而退晌時禮菴坴及總巡橋馬吾等

又進來而我共禮菴坴入賓堂茶畢辭別禮菴坴出以敕

大門外仍亭總巡下論公而去 ○同日以陛見該國之意電達

宮內府与外部 宮內府電覆辭 國書已呈崔公使向俄京外部電

辭 國書已呈 ○同日使令書官李健熙亲馬車輪傳公使名帖於各

室坐書名李鍾燁着大禮衣接入諸坐而李居榮乃來
通知于我我着古禮快出接該氏于客室施禮畢該氏導
我出以轎門外總此即大唱一言別馬吾一鞠躬銃敬禮
吹鑼三曲禮蒂名舉手敬禮我六舉手去禮禮蒂名尊
我同乘馬車前往呈書名李鍾燁奉國書及祝辭乘
馬車隨後馬吾共總此尊皆以爲伊南大統領時至四點舉
仍向大統領公邸入車禮蒂名尊我入大統領立待陽手
相敬禮左右墨有七八人侍立我讀祝辭名書名李鍾燁譯
讀我呈納國書大統領親受仍讀答祝辭讀罷陽我
共承書名坐大統領向四以述之來此爲辨何對此一期恪仍
同法氣候氣侯共水土與貴國仿似對曰水土寒暑共殊法
相似又向貴國商務果年益進歟來友對又曰貴國

毎出寫眞。

鶴膏新自曾晴。○法外部　陛見訂期書来到　馬兵枋来　辛四時

各國使臣恭畫公子爵史祥来見仍傳各國使臣　陛見時在

約夢目一張。○訂期書新舊使許從到而舊使則爲其自呈遞任

國書○各应時开以訂舊使、之前一時以平服未會云、盖舊使或遞

歸本國又或轉任他邦現不駐此則新使呈　國書時從呈遞任　國書

即近例也

陽曆初十日○晴。○六半四点自法富部起送馬兵一哨　二十六名　巡橋

陰曆八月十八日。○晴。○

三名從巡二名上等導馬車二輛于本公舘而總巡橋等来卽

把守公舘門荊埜此任来外人馬兵別皆甲申乗馬列立于公

舘門前少爲宮内部禮莽公五旦시에氏着銀餙大禮快来到

恬秉書当李原業着団常禮快立公舘門由握手施禮導入

44

陽月

陽曆三十日 始陰或細雨○
陰曆十五日 晴○
陽曆三十一日 晴或陰或晴或細雨○
陰曆十六日 或陰或晴或細雨○
陽曆三十二日 晴○自院外部大臣（앨싸예서）氏 有善事書晤晤會而明日言午手書豈足許
三點三十分與新弁運金欽秀專程列書敬援壽○
陽曆三十三日 雨下午三点鐘興遍使李範晉恭書李鍾燁同陛外部見外大
弼四氏傳 國書副本與李使遞任狀祝辭副本後同李使轉訪禮部
協辦呈四氏暢敍而歸
陽曆三十四日 晴
陰曆十九日 或陰年晴 館中諸久月後七月条并給○駐箚書崔壽孫先往書簡
陽曆三十五日 或陰年晴 来到而只關安否書
陽曆三十六日 晴
陽曆三十七日 或陰年晴
陽曆三十八日 晴
陰曆二十日 或陰年晴
陽曆三十九日 晴
陰曆二十一日 陰年晴
陽曆四十日 晴○李秦書岦二次書鍾燁李厦紫性寫真秘

陽曆二十一日 晴 ○ 駐英星陸軍諸欠六千九點濬軍費向英你
陰曆十一日 晴 ○ 駐英星陸軍諸欠六千九點二十五美濬軍費向陸京以金亭
駐陸星陸軍諸欠六千十點二十五美濬軍費向陸京以金亭

諸欠性餞于停車場而駐俄公陸公亭諸欠借金性餞工向

陽曆二十二日
衛曆十二日 晴

陰曆十二日 朝晴午後 ○ 쌍쳥깅듸쳥쇼릐되라봄뵈쵥地僻屋

宸稱空벙뉘뉘름뉘를릴서ᄊ稻每朝稅空一千佰美生地

刖巴里之中要大衙空而注之吞衙門舌閇之ᄊ짪晴相撑近視

稱文陸自有便利且房屋情刱干坡駐俄星陸書鈴書亦園

稱末監錢性寓ᄊ李星陸許熹二○大栖章句本园

陽下ᄉᄉᄌᄒᄒ 等

陽曆二十一日 晴ᄃᄒ者
陰曆十一曹晴ᄃ者

陽曆六月二十二日晴〇上午八點奉永
宮內府電內開本國人相鬪被害
陸有三云云云云晴

〇駐法英二星使竝余半日者爲載大禮也等候至余爾此待甚告
畢也會皆告竝明日費向各地情不堪悵諸會駐俄陸樂三
星使及各來粉千人以乃孫事饌爲飯對熟菜牛肉湯等類
而存飴食此饌今爽帳此本公諸產人乃無洋人此不能知調和
而造海菜云之阿〇運公使卷新公使愍會信外相訂期相會事
肉開爲聖書事新任駐紮貴國大弊公使金欽奉命史到達
本公使宜即撤退慈照諸尚冀貴大臣訂期俯承以便本
公使英新公迢同諸台端拜候須至照會者

李明書

上電第
四号

陰
五月

為此請邀該氏俾秋通訊圖為旷潤漢之正書之副本乃信

之誦譯者兩件列該氏果足詳准首尾乃言甚久主仍焉去

此列稼約故謹而筆○又駐英星使向涵新該區麵諸全乃書

星駐坞英書星潭乃本公紙番書宏李銓燁性會于其諫紙諸□

辭飽四將駐曲蝯乃本公韶書室貞皆同富米州夥紙坞諸

免為諸諫詣主宴心會席甘饮仍借主星彈潭琴坞曲稿此羅

尚弱書星運偕來

陽宵十官陰口字一點與駐俄使英三星潭万诗兔性觀于薈

物園歷覽人的塑像奉時生囯大谷與生園去統領诗囯羅埕

輪及中国李鴻章次蒂列主芙書性之活寿真七分潯奶乞

工上一層軒岳男处并列喝拿玩全心就生你肴望上列武海

上浮艦或水中游聰或鉄塲馳焉或失火却㷊或輪車送

付家書

其父與母云則囱者凛氣重向其文律之注則生之新律而令于陸

將斬彶漢云

陽曆十三日朝漆以早春天氣午暖○陸英三

陸胃守昏晴○付家書於萬國郵注○自大辦公姑吉萊書於陸英三○星座方會二庫買得

一生鮮似朦飮逗方劤加固頜而性木不好東朦及逗不得對劤

陽曆十二日曹晴○付家書於萬國郵注○自大辦公姑吉萊書於

陸胃守昏晴○付家書

李星田許而永城齋洞桂洞芳芰窩巷之惠甚爀云注永自

起其庫涵黃自放人口十三名沼疋半姤名秘偏云

陸胃十三昏晴○國書副本乃李星田鮮伈國書仲名與書望玺

陸胃二十昏晴○國書副本乃李星田鮮伈國書仲名與書望玺

ㅇㅣ게立到乃李業寫李鐘嬅以注之鮮谭而本呈送國書翻

本枪駐馨國外部時漢文匹書之副本乃注文鮮谭者兩件送

則自谘外部有通譯出苗准

洋通谭名蒇注國領事比시밀氏素與書星徠相知始李星徠

皆由士出入界令見列門望受各□青錦帳以西洋人需

室美俄時動柬之少美人又出坐聽上橋子窺鏡飾粧俄見男

兒暗自之人背後偷窺其飾粧此美人勃然失驚作勢高鳴

該男兒驚之遽出作謝罪之像又一婦人出自帳更武責海

之武勸解之抑揚無常又自一遇數千男女如俄時出來踏舞

問詩此兒幾次又下帳休戲少為又搖帳四方電燭或滅動挑燈

西青帳活客為門為牆為二大堆圓奇花煳若一編筆子荷

柬武士妝千名荷鏡室美少年總十七八歲者妝人俗為而出踏舞

歌戲如此發書給威煳之像其妻靜而觀者可考詳形此

不過晓人再自作妖姓苿事也十□乃羅帷紗□

階胃十二百絵身後又細兩云玉□淡○同乎城古綢常之者而子裁歟

父母以其詳則其子振損家產雖父母禁勒不□□其王秉在綴

許貝高興越空橋相等此其空廳前端

錦帳以隔隱其內而其面作戲時以層朱工衆衆鉸曲忽見

對空橋掛一大紅

電燈輝照悅忽錦帳縮捲其面有二婦女盛飾而立又有

一男子立與此二婦並作歌少爲一婦也不知其了何變更見

一小少美人出來行婦也勸此美人一曲歌此美人強美二曲歌

或止歌或有笑語此男子笑勸歌之像男也相勸此舉舉番或

自一邊男子許人突出來作舞作歌其衣服皆爲着法國

夏令年前裝樣衣以全匹帛首髻出羊毛形真的魑魅或自

一边武士許名着甲冑茅鎮突出蹋躍閙亂轉鬚元帥

拳歌或抱千人皆著弄荷末繡舉而立去一面此出事次

乃千點暈体朱重捲空廳者端之錦帳到半點暈傳

作朱捲帳空廳之後面如見時則有彩望新門牧變西人

上電第
三号

第三号
上電

第二号
上電

送電

陽曆十月二十日 朝陰午晴○上午七點半 化承 宮府之電內開

穩到聞李葉佐國公使會事並到否卽示○上電奏

宮留內開三公使並到待大禮服畢同李範晉呈遞國書外

傳遞駐法金晩秀○電達 宮留內開封書中承教之事○

呈國書之時云達非禮待後次見機未知 更分之李以吐罢

聯名上奏○此電別請使中路有封書奉承事而及到巴里

豈非台範書相議別有違格例甚難經紀云之彼事不獲

以此電奏○今宵出疆使臣此屆 大朝東宮誕辰興

陽曆元朝別莁電達 向安三字陰曆月二十日心評奏○

今計電費金宮伍七佐卒護倒里○領受票金五十強倒里○

地中車票来往並六十卒護倒里○今計官校費金朝三

五佐○六字題半卒奏書谷書望陰戾幸文興駐俄公

33

而不可形也又入一室門外又有賞玩　□立十頭美人門內轉四
粉曲其中甚暗少有半年乃漸明乃升粉層而出去則人形而
立之一火輪轱上也皆後一長者特立影顧則乃造作人形而
足趾纔長立於橋桃上察觀四方之像左右舩頭水手兩人
授飯楓而立四面首惟落漬海舟楫麻立或速或近天
下各國旗号飄趨日天邊列露日下彩雲綵綢悅息
一邊埠頭洋屋摭鱗渾作一大港一船之界也出不為
畫圖一幅奪人眼目也其妙性之術不知爲何以而然乎
形論小字之魅臨公懃○今日日空晉大師名譽領事焉
我羅後鎭要我乃脱俄佳英三星倨暫來叙懷性聲人
辭去全偕性秉書召亭鍾燁一炙性糸焉
隨日手畫醋朝陰午晴

都兩形骸而蓋其意以廣天下之玩物者眼目也如水中動

植之栖象之難種寶貨之雜物無一不若如人間之物萬

不免二又性一變則有遊序變白其門外又買皆票一張而五人

五十雙出入其内一面作一空二廳設物百橋子廳下立場寒

設物千橋子分化上下等問而以便玩者也集其同使人坐坐

廳上橋子為其齋而竹錄榭揷一屋外面方丈内圓而華

亦有獅子乎豹熊羆荒狗之類而有人在其内揷揮對

則此對铃随其意而戲之也如使牵豹乘坐車上使狗二首

駕玉能横多幾次或負牵而偶無或人牵牛勵奮争力

伴而偶以呂 或使兩牛相對立作二門内下使熊物首伏之人入熊

伏之肩而急其多使石留音 밧갑질 或使獅子乘坐車上令牵駕

多或小軍服着松熊銃此来鍊武之像蓋其戲游之形不二

31

甚陰凍不寒午出未晡公詩時李鍾燁金明善姜名彦奉頤

○送글게刊立되니姜名彦書記生以任公文飜譯來

交際女怪之事而每朝三百餘字繪○

陽有戟九日晴○李泰鍾宕書李鍾燁書望姜巷頤雲朝泰又

晴曾云云音　李泰宕書李鍾燁日益次久　李琦鍾以益久長久書

典駝俄公李範晉送益勉泰書公李琦鍾　璃生公任同哲盡

望呈引竹岐以尝擇耋廋李璃鍾望益孙先仍趙鏞用鉅

莫益任囿汞歡诗以勉泰書公李演尾書望李起鏞書囿

術植陸負蒙青承同任花囿而甚劝入東有食賣無人立十雖

頷玩花囿而甚劝肇碧評入矣入負内則左右畫構

鉢綱武結木栅排植多種者天下之青楼名眾牧鞋楼者

天下祥禽異獸其甲之樣一大屋其田所没者或以一至七物

되엿쓰되라밤새ㅣ 公所로 前公使李範晉이 定稅居
變也金敬周居處○電連 宮田爲內開公使住法金
晚秀到着法京○電柱外部內開外大臣京城移到着
法京金晚秀○大辦名簿領事禹利羅來到
陰晴細雨晴○上午九點量金明秀姜錫斗入到書搞
陰晴細雨晴○小午三點法國公議院長雅堂氏來訪相面
而前公使李範晋方於間稱俄國住別此氏好民今
来回謝金國八相見者此其禮則無論某國住入到比京必
先君住民云美○李星陸範晋尊本性覺花國後步直還
自比文入地中路而其形便別路通地中沒鍊路達名約百里
而其新人文別路而藉以琉璃土稍入則左右石築以爲人經之路
其中間摘土粒尺餘後兩旁鍊路禾左右連樹電燈其中

29

三行則右面点燈右面植以二行則左面点燈植木之長短高低

整齊並無參差間一桁立一電燈間一燈立一電線沿路皆並

路面皆以磚石藉之一無片土之需出者此港全幅之中央有

小山其最上峰交接空甚高以為觀望四方遠迫之形勢尸

其升降時以電車通行而点點鑛蒙兩條互相縶上黏下

此香港之所設者也許多風景書口之事八燕筆

十一次漁車與雜住以使及諸賓搭乘裝向巴里京而本

此韜幷書遊金朗秀隨使及諸賓搭乘裝向巴里京而本

旬象鑛書望孫光河趙鑛居幷之事業不足此留

不卷口幺字七點是駐倒仕李範晉方留在任原故電

報于金内開守錢点搭車抵京臨發不及叅枕

陽宿熱宿晴上午九點到達巴黎京仍入寓于幺別莊

有瀑流之水注灘于池自池邊左旋入一門則金鑄一丈夫立
於粉尺石柱上挽刀旋武視其威風凜凜義也自比又入一門其
內湖宏以灰石造作數十人像列坐於塑武化為師之最首
立者武此湖後時首唱似物者致戰玉者武獅子形犯而將苑
之飛武賾頁壁之像或有任國開化時首立總理大臣謂名高
又新聞天下書工之妙者窓掛壁上自比轉入數層曲則有
天下之奇花怪石祥禽異缺而花草甲辛松柏冬青石榴
草類金獸中辛雞況及昆乃早영이乃夘之類莽眷豹狐
狸猪之類咋霧貓國之百青者某中辛鼻猷ヱ기리飼心麵包一亇
洛榔錢于其前別詩難以其鼻拾之以授人不食麵包則不
幼室甚至觀也日又碗矣不得又之詳玩乃帰詠此來街路
左右有橋木亦則皆此我國之碧梧桐者植之而左面植以

西島佳國庤地云

鬧僧晴○上午十一點量北見佳國山川己이믈島地看來

這山沿麓電氣後又連絡不絕或飛的佛稿者或以舟楫

者也舩中相訝之人五此皆作別○主民海色碧而黑○○午四點

到泊于佳港之哇旦今이馬鲞諸島地况筆不可形○○午五丑

半下陸富旅枕生오倒到列日旦旅勤○此港與差之丑

若港之上海府平相華而生乃天下之晶殼富竉且天心之港

晶先開說變也○英國方枕佳京有千事午八點之濱車

撘古佳京

陰雨晴雨十九日晴○○午二點亭稻灾棄馬車性芡范國西北云

五里许有一大厦外墙以青鍊鍊作花葉樣爲门爲垣入门

有一小渾蓮萧羽浮池邊皆石築池頭石築虹霓门白芷

陽六月

軍艦一隻遇之而去此必羅号撐立一邊俄船之遇去也
蓋此地と英國界故自有以審議主之禮也各往往相遇也
之志弦此也傳在一點量乃黃

陽六月初昏朝涼涼午涼昏涼有風○午二點量西北面有山其色如
黃而白亦亮有精彩其勢之崎嶇但平峻出一大黃牛立
於綠野中此山之海面未知連陸起是五中之一山也
陽昏時○午八點量自北面過利達里山川山勢雄
壯自起於百里挿出雲端又於南面越起一大島是乃氏寶
謂名高自最上峰夜煙熠爆天而起四時不絕云世稱此山
天以吾等來有居之壯景此著遇此地不得詳玩其景可
恨也今見船遇此事此西山海峽間

陽昏初昏晴天氣凉涼○午八點量南過人旦口州北過辷己스由
陰昏十二書

鐵路連于포르이港云又於海边左右立電氣燈石以數百変

又舂石築上立電線皆鐵柱此但書业刊有之燈不知於何変

自上午十點入一大澤不知其名謂伊处其廣則從牧矢至三點及畫

遇이午一點又入鑿通又其廣左变栓上午八點量畔遇二变이下

午二點量稍涸或露三容二変船性来变或有經宿一夏船猾行

变或涸或灰水中左右立票柱每以限五十步间

立一柱而立柱变則無見沙土照顯書水面甚淺行故立票試

船路船亦徐行不可候走放横埠頭左右性之有洋屋或有草

屋或有土屋以鐵埋者二點到一変有人家楮木又有船客来坐

者暫傳一點量三點黄船少焉又入鑿通变其以以下午一點

量瓦过一变地过过或有樵夫性来以駱駝馱柴呀驢

駝即所謂牲

有設掘土機械以點量自业面又見電線諮变九點量英国

陽曆二十六日朝晴午後霧及捲晴○上午十二點量海毛似黃仙辰紅海之名乎

驗並西洋人招干名鼓琴作歌男妓擁抱戲舞甚可觀也

陽曆二十五日幽有風○自上午十點量末並面逢見亞罪飛山西而又見

罪利加山○自上午十二點量過来引시海灣○八午十點)到灑

辟港而動入海口有設電氣燈其高十條丈而盡其意抱以照得

右스之艇舩

陽曆三十四日晴上午八點農씨至埃及累自出五프스이以英里삼七

里鑿海通路左右皆石築其廣不過七八間호家二隻씨注末今示

方在造一邊築之一過鑿之女亞鑿機械以鐵爲之씨輪船

樣能掘末海甲土不知其機械之用妙者如何需其业面石築上多

有洋制屋或二層或三層皆淨潔守居左右街路海辺亞種者如松

以梯之寄柹而感薩丂歇約人橋陰中多沒橋子亞有韻致又有

刑曹判書國頭伊女時隨英牧之所在而取携之非常例也

今去辭三公使方在此船中而國頭之現今百在南松也國國頭

瓦枝也均雨二誌而携出而方也因長那三公使祭會知則病辭不

条惟幸書堂李鍾燁書坐生金明秀善崇顕寄　班金席

駐使英二星法則皆奉諸名急之後人先作条對女妓唱歌

鼓洋琴第二项又對女妓筆第三次诸郡方郡人唱歌坡条

書堂李鍾燁駐坐書坐洪貫植駐其書記生李起鐘三

负并進元美伤於谓栗歌一曲当梅掌

维此西洋各人并皆唱歌　把于曲又街作舞戲男女擁抱

瓶身踊舞以和洋琴之曲此是幾因请書記生金明秀對他

男女作舞不得卫出迌戲舞世云完而加请一人松駐陛各

書記男雅出迌前三舞以午十點乃罷

22

長乃他信人志不盡此意乃於二十一點鐘設茶果諸會上等客

二十餘人私禮而還 羅國視王嘉饌 參伍 國 安南高領

此使副列居上座且法國元帥為書士兼海軍各兵參領

吾이세等乃他官人各有之縱半時量羅之○在來水面月色

澄清天光風聲吟涼於其家國之懷倍自不勝周遍艙面

道逾稱時

陰晴二氣晴○身家歲有感不平其妹따在稱時涼之曲也○

六乎十點量此船中而在上中等各國人及男女約百名同會議

燕而餂面第一頭東西兩面分挂法國國旗是左法人禮也

継此東西兩方分挂各國旗號凡二十施而我大韓國旗列東西

西方第五面分挂東方第六面清國國旗第七面日本國旗西方

而挂者亞細亞 晬淸日三國國旗中惟我大韓國旗乃二施也其坂

游泳至觀也。朝艦長來言四今自此下陸槌忌太陽之

影蓋此地氣候每受太陽甚烈固自醫討結感痛手長、言

○機械又有房此待阿完乃拄下午十一點裝船○家書於萬

國郵鄉○此地開港後數年物華潤殊而有法國領事在為

陽眚玉眚習○過京泞夕紅海○以年二點量自東此而有山

荒栗非利阿山川艽邑亾黑其名不知四點量之自西面有岊

邑亾黑○暹羅欯王望中外氏方自本國欲為課学句英國

同此船爲數平自此今乃先面刺書我寒喧治我又引語治英二

星使使之擡面西遊氏即今法國王之第二男其年纔十七

八歲餒通法讀英讀猶自不足今又為学流離甚夙三為念

雅靜也○法船中同行多人皆約一朝月對面而未尚通語美到今

刖到達信地暫互他人多期皆忘丝將欲此一盃區　叙西回船

刺

陽胃勒音十音 朝霧有風午后雨。閒看四达齊義句

陽胃勒音二十音 晴 童風舟瓦穩

陽胃勒音二十音 晴

陽胃勒音二音 晴

陰胃勒音 晴

陽胃勒音二十音 晴

陽胃勒音四音 晴

陰胃勒音 晴日二午二點量自南面炤見山色匹新柔義工覓

此乃亞美刺界也

陽胃勒音三音 甚暑。心二十六點。無雲有山艾飛如刀横偃甚好日列

亞丁云南皇工有山比則芝寶滂云亞丁下面又有山壯麗别

亞刺非阿國山川云過此去義心午九點。沟于芝寶滂

陽胃勒音極暑出洪煙中。芝寶滂本熱地無草木山不大而

陰胃勒音人皆去種且居民善戯扵水中如魚之

紫黑土不润而志黑人

陰
胃

男女老少一是惠種也左右梅林皆棕櫚芭蕉薯類也地鈺

筆莖宛似伏中天氣也兩踏埠頭遙着駐俄各處岩郭

夫義書記生趙知灣兩角異域相逢甚喜可掬而困相餞

苦嚀果且困船甚時有急各自分手卽浮畫叙帳云下

九點发船

陽脊寸前

陰胃初百朝晴午後久風口上午西點暈此艦機械有嗬暂停

昨造此乎熟軍农終而停船之間水手筆釣象奥

一尾其長均尺也其釣也粘猪肉一塊領之比奥性来貝邊吻歃吞

之者无粉佐見一吞更吐之一去更来又吞之指是釣来放銃

再发忿不弰其大且強者更如口偶吟一絕 去三春强半舟

中遇去之西洋涅尚甚武月重重連沸日至王生先我泣

嘆裁口清國外對立事　　方出他國旋同船一期今来通

陰晴十二日半晴朝間有風下午四點墨灰雨止晴○朝看有一山豆

立物百里只麼青止云蘇門苔臟之二大島禾蒍蕳景而今了

為英國地也舟至此風息舟離沒濤之有急勢可知

陰晴十一日晴○舟至風雨自格身六石半又青沸痞看

舩中石止西洋醫人治水葉彩彭

陰三十日晴嘲有風六午五點落落雨○神晴壯壯

陰二十九日晴朝陰又細雨止止四點雲又雨止止○旬晚頭西

外罪千里許看過石蘭島因至河順舟穩穩到最滓変也

水洋則勢不急云知之止午八點沟于石蘭島之骨凛堞下

午一點以陸乘電車此為一寺有一金佛偃卧其長数了

尺其大数圍芸宏麗古云此島石王如来誕生想見漢明帝

時此道遠入中國而来知生地云又観居民家屋為倣洋制其

英公勒荟荟書省吴達淥欲以君公往出他我屋口星往商赴
四巴巴必而哭巧違未達向首隆沸要艦長退费菱時亦
莫浮爲不獲已费舩而艦長有言曰樂眾彩舩世
諭京時汝功廣告吾的速豈手待他两人而速令手雖世來
安巡荟了自今日常一里涨则自此首决國舩遲不可不慎一
里川資後西早向住置於私商會社以爲赴其時治送也
乃遂矣竟支许一里川資四十餘兄置諸會社菓公往搭
受巳巡也舩伽宍在柊也羁亭则胜的拮他舩更不信伽此會社事
程也然以法國舩商會社則然而然仙國霉社不可他國會社亦
然此天下通规
階育十三首
陰青干暮朝晴午陰丑嶼有風靜承凉可好一自會自艇行尾宇

渙洋云〇凮有四迷奇義句

秋色雖霜雪草木長青云

陰晴沙十日午前晴午後乃暮日風雨雷電至久乃止○上午九點半
裝松○下午一點望東過山前岬忠邑南畏西洋家屋而島過

○望惟海色雪

陰晴十一日晴○看過呈輪揖車好條有條

陰晴十二日晴午過大霧○曉起山色地見左右武陽山不兩戌

○野牛逐榜木無奏四青田麻列山野之間住有洋制家屋

此山名乃爲來山岸之國名而今爲英國占領云○上午九點望

泊于新嘉坡此京英國屬他云二點望與新陸此三點住及輕

英發書客李漢云取馬車西往公園之勸物園皆植

物園罷半罷來工券松而裝松廣告冊以四點半我興陸

英二星住勸木來到四點半前始末公勸余書發李廈榮

15

上遊見

隨眷於此眷　朝晴自午後或兩或止或雷又兩雷電○自上午七點

量入其南之沙里空海口角屬曲轉回將千曲將數百里也九點乃泊

塘此為法國地场自法國設的處置總督而詳總督為某氏方在

還國署理總督亦方姓此地之地都東京惟恭書官視務而

上午九點半自該處遣方免一人珍鳴回辦諸總督某氏巧

遠来直至江来此亦依法原相得接見某又自該處送馬車二

輛日此武遊覽句酒駕此下午二點遺李參書鐘燁四辭四耳

於道角日沿海困愍難振来得遂诚且至於馬車之為施二威

威而禮安之鄉自難甚游覽午好甚遠送其兩辭之意不

在於駕之共居云○與二駐住東二至便门公園周覽而晦幽

○此地之外守各畫遁那迓天氣威暑有其於三庚四時垂盡

一如

往乃請魚駕小舟往光于漁港所便而魚少商店洋行非別樣

惟于觀者山之最上峰有羅城廟而回山于陸路至上峰設鐵路

升降內有鐵索兩條互相懸上來替此山祖之升降高木車

票五張五千五百一降時派不過十分鐘。下午七點量來內舡

中

灘晴初晴朝陰午晴午後重陰及暮細雨且風。舟齡挹。句家

書于萬國郵稈。下午一點裝舡

陽晴十秋風。舟挹神睡誰

陰晴十晴風。舟挹神晴誰

陰晴晴晴。没静。舟聽白映頭西空十里許有山其壯麗輪

以新大神山川不覺奏神明令其日此其南界也此國素共

科大神制店立物珞洞美令則屬于佛闍而為人賽心君其識之

明李峰高退。六午四點是自呂南界面風雲急起諸山川依

點一量來泊于香港而左右夾山將十里而來如閘港此乃英人占
領山面左右上下遍滿洋屋英人所居十之八九也滿山沿路煙燭
照耀如秋天爛星春山發花甚可觀書記生金明秀方在
側言曰安得畫來此景物去東拜我天皇余曰有志莫大
就李了令顧我筆玩將此將船景致亦是 天恩明秀曰上海
依野而開境內無山香港依山而開境內無野依野則景散
依山則景聚是以上海香港形象風景乃緣地勢之不同而
有入眼之高下人皆曰國於上海者皆如參書客李居案
曰此港人口不過五十萬上海則以百萬計如人事物情無會
之勢願與香港倘非我金曰其實則園也而即地入眼景
況有盛於上海也
陽曆五月初五日 陰三月十七日 或陰或晴或細雨○上午十二點量與駐清英公星

來月首起程程。下午四點子奉電勅法人師他禮必諧奈
書官已定事。因即四電由師他禮奈書官已定事奉來
陽三月初百暗○上午八點搭小輪舶九點量更到吳淞縣前泊
搭也羅芳十點發舶。艦長法人艾重四千噸駛價二百七十八
元九千噸○上午○中午三百五十元四十五自奈書官下諸貨所搭
中芋艦長姓名禮杰叫此句리마리읽슐社同令發

陽暗지音十暗○지늑下午一點此淸風次上賬面有一老人胖肥

法音世音智朝晤年滿住兩下午時晤
儂甚儉佇仍末前語儔僑不能辯要通譯人向之則本是
法國人有此海閩事年前住大弗隆源港州報晉次逃闪
事稍住淸國五方有一所辭現姓香港不久將見還本國
吳末國匠差大弗此体美含見貴國之流信甘盛之云。晉午九

涉領受홈으와中途에窘迫이滿甚홈으로日기蔬以報明호
오니照亮호온后야可謂호야僅免窘難호심을敬要

措辭李屆業書寫金明秀o付書九一度於度支大臣閔丙奭許

o付慰壮一度書李寅用許o兹美人山島扎四敬覆者向承面

海今拜函致呈為感佩到佳後竟任郤公結顧向官可姓

一人果係急務貴意良感其外尊示之屬嫱迷第當

品着肚裡蓬隨勿泛而事係未頭始預質渎當紆薆

嗣波奉敕天陛時隨事贊襄為茲左不勝感謝萬o

香医順頌台安

陰初百朝晴午陰陰陰三十日朝晴午海陰o下午四點電達宮內府閔李瑒二十

陽胃三十日朝晴午海陰o下午四點電達宮內府閔李瑒二十

首来到相見三使臣奉明日辰正啟船三使臣列名

陰三有初百朝雨午陰o上午九點伏承電勅李瑒到着否期於

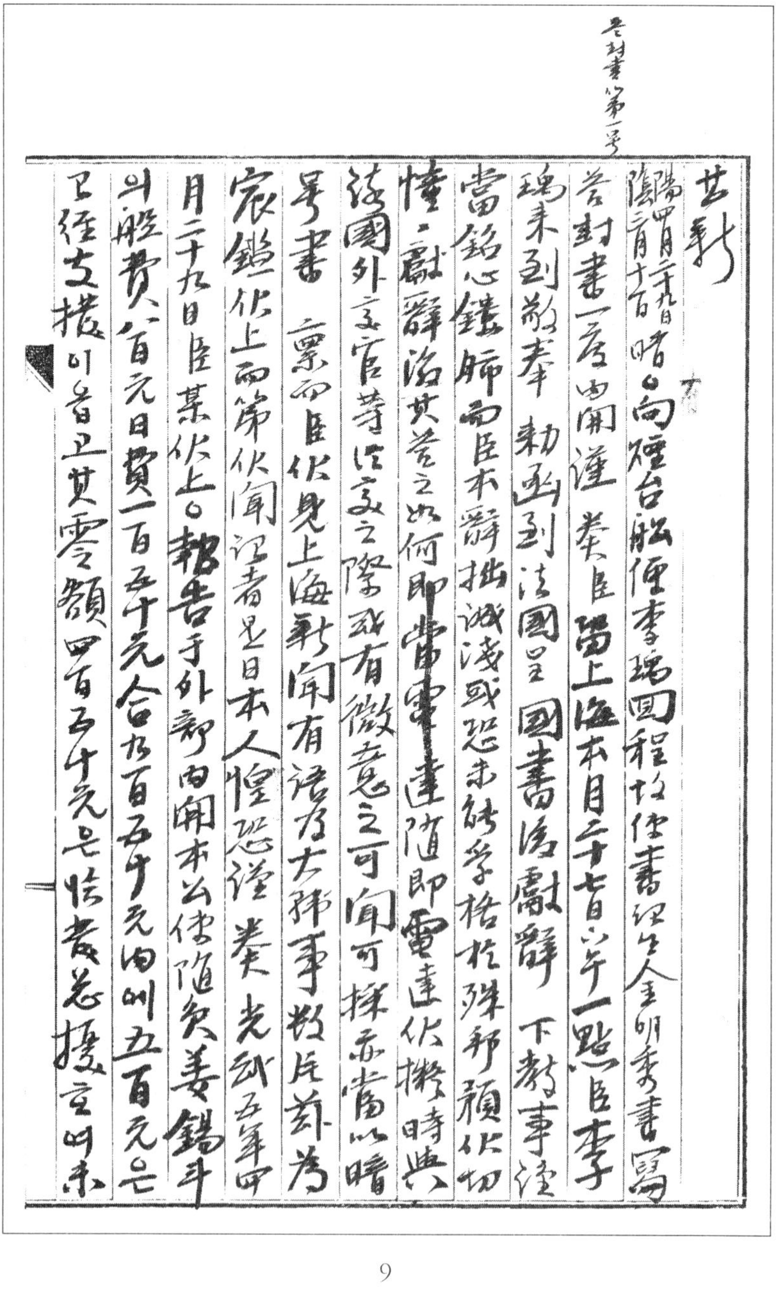

訓飭

野氏來信第一號電　勅回ㅎ電達　宮內方由開任國領事

新付　電勅使居菁留駐未詳禀達　密來里任報三使列名五

月首經便　由去字附電

陽月二十日晴○下午七點差年
日夢多食偏○○

陰動首陰○下午二點向輔國泳翊氏來話仍與洋往北京圖

仍专送相見費般而電禀可ㅣ

晴○上午十點某某寄書
發李鐘燁四謝信國德領事
封書一度　第一號

大內回電第二號　内開李瑒手

羅達氏領事嘉野氏○○下午七點罷李瑞來泗

秖受○久久山島机而到○下午七點典駐憶英二三便性訪問

輔國泳翊氏辭飽淸儐付櫻桃工出多新來窚乃圖

陰首動十日晴○下午五點星興駐住英二三便性遊張乃愚圖

貴物釘懷此地天候甚曙百花瓷窓綠陰自成麥穗秾

陰晴三十五日雨不雨。○下午二點駐此港法國總領事罷達氏領事嘉

陰晴三十四日朝在一雨。○治向輔國深朝氏許

陰晴二十三日雨不雨。○向輔國深朝氏來治暫話而帰

早苐本國松負之竪旗不拘此例而他國松並派乃伊也

上頂懸太極旗。○且巫於聖港駐此○竪旗松頭以皆倣此若盖

台泩領事桂彦氏聖枝交此的陸葉二星出皆同宮爲此韶门

至二點量来泊上海港口竪韶于彦人家乘里旋一店以日暮煙

貪發輅云自崇朋至吳淞粒百里海迂有石簿夏涉沐地下太

水水光栗溷名不雲淳工过崇朋縣乃寶山縣乃吳淞縣皆太

人砲竝而泩之下水浩○舟晝彷怡英人沒比墓而禁察云○之过溷

陰晴二十日朝晴午临立畧細雨○午前過進海口及查山山上有葉

陰晴二十三日風不雨。○过緑水乃栗水乃淳水

云收略寄數字書信程本箏

曇□十六日午后細雨且風。駐在比港法領事桂亨氏來訪甚□眄洽

母河上海船湿二百金匯还及上海旅館中□寄書貴□飴記云

洪氏略言言出之下文洋考。偶吟一首立絶煙台海一頭偏憶帝

三洲琦住與濱賣□□□善□雲越

陰謂與雪晴。即冬書呂李鍾煇回謝法領事桂亨氏。及

寄同台涿琦向汝旅舘來話閒話禮以茅葉來乘而歸之

陰謂晳晴以上海旅舘韓筆法領事桂亨氏雷枕于上海旅舘住

陰肯晳晴以上海旅舘韓筆法領事桂亨氏雷飴向上海而順和九則他

住人窗来里许。順和九景星九霓肯向上海而順和九則他

行人□因來间收不足收與駐使築二星体吾茅恭書呂一負

搭來下午二點先黄景星九列三云韓停負十一人八午四點搭乗

乃装

陽四月十五日晴上午十點書記生金明秀任漢城為奉來國書來

第二次電車黃昏至仁川濟物浦。陸清監理河相驥迎接

心。剃髮路廿六午二點乘頭盖号。閔石鉉閔泳喆趙民熙

李址鎔李鶴圭李圭翼諸氏來於城串洞停車憩作副書記

乘漁車而別 或來 舩中西錢。付俄羅馬舄為書記郭光義書記

坐起怱遽 更爲入對之 寄方乘舩而後遷京城。五點半

乃考舩七點量過八尾島。白人妻。錫年。隨貨

港海。下午二點半到泃于煙台之淅江右海不能解裝。裝舩後

搭三十時此

陸四月十六日晴。上午七點量少陸于淅江之海關前空旅館於

翠旅店。時閔台泳琦指迎來上海。□窓於此地日間將遷本國

5

鐸之孫卽臣之三從叔秀之第也　上命就道須善敎之云此日

仍需用仍　命退○陛見時以次奏仍○先後各有間奏先趙國哲

惠國泳敦次第班○有奏經書記呈詩語奏入對之　命李

答書奏吳達泳李漢忞書記呈李鍐國秘桓陸☐紹忞書

發國象鎰洪賢桓書記呈佛忞法趙鎬夏叶俄罪怒此紹忞奏二

人新佳而奏書呈趙勉濬等　陛見各姜

姓名　上四年來派使之中今畨派送最有壯盛　命各此紹忞

奏各爲分班雲之各陳平日所懷仍有善性之　命乃管闕影而

退○自必圉學各受勅照一張或武○家在城外不能☐國書在通

松第緣此有特行漢城彦便请奏十一人輪次直寓此日某

程之　要令乃使差差題直寓

謁見之日朝晴午后陰着歇雨○上午十點帶同衆書記赴本子鐘準

李厦棠書記等恭頭金明秀諸布德門外總書廳等候

台令駐英公使以諮諸負忘高懇志曰有聞駐法公使閔哲勳駐英

公使閔泳喆敦言懇于大觀亭余家性懇少爲 陽饌一床三星使

閔泳喆下午六點鐘 陛見于國寧殿 上四間攝歐洲諸國派使之前

往者忘己久矣每國循未果矣今章三使并艦須籌力前進三使未

及行對伊又 下去四諸使之有情勢朕非不念今番簡意特念

世臣家後昆而爲茲也賊臣類四今交承德行域今勢將不日也之私

臣本莽昧於外交萬里殊邦將何以對揚且臣一情勢果有爲

二向陸交英德美三星使六次弟络陳守懷早令退綫出國書

閣外諸有入對之今三使向進 上 興東宮臨軒下敎曰儀陈

情勢 朕業已軆念也仍又 下詢曰金明秀是誰也黍曰坊判書

3

2

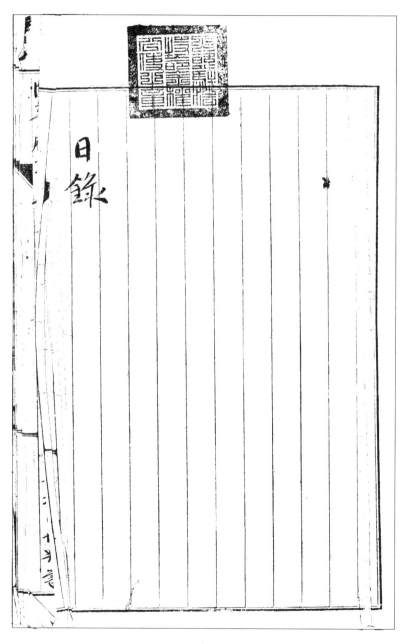

1

대한제국기
프랑스 공사 김만수의
세계여행기

여기서부터 영인본을 인쇄한 부분입니다. 이 부분부터 보시기 바랍니다.

옮긴이 소개

구사회
동국대학교 국어국문학과 및 같은 대학원 졸업. 문학박사.
현재 선문대학교 국어국문학과 교수.
『근대계몽기 석정 이정직의 문예이론 연구』(태학사, 2012).
『한국 고전문학의 자료 발굴과 탐색』(보고사, 2013).
『한국 고전시가의 작품 발굴과 새로 읽기』(보고사, 2014) 외
다수의 저서와 논문이 있음.

양지욱
선문대학교 국어국문학과 및 같은 대학원 졸업. 문학박사.
『문화콘텐츠의 개발과 적용 연구: -「삼국유사」 소재 스토리를 중심으
로-』(박사학위, 2014) 외 여러 논문이 있음.

양훈식
숭실대학교 대학원 국어국문학과 졸업, 문학박사.
현재 선문대학교 대학원 국어국문학과 BK21플러스 사업 연구교수.

이수진
선문대학교 국어국문학과 및 같은 대학원 졸업. 문학박사.
현재 선문대학교 대학원 국어국문학과 BK21플러스 사업 연구교수.

이승용
공주대학교 사범대학 한문교육과 졸업.
선문대학교 국어국문학과 대학원 박사과정.

대한제국기 프랑스 공사 김만수의 세계여행기

2018년 11월 20일 초판 1쇄 펴냄

지은이 김만수
옮긴이 구사회 외
발행인 김흥국
발행처 보고사

책임편집 김하놀
표지디자인 손정자

등록 1990년 12월 13일 제6-0429호
주소 경기도 파주시 회동길 337-15 보고사 2층
전화 031-955-9797(대표), 02-922-5120~1(편집),
       02-922-2246(영업)
팩스 02-922-6990
메일 kanapub3@naver.com / bogosabooks@naver.com
http://www.bogosabooks.co.kr

ISBN 979-11-5516-832-5 93810